新 潮 文 庫

# 冬の朝、そっと担任を突き落とす

白 河 三 兎 著

新 潮 社 版

*11385*

# 目次

# 冬の朝、そっと担任を突き落とす

One winter morning
we killed our teacher
(the Seven Deadly Sins of the classroom)

# プロローグ　穴井直人の罪

　出席をとり終えた直後に、後ろのドアが開いて気まずそうな顔をした生徒が教室に入ってくる。走って熱くなったのか、ブレザーとＰコートを肩に羽織っている。

　お調子者の男子が「アウトー！　廊下で立ってなさーい」と茶化すと、みんながクスクスする。

「遅刻なんてらしくないな。どうしたんだ？」

　僕の問いかけにたどたどしく口を動かす。でも教卓までは声が届かなかった。近くの生徒が「先生、起きたら背中に翼が生えてて、パニクったんだって」と乾いた声で代弁する。教室に嘲笑《ちょうしょう》が渦巻く。

「嘘《うそ》じゃない！」

　そう訴えると、こちらに背を向けてブレザーとコートを肩から落とした。肩甲骨の辺りから白い翼が生えていた。

　作り物のようには見えない。今にも羽ばたきそうなリアルさ。僕は言葉を失っていたけれど、再び教室に嘲笑が湧《わ》き起こった。

「背中に穴があいてるだけじゃん」

「ワイシャツを自分でチョキチョキするって、引くわ」

「盛大にスベってるぞ」

「素直に『寝坊した』って言えよ」

「イメチェンは春休み明けにしろ」

そこら中から罵声《ばせい》が飛ぶ。生徒たちの目には翼が映っていないらしい。だから誰も「なんで？　翼があるじゃん！　ほら！」という訴えに耳を貸さない。

どこからともなく「そんなら、窓から飛んでみろよ！」という声が上がる。すると、示し合わせたかのように「飛ーべ！」の大合唱が起こる。どんどんボリュームが上がっていく。

僕は「静かに！」と注意したが、あとの言葉が続かない。喉《のど》の奥で『先生には翼が見えるぞ』が止まっている。どうして言えないんだ？

突然、翼の生えた生徒が窓の方へ駆けて行く。えっ？　と思った時には、彼女の上半身は窓から出ていた。スカートがひらめき、紺色のソックスも屋外へ。右足の上履きを残して足先も視界から消えていった。

教室が騒然となり、男子たちが窓辺に群がる。僕も急いで駆け寄り、生徒を掻《か》き分けて首を伸ばす。

　真下の駐車場に女子生徒がうつ伏せに倒れていた。体から溢《あふ》れ出た赤い液体がじわじわと広がっていく。男子たちは凄惨《せいさん》な光景に慄《おのの》き、次々と頭を引っ込める。

「なんで見えていたのに、黙ってたの？」

　背後からの声に急いで振り返る。だが、誰もいない。さっきまで唖然《あぜん》としていた生徒たちは忽然《こつぜん》と消えた。

　ただ、一本の白い羽根がゆらゆらと浮遊している。徐々に下降してきて、飛び降りた生徒の机の上に落ちた。

# 第一章

# 菅沼勇太の怠惰

チョークの小気味よい音が教室に響き渡る。黒板に書かれていく転校生の名前にみんなの視線が集まる。僕の目も一字一字追った。

『中西美紀』

ありふれた名だからか、ぼんやりとした既視感を覚えた。芸能人や漫画のキャラで似たような名前があったかな？

教卓の脇《わき》にいる転校生は凛々《りり》しい顔立ちをしている。ショートカットと相まってボーイッシュな印象を受ける。男だったら美少年の部類に入るだろう。『可愛《かわい》い』よりも『格好いい』が似合う女子だ。すらりと伸びた脚を包む黒色のタイツもクールに決まっている。

大槻《おおつき》先生はチョークを粉受けに置くと、転校生に「さあ、自己紹介して」と促す。

「中西美紀《なかにしみき》です。えー、広島の高校から来ました。趣味は天体観測とロックバランシングです。フェレットを飼っています」

そこかしこで「ロックバランシングって？」と首を捻《ひね》る人が発生する。だから中西さんは「河原とかに転がっている石を拾ってきて、積み上げる遊びです」と言い添えた。変わった趣味だ。広島じゃポピュラーなのか？

「好きな食べ物は桃です。あと、一週間前、転校の手続きをしに来た時に、校門で涙を浮かべたオバサンと擦れ違いました。声を掛けてみたら、その人は自殺してしまった教師の母親で、学校の冷たい対応に心を痛めていたんです」

一瞬にして教室の空気が張り詰める。転校生への好奇心、男子が抱く淡い期待感、歓迎ムード、微かな警戒心。それらはどこかへ消し飛んでいった。

「学校側は『プライベートな悩みを抱えていたようですが、詳しいことは誰も聞いていません』と説明したそうです。でも母親はきな臭いものを感じ取り、怪しんでいます。『親思いの息子が遺書を残さずに死ぬはずがない。学校が隠しているかも』と言っていました」

「中西さん、あのお母さんは誤解しているのよ」と大槻先生がどうにかこの場を収めようとする。「学校は何も隠していないわ」

ピリピリとした空気が緩んだ。だけどそれは大槻先生の手腕によるものじゃない。単に白けただけだ。転校生以外の生徒は見え透いた嘘《うそ》に辟易《へきえき》している。表向きは『プライベートな悩み』でお茶を濁しているけれど、本当は『教え子との交際が発覚』だ。

一ヶ月ほど前、このクラスの担任だった穴井《あない》直人《なおと》は生徒に手を出したことが露見すると、批判に耐えきれなくなって校舎から飛び降りた。この学校の生徒はみんな知っている。なのに、先生たちはすっとぼけた。自殺の理由を有耶無耶《うやむや》にし、なんの説明もなく副担任の大槻朋子《ともこ》が二年七組の臨時の担任となった。

生徒から真相を聞いた保護者がクレームを寄せても、学校は『変な噂《うわさ》が立って我が校の評判が落ちれば、受験に影響が出ます。大学推薦を取り消される生徒が出てしまうかもしれません』を建前にして退けた。小賢《こざか》しい言い訳だったが、正論でもあった。無闇《むやみ》に騒ぎ立てても何も得にならない。

「お言葉ですが」と中西さんが上半身を捩《ねじ》って大槻先生に顔を向ける。「母親は『家族にしかわからないことがある』と涙ながらに訴えていました。先生はその言葉を軽く扱えますか？　母と子の関係よりも職場で育《はぐく》んだ絆《きずな》の方が太い。そう言い切れるんですか？」

大槻先生の顔があからさまに引き攣《つ》った。何かを言いかけたけれど、言葉にならない。

中西さんは更に畳みかける。

「もし本当に誰かが遺書を隠蔽《いんぺい》しているんだとしたら、自殺の真相が闇に葬られることになります。死を以《もっ》て訴えようとしたことが黙殺されるのは、無念でならないはずです。そう思いませんか？」

「そうだけど、本当に遺書があるのか確証がないと……」と大槻先生の歯切れが悪い。

「誰かが証拠を隠滅したって疑ってかかるのも、教員や生徒たちの尊厳を損なうことになって……」

「私は不憫《ふびん》に思うので、遺書を捜すことにしました。亡《な》くなった先生の母親と擦れ違ったのも何かの縁ですし、私が必ずや見つけ出します」

そう宣言すると、クラスメイトに向かって「遺書に心当たりがある人はいますか？」と訊《き》き、ゆっくりと見回す。傍若無人な転校生にみんな面食らい、軽いパニックを起こしている。なんなんだ、こいつは？　何が目的なんだ？　マジで言ってるのか？

当然、誰の口も開かないし、手も挙がらない。

「では」と中西さんは僕らに背を向けてチョークを手に取った。「内密に伝えたい人はここに電話してください」

すらすらと『中西美紀』の横に十桁《けた》の数字を書いた。最初の三桁は横浜市の市外局番だ。固定電話を連絡先にするってことは、スマホを持っていないのか？

僕は横目で周囲を窺《うかが》う。やはりペンでメモをとったり、スマホに登録したりする人はいない。みんな冷めた視線を黒板に向けている。誰も穴井直人の死を悼《いた》んでいないからだ。

教え子を誑《たら》し込んでおいしい思いをしておきながら、何一つ責任をとらずに自殺に逃げた最低な淫行《いんこう》教師。それがクラスの総意だ。中には『生徒に糾弾されたくらいで死にやがった』『当て付け自殺なんてセコい』『死に方まで傍迷惑だな』などと愚弄《ぐろう》する人もいる。

「中西さん、勝手なことをしないで」と大槻先生は注意しつつ黒板消しを手にし、『中西美紀』の字と一緒に電話番号を消した。「転校生なんだからまずはクラスに溶け込むことに励みなさい」

「先生には迷惑かけませんから、心配しないでください。ちゃんと両立させます」

遺書捜しの方はともかくとして、クラスに溶け込むのはもう無理だ。誰もが『こいつはヤバい女だ！』と認定した。トラブルメーカーと仲良くなりたい人などいない。

おそらく広島の学校でも問題を起こしまくっていたのだろう。居づらくなって横浜に逃げてきたのかも。きっとそうだ。でなければ、二月の末という中途半端な時期なんかに転校してこない。

「それじゃ、あそこの席に着いて」と大槻先生は窓際《まどぎわ》の一番後ろの席を指差す。

転校生は指定された席に目を遣《や》ると、ちらっと天井を見た。

「そこの席じゃダメですか？」

そう訊きながら人差し指を教卓の前の空席に向ける。またしても教室の空気が張り詰めた。そこは元担任と交際していたマリッペの席だ。

　彼女は穴井直人が自殺したことを知ると、無断で早退した。そして一時間ほどしてから『最期《さいご》に見た夢』と題したメッセージをクラスのグループＬＩＮＥに送った。背中に翼の生えた女子生徒が教室の窓から飛び降りる、というシュールな内容だった。

　元担任が見た夢なのか、マリッペの作り話なのか？　二人を激しく非難したクラスメイトへの当て擦《こす》りか？　様々な憶測を呼んだが、確かめる術《すべ》はない。片方は死に、もう片方は学校に来なくなった。

「その席の人は休んでいるだけで、空いていないの」と大槻先生は言いづらそうに説明する。

「そうですか」

「目が悪いの？」

「いえ。蛍光灯の真下の席は苦手なんです」

　指定された席の真上には蛍光灯がある。でも何が苦手なんだ？　自分の体が影になって机が暗くなるのが嫌なのか？　そんなには暗くならない気がするけど。

「影になって教科書やノートが見えにくいようなら、机ごと少しずれていいから」

「けど、前の席の方が何かと好都合かと思って。先生に近いと質問しやすいですし」

「大丈夫よ。わからないことがあったら周りの人に訊きなさい。中西さんが転校生らしい振る舞いをしていれば、みんな親切にしてくれるわ」

ずるい先生だ。トラブルメーカーの面倒を生徒に押しつけたら反感を買う。だから『転校生らしい振る舞いをしていれば』と条件をつけ、身の程知らずは冷遇してもよい、という免罪符を僕らに与えた。大槻先生も他の大人と一緒だ。保身を何よりも大事にしている。

「はい。わかりました」と返事した中西さんは窓際の後ろの席に向かう。

着席を待たずに大槻先生が早口で連絡事項を話し始める。転校生が自己紹介に時間を使いすぎたせいだ。きっと『厄介な生徒を受け持つことになった』と苦々しく思っていることだろう。

そんな気苦労など知るものか、と言わんばかりに中西さんは呑気《のんき》に歩く。教室のあちこちを物珍しそうに眺めながらゆったりと進む。

みんなはトラブルメーカーと視線が交わらないよう目を伏せている。特に彼女の進行方向にいる生徒はじっと息を潜める。僕も目線を机に落として念じる。早く通り過ぎてくれ。

ところが、中西さんは僕の席の真横で止まった。首を伸ばして僕に顔を近づける。

「君って、スガ……、スガなんとかユースケくんじゃない？」

僕は困惑しつつも「菅沼勇太《すがぬまゆうた》だけど」と名乗って顔を上げる。

「そうそう。スガヌマユータ」

なんで僕のことを知っているんだ？　どこで顔を合わせた？　彼女はうろ覚えだったみたいだけれど、僕はまるで記憶にない。

「コンタクトに替えちゃったからわからないかな？　小学生の頃、給食の時間に一人でお弁当を食べている眼鏡っ子、いなかった？」

「あっ！」と思い当たった。「あのモン子かっ！」

「そう。久しぶり。元気してた？」

「まあ」

「背がだいぶ伸びたんじゃない？　ちっちゃい方だったよね」

馴《な》れ馴れしくしないでほしい。まともに会話したことなんてなかったじゃないか。

「菅沼くん、同じ小学校だったの？」と大槻先生が割って入ってくる。

「はい」

「じゃ、しっかり面倒を見てあげてね」

「は、はい」と渋々返事する。

悪い予感しかしない。転入早々クラスみんなをドン引きさせたヤツの世話を焼いても、メリットになることは一つもない。デメリットだらけだ。間違いなく近い未来でトラブルに巻き込まれるだろう。右往左往している自分の姿が容易に想像できる。

ついてない。波風を立てない青春。それがモットーの高校生にとっては、嵐《あらし》で荒れ狂う海に突き落とされたようなもの。僕は心の中で大きな溜息《ためいき》をついた。

リュウくんがシュートを放った直後に、試合終了を告げるホイッスルが鳴った。ゴールに入れば同点。だが、ボールは惜しくもリングに弾《はじ》かれ、僕らのチームの敗北が決定した。

「次はCチームとDチームだ！」

金沢《かなざわ》先生の野太い声が体育館に反響する。僕らのAチームと対戦相手のBチームは急いでコートを去り、すぐに第二試合が始まった。五つのチームが十分交代で戦い合う。

僕は壁に寄りかかり、荒くなった呼吸を整える。体育なんか全力でやるもんじゃない。適当に流しておけばいい。特に一時間目からの体育はだるくてしょうがない。でもクラスの一軍グループにバスケ好きがいるから、二軍と三軍の人たちは真剣に取り組まざるを得ない。

「もうちょっとで劇的なブザービーターになるところだったな」とシブくんが話しかけてくる。「スガッチってバスケ未経験だっけ？」

彼はBチームのメンバーだ。さっきまで試合に出ていたのに、ほとんど息が乱れていない。さすがバスケ部だ。

「うん。体育でしかやったことがない」

「けど、スガッチは筋がいいよ。ポジショニングがうまいし、シュートのフォームも様になってる」とべた褒めした。「最後もリュウにパスしないで、自分で打っちゃえばよかったのに」

　ホイッスルが鳴る間際、ゴール前で僕にシュートチャンスが訪れた。立ち塞《ふさ》がる敵はいない。距離も丁度いい。打てば五割以上の確率で入る。でも外した時のことが頭を過《よぎ》り、シュートを躊躇《ためら》った。

「もう時間がなかったから、僕よりもリュウくんが打った方がいいと思って」

　リュウくんは帰宅部だけれど小学生の頃にミニバスのクラブに入っていた。

「そっか」と小さく頷《うなず》いてから本題に入る。「あの転校生ってどんなヤツ？」

「小学校時代はおとなしい子だった。無口で暗くて。けど、母親がヤバい人だったから目立っていた」

「ヤバいって、どんな感じの？」

　シブくんはぐいぐい訊いてくる。だけど一軍グループに根掘り葉掘り尋問される自分の姿も容易に想像できたので、予《あらかじ》め頭の中で要点を整理していた。

「すっごく過保護だったんだ。『給食は安全じゃない』って言い張って子供に弁当を持たせるし、『紫外線は体に悪い』っていう理由から日傘で登下校させていた。中西さんは屋外の体育は曇りの日でも見学だった」

ふと、今も見学しているのかな、と気になる。女子は校庭の脇にあるコートでソフトテニスをしている。

「モンペか？」とシブくんが見当をつける。「だから『モン子』？」

「そう。しょっちゅう学校に乗り込んできて無茶苦茶なことを言っていたんだよ。『言葉遣いが汚い児童を隔離して』とか、『先生も生徒も柔軟剤の匂《にお》いがきつい人がいる』とか、『チョークやライン引きの石灰を天然由来のものにするべき』とか」

中西さんは『モンスターペアレントの子』という烙印《らくいん》を押され、陰で『モン子』と呼ばれていた。

「学校も子供もいい迷惑だな」

「父親も迷惑していたみたいで、小六の時に愛想を尽かして離婚した。それで、中西さんは母親に引き取られて、母方の田舎の学校に転校していった」

「中西のキャラが変わったのは、離婚のショックか、転校デビューか」と言ってシブくんは腕組みをした。「中学デビューや高校デビューってこともありそうだけど、まともじゃないことは確かだな。非常識な親に育てられたんだから、子供も頭が沸いてんだよ。あいつとはあんまり親しくしない方がいい」

中西さんを無視しろ、という命令だ。クラスのみんなにも働きかけているのだろう。逆らったらどうなるかは言うまでもないことだが、願ってもない圧力だった。転校生の世話を焼かなくてよい大義名分を得た。

「うん。僕も関わらない方がいいと思っていた」

「あいつがしつこく絡《から》んできても、適当にあしらっておけばいいさ」

「わかった」

「板挟みみたいなことをさせちゃって、悪いな」と僕の立場を気遣った。

　シブくんは一般的なボスとは一線を画す。二軍や三軍に対して上から目線の言動をとることはない。常にクラスの和を大事にし、体育のバスケでもチームプレーに徹する。シュートやドリブルを控えてパスばかりしている。本気を出すと彼の独擅場《どくせんじょう》となり、大味な試合になってしまうからだ。

　自分の力を誇示したがらないボスなので、一軍以外の人たちからも好かれている。女子からの人望も厚い。物腰が柔らかく、落ち着いた雰囲気を漂わし、見た目もシュッとしていれば当然の人気だ。

　でも僕は信頼を置いていない。なんか胡《う》散臭《さんくさ》い。打算的なものを感じる。血の気の多いリュウくんやアトムくんをうまく手《て》懐《なず》けているのだから、相当な策士に違いない。

　巧妙に腹黒さを隠している可能性がある。あくどいことは取り巻きにやらせ、自分の手は汚さない。表と裏の顔を使い分けるタイプのボスかもしれない。その爽《さわ》やかフェイスはよくできた仮面なんじゃ？

「にしても、なんでうちに転校生を入れるかな？」とシブくんがもっともな疑問を呈する。「担任があんなことになったんだから、普通は配慮して他所《よそ》のクラスに入れないか？」

「すこぶる頭がいいのかも。小学校の頃、成績は上の方だった」

「なるほどな。東大とかに合格できるくらい秀才なら、校長たちは喜んで特進クラスに入れるか。俺たちの心情なんてお構いなし。学校の知名度が上がる方が大事ってか。ふざけやがって」

「ホント、ふざけてるよね」

ホイッスルが鳴り、「次はＥチームとＡチーム！」という号令がかかった。僕は壁から背中を離し、コートへ向かう。

「スガッチ、頑張れよ」とシブくんが清涼感に満ちた声で送り出す。「アグレッシブに打っていけ」

いくら応援しても無駄だ。僅差《きんさ》の場面でシュートを打つつもりはない。敗戦の責任を負いたくないからパスを選択する。それが賢い生き方だ。

体育が終わって教室に戻ると、マリッペの机に一輪挿しが置いてあった。飲み口が広い瓶に青紫色のパンジーが挿さっている。十中八九、一軍グループの仕業だ。体育館裏の花壇から引っこ抜き、自販機のごみ箱を漁《あさ》って用意したのだろう。

だが、マリッペに対しての嫌がらせではない。転校生への踏み絵だ。みんなと同じように見て見ぬふりをするのかどうか確かめたいのだ。踏まなかったら、一軍グループに敵視されることになる。それはクラスからの抹殺を意味する。

　無論、僕は何事もなかったように自分の席に座り、次の授業の準備を始める。教科書と筆記用具を机に並べたところで、中西さんが入室してきた。一輪挿しに目を留めたかと思うと、近くにいたアトムくんに「あの席って誰の？」と訊《たず》ねる。

「堀《ほり》まりあって子」

「今日は休んでいるだけで、亡くなったわけじゃないんだよね？」

「ああ」

「くだらないイジメのせいで休んでるの？」

「イジメじゃねーよ。前の担任と付き合ってたことがバレたから、気まずくなって学校に来ないだけ」

「なるほどね。イジメじゃなくて嫉妬《しっと》か。モテない男の僻《ひが》みって最悪」

　なんてことを言い出すんだ！　自分の置かれている状況をまるで理解していない。静観するかどうかを試されているのに、火に油を注いでどうする？

「は？」とアトムくんは殺気立つ。

「だってさ、他人の恋路なんてどうでもいいことじゃん。気にするってことは、自分が彼氏になれなくてショックってことでしょ」

「ちげーよ。教師と生徒がデキてたってことが問題なんだよ。大問題だろ」

「そう？　確かに非道徳的なことだけど、そこまで根に持つことじゃない。そんなことよりも、政治家の汚職や環境破壊や食品偽装の方がよっぽど切迫した問題。教師と生徒の熱愛なんてほとんど実害がない」

「教師は生徒の模範となる存在だ。マリッペも学級委員だから責任のある立場だった。そんな二人がこそこそ付き合ってたんだ。俺たちの信頼を裏切った罪は重い」

「大人は二種類いる」と言ってアトムくんの眼前にピースサインを向ける。「一つは、子供が『自分もあんな立派な人間になりたい』と憧《あこが》れる大人。もう一つは、子供が『あんなクソみたいな人間にはなるもんか』と軽蔑《けいべつ》する大人。どっちにしても、まともな感性を持った子供なら踏み台にして大きくジャンプできる。担任に失望したのなら、君が子供の信頼を裏切らない大人になればいい。それだけのこと」

　アトムくんが何も言い返せないでいると、中西さんは更に続ける。

「それに、学級委員なんて大した役職じゃないのに、教師と同列に扱うのはおかしい。客観的に考えれば、堀さんは被害者のようなもの。普通は『大人に弄《もてあそ》ばれちゃってかわいそうに』って少し同情的になるところ。そんなに心が狭いのはどうして？」

「なんも知らねーくせに、好き勝手なこと言うな」

「じゃ、何があったのか教えて」

「は？　ふざけんな。教える義理はねー」

「そう」と中西さんは淡泊に言って黒板へ向かった。

チョークを手に取り、左端に『一輪挿しの犯人を知っている人は連絡してください。あと、堀さんについても知りたいです』という文章と電話番号を書く。その最中にチャイムが鳴り始めたので、走り書きしてそそくさと自分の席に着いた。

彼女の主張には一理あった。教師と生徒の恋愛に実害を被《こうむ》る人はごく僅《わず》かだ。また、悪い大人を手本にして『自分も不健全な人間になってやる』と思う子供なんていない。

でもみんなの前で言い負かされる形となったアトムくんが『そっか。そういう考え方もあるな』と受け入れるのは難しい。彼はひどく気が短い。恥をかかされた怒りで腸《はらわた》が煮え繰り返っているはずだ。

面子《メンツ》を潰《つぶ》されたのだから、このままでは済まない。遅くとも明日には一軍グループが総がかりで報復を行う。鳴り響いているチャイムが開戦の合図に聞こえる。戦火の巻き添えを食わないか気が気じゃない。

教室の中の揉《も》め事なんて外から見たら取るに足らないことだと思う。だけど狭い教室が世界の全てである子供にとっては、ニュースで流れる外国の紛争よりも大きな問題だ。

テレビの中の戦争の方がよっぽどリアリティがない。

　一軍グループに楯突《たてつ》いたことで、中西さんは完全に孤立した。誰も話しかけないし、近寄らない。すっかり腫《は》れ物になってしまったが、彼女の方から絡むこともない。一輪挿しを見て見ぬふりするクラスメイトに幻滅したのだろう。

　もしくは、味方が誰もいないことに気づき、肝を冷やしている可能性もある。生徒だけではなくどの先生も一輪挿しをスルーしている。どんなに鈍感な人でも『学校に泣きついても取り合ってもらえない』と察せられる。転校初日から出しゃばったことを悔やんでいるのかもしれない。

　昼休みになると、中西さんはボックス型のランチバッグを持って教室を出て行った。

孤独に耐えかねたのか？

「トイレでめそめそ食べんじゃね？」とリュウくんが嘲《あざけ》りながら電子レンジに弁当箱を入れる。

　うちの高校には各クラスに電子レンジが一台設置してある。十年くらい前に、ＰＴＡ会長が「職員室にだけ電子レンジがあるのは不公平」「子供にも温かいご飯を食べさせたい」と騒いだのが発端らしい。

　子を想《おも》う気持ちは立派だけれど、思慮が浅い。クラスみんなの弁当を一つずつ温めていったら、五時間目の授業が始まってしまう。食べる時間のことも計算に入れると、使えるのは十人前後だ。

　共存共栄ではなく弱肉強食がルールの教室では、電子レンジの使用権は一軍グループが握っている。二軍と三軍は冷えたお弁当を食べるしかない。電子レンジは強者の所有物で弱者は指一本触れてはいけないのだ。

　うちのクラスは理系の特進クラスなので、カーストの高低は学力に比例する。成績がよければ二軍以上。その中から運動能力やコミュ力を有している人、見た目がいい人が一軍に括《くく》られる。

　成績以外は何も特出していない僕は二軍に属しているが、居心地は悪くない。穏やかな青春を送りたい高校生には中くらいがちょうどいい。期待値が高くないポジションは気楽だ。大事な局面でボールが回ってきても、一軍の人にパスすればいい。あとは勝手に処理してくれる。

　傍観者がいい。劇的な幕切れに関わりたくない。当事者でなければ、全ては対岸の火事。ブザービーターで逆転勝ちしようが、ギリギリで外れて惜敗しようが、のほほんと眺めていられる。どんな時も遠巻きに見物していたい。

　帰りのホームルームが終わり、それぞれの放課後が始まる。部活、委員会の活動、学習塾、アルバイト、友達と寄り道、まっすぐ帰宅、デート。みんな散り散りになっていく。僕もスクールバッグを肩にかけ、席を立つ。

「ねぇ、一緒に帰ろう」

背後から中西さんの声が聞こえ、足を止める。だが、僕に向けられた言葉ではなかった。

「なんで俺と？」とシブくんが狼狽《うろた》える。

教室中が戸惑っている。何をするつもりだ？　クラスのボスがシブくんであることを見抜き、一騎打ちの勝負を仕掛ける気か？　ボスの首を討ち取れば四面楚歌《しめんそか》の逆境を打破できる、と思って？

「好みのタイプなの」

「なんの冗談だ？」

「本気よ。私、嘘はつかない」とシリアスな眼差《まなざ》しをシブくんに送る。「彼女、いる？」

「いないけど……」

「じゃ、いいじゃん。まずはお友達からってことで、一緒に帰ろう。私は自転車だけど、渋野《しぶの》くんは歩き？」

「無理。ちゃんと好きな子がいるし、今日は部活だから」

そう言って、逃げるようにして教室を飛び出す。ふられた中西さんは「残念」と呟《つぶや》くと、肩を落として帰っていった。教室に残された人たちは狐《きつね》につままれたよう。僕もぽかんとしている。本当にタイプ？　真っ赤な嘘で、ハニートラップだったんじゃ？

右の袖《そで》を引っ張られ、ハッとする。チエちゃんが摘まんでいた袖を離し、「ユータくん、行こう」と促す。僕らは廊下に出て下駄箱へ向かう。

付き合い始めの頃は周囲の目が気になってしょうがなかったけれど、今ではゆったりとした心持ちで並んで歩ける。すっかりルーティンの一部となっている。

これといった魅力のない僕に恋人がいるのは、一軍グループの戯《たわむ》れのおかげだ。人生は何が幸いするかわからない。

夏休み前、リュウくんとアトムくんがこっそり『クラスの女子で誰と付き合いたい？』というアンケートをとった。二年七組には女子は六人しかいないのだが、僕は今《いま》平智恵《ひらちえ》の名を挙げた。好みのタイプ云々《うんぬん》よりも、『自分と釣り合いのとれる子は誰？』を基準に選んだ。

高望みしても「おまえなんかが彼氏になれるわけがねー」と鼻で笑われるだけ。些細《ささい》なことがイジメに直結するおそれもあるから、賢く立ち回らなければならない。

二学期が始まると、教室の掃除や文化祭の準備中に今平さんと話す機会が増えた。周囲が僕ら二人に共同作業を押しつけたからだ。おもしろ半分にくっつけようとするとは、そこまでは考えが及ばなかった。

今平さんも不自然に二人きりになることに「なんか変だね」と怪しんでいた。やむなく、アンケートのことを伝え、「僕のせいで面倒なことに巻き込んでごめん」と謝った。

もちろん、彼女を選んだ理由については伏せた。「初恋だった幼稚園の先生に雰囲気が似ているから」で誤魔化した。さすがに本人を前にして『冴《さ》えない自分にちょうどいい女子だから』なんて言えない。

「菅沼くんは悪くないよ。たぶん、私のせい」

「どういうこと？」

「アンケートの話は知ってるの。堀さんから聞いて。その時に、つい『私も菅沼くんのこと、なんかいいなって思ってる』って言っちゃって、それでみんなが気を遣いだしたんだと思う」

少しも想定していなかったことを言われ、完全に舞い上がってしまった。地に足がつかず、頭と口が連動しない。みっともなく取り乱した僕の口からはダサい言葉しか出てこない。

ぎこちない会話を延々と続けた挙句に、冗談交じりに「本当に付き合ってみちゃう？」と訊いた。今平さんは「私でよければ」とＯＫを出し、更に僕は浮かれた。

自分が醜態を晒《さら》していたことに気づくのに一週間かかった。素面《しらふ》に戻った途端に、生まれて初めて穴があったら入りたくなる。ひどい告白だった。男らしさの欠片《かけら》もない。高校生活で一番の汚点だ。過去に戻れるなら、と何度も妄想した。

　でも時間を巻き戻せるとしても、告白自体をなかったことにはしない。勢い任せに付き合ったことは悔やんでいない。チエちゃんは僕にはもったいない女子だった。親しくなる前は『地味な女子だな』くらいにしか思っていなかったけれど、中身がギュッと詰まった子だ。

　僕とは違って思慮深く、優しさに溢《あふ》れ、向上心が高い。彼女と比べたら、僕は頭も心も空っぽの怠け者だ。よくも『自分と釣り合いがとれる』と勘違いできたものだ。身の程知らずにもほどがある。

　それなのに、チエちゃんには驕《おご》ったところが全くない。いつだって謙虚だ。相手の意思を重んじ、自分の主張を押しつけたりはしない。僕のモットー『波風立てない青春』にも理解を示してくれる。当然、僕も彼女のペースを乱すようなことはしない。

　お互いに尊重し合い、ほどよい距離感を保っている。嵐のような恋とは対極。そよ風みたいな穏やかな交際だが、僕も彼女も大恋愛を求めていない。恋愛観が近いこと、それも僕らを結びつけた要因の一つだった。

　今日の下校中は転校生の話題でもちきり。靴に履き替える時も、校門を通り抜ける時も、最寄り駅まで歩いている最中も、駅のホームでも、中西さんについて話していた。

「リュウくんたちが『教育委員会が送り込んできたスパイじゃね？』とか、『遺族に依頼されたＪＫ探偵かもよ』って言っていたけど、実際にそんなことってあるのかな？」と僕はチエちゃんに意見を求める。「担任の自殺の真相を探るために転校してくるってありえると思う？」

「中西さんが穴井先生の親戚《しんせき》とかだったら、現実味のある話になるんじゃないかな」

「なるほど」

「でも本当にスパイならいきなり『遺書を捜す』なんて言わないと思う。クラスに溶け込んだ方が情報を集めやすいし、犯人に警戒されるリスクをわざわざ背負《しょ》い込むのは不自然よ」

「確かに。スパイが潜入先で『これから諜報《ちょうほう》活動を行います』って宣言するわけないか」

「合理的に考えれば、中西さんはただの転校生ってことに落ち着くわ。お人好しで変わり者ではあるけど」

リュウくんたちは遺書の存在について半信半疑だったが、僕はあると思っている。その根拠は、死体は素足だったのに靴が見つからないこと。靴を揃《そろ》えて飛び降り自殺する人は遺書を残すんじゃないか？　そう推理されないよう犯人は遺書のそばにあった靴も一緒に持ち去ったのだ。

無論、ただの素人《しろうと》考えだ。メンタルがやられた人なら常人には理解しがたい行動をとるだろう。素足でも全裸でもおかしくはない。精神的に余裕がなければ、自殺したあとのことなど考えられない。遺書を残していない可能性も充分にある。

「けどさ、炙《あぶ》り出しの可能性はないかな？」

「炙り出し？」とチエちゃんは訊き返して顔を僕の方に向ける。

「うちのクラスに遺書を隠した犯人がいた場合、転校生がいきなり『遺書を捜す』って宣言したらドキッとすると思うんだ。どんなに図太い人間でも、ちょっとは動揺して挙動がおかしくなるはず。犯人に警戒されるのはハイリスクだけど、うまく炙り出せれば大きなリターンを得られそうじゃない？」

彼女は「ユニークで大胆な考え方ね」と言ったけれど、感心しているようなニュアンスは受け取れなかった。とうの昔に『炙り出し』についても考えを巡らせていたのだろう。僕の意見は周回遅れだったらしい。

下りの電車が緩やかな弧を描いてホームに入ってきた。二本の線路に挟まれたホーム。なんの変哲もないホームだが、僕らにとっては特別な場所になっている。いつもここで別れを惜しむ。僕は上りに、彼女は下りに乗る。

「まあ、現実的に考えて」と僕は話を切り上げようとする。「スパイや探偵が転校してくる可能性なんて一パーセントもないんだろうけど」

「そうね」

「とりあえずは、中西さんを刺激しないよう気をつけて。下手なことをしたらモンペの母親が怒鳴り込んでくる。その可能性の方がずっと高い」

電車のドアが開いたけれど、チエちゃんは乗り込もうとしない。発車メロディーが流れ始めても、焦《あせ》ることなく「中西さんのお母さんの過保護っぷりは落ち着いたんじゃないかな」と会話を続ける。まだ話し足りないのか、一本見送るようだ。

「どうして『落ち着いた』って思うの？」

「中西さんは体育の授業の前に日焼け止めは塗っていたけど、普通にテニスをしていたの。今も紫外線に過敏なら見学させるし、自転車通学なんてさせない」

「そうかも。ガチガチに過保護な親なら、車で送り迎えしそう」

「お母さんが子離れできたからお父さんとヨリを戻したのかもね。離婚してからの元サヤって結構あるみたいだし」

「そっか。離婚したままだったら『中西』って姓じゃないもんね」

中西さんと再会してから六時間ほど経《た》ったが、この間に『何故《なぜ》、横浜に戻ってきたのか？』という疑問は一度も頭に浮かばなかった。他に考えなければならないことがあったからだ。安全な立ち位置、一軍グループの尋問、転校生の危険性、トラブルメーカーとの距離、戦火の気配、などなど。

「離婚後に母親の姓に変わったってことが前提の話だけどね。父親の姓のままにするケースもあるから、全くの的外れでただ単にお母さんの仕事の都合でこっちに戻ってきたのかもしれない」

「うちのお母さん、中西さんの姓が変わったか知ってるかな？　ダメ元で訊いてみるよ」

「色々と訊いてみて。復縁のことが近所の噂になっているかもしれないし、大人たちしか知らない情報があると思うの」

どうして色々と知りたいんだ？　中西さんの家庭事情がどうだろうと、僕らには関係のないことだ。

顔に心情が出ていたようで、チエちゃんは「万が一に備えて、敵の情報を集めておきたいの」と言い足す。

「敵？」

「恋敵ってこと。中西さんがユータくんのことを覚えていたのは、気があったからじゃないかな」

「考えすぎだよ。好みのタイプはシブくんだったわけだし」

「けど、中西さんが可愛くなっていてドキッとしたでしょ？　朝のホームルームで『モン子かっ！』って思い出した時、顔がポッとしていたように見えた」

「こっちは覚えていなかったから、気まずくて焦っただけだよ」

中西さんについて『小学校時代の印象が薄い』『暗い子だった』とは話したけれど、『可愛くなっていてびっくりした』なんて一言も口にしていない。どこをどう捉《とら》えたら『ユータくんが再会にときめいた』となるのだろう？

上りの電車が視界の隅に入ってきたので、今度はチエちゃんが「面倒くさい女でごめん」と話に区切りをつける。でもわだかまりを残したままバイバイするわけにはいかない。僕も見送ることにした。

「いや、いいんだよ」と電車の音に負けないよう声を張った。「やっぱ、よくない。チエちゃんはもっと自分に自信を持って。ドヤ顔で『ユータくんは私に魅了されているから、他の女に目移りするはずがない』って余裕ぶっこいてほしい」

「過大評価は困るよ」

「チエちゃんは自分の魅力に気づいていないんだよ」

彼女は嫉妬深い子ではない。自分を過小評価しているせいで、常に『私よりもいい女はいくらでもいる』と悲観しているのだ。もちろん、そんなことはない。僕はチエちゃんのいいところをいくらでも挙げられる。

謙虚さ。頑張り屋。柔軟な思考力。悪口を言わない。焼き魚を綺麗《きれい》に食べられる。人が話している時にスマホを弄《いじ》らない。政治への関心が高い。制服を上品に着こなす。私服もお洒落《しゃれ》。食わず嫌いをしない。相手を尊重する。他人のためにポケットティッシュを余分に携帯する。些細な口約束も忘れない。

　まだまだある。人を見た目で判断しない。仄《ほの》かにいい匂いがする。計画的に物事を進められる。アイロンがけが上手。映画デートでは半券を記念撮影する。飲食店での注文の仕方が丁寧。どんな芸能人にも『さん』付けする。他にもいっぱいある。

「ユータくんは欲が薄いから、ちょっとしたことが美点に思えるのよ。欲深な私は浅ましい女。上ばっかり見て羨《うらや》んでいるの」

「僕は自分に期待していないだけ。向上心がないんだ。自分磨きに一生懸命なチエちゃんは立派な人間だよ」

「どうしてユータくんは上を見ないの？」

「首が疲れるから」

　彼女の目から冷えきったものを感じ取るや否や、僕は慌《あわ》てて「そういえば、タージはなんか言ってた？　転校生のことで」と話題を変えた。うちのクラスには小学校時代に中西さんと同級生だった生徒がもう一人いる。

「何も。どんな子だったか訊いてみたんだけど、『よくわからない』って。田嶋《たじま》さんの記憶には残っていなかったみたい」

「中西さんの方は？　タージのこと、覚えていた？」

「忘れているっぽい。初対面のような接し方をしていたから」

再び下りの電車が轟音《ごうおん》とともにホームに突入してくる。先頭車両に切り裂かれた空気が僕らの衣服や髪を靡《なび》かす。冷気に体を縮こまらせながらも、僕は「やっぱ、タージは当てにならないか。うちのお母さんからできるだけ情報を引き出してみるよ」と言って、無理やり話を一段落させた。

電車のドアが開くと、チエちゃんは「また、明日ね」と別れを告げ、ひょいと乗り込む。いつものように僕らはドアが閉まってからも手を小さく振り続けた。電車が動き始め、彼女との距離が遠のくにつれ、やるせない気持ちが大きくなっていく。

僕はチエちゃんに不釣り合いな男だ。生き方のベクトルが違いすぎる。たとえば、流れ星を見た時に彼女は叶《かな》えたい願い事が多すぎて迷ってしまう。それに対して、僕は躊《ちゅう》躇《ちょ》せずに星を見送れる。何も願わないと決めているから。

願望を抱く虚《むな》しさに気づいたのは十歳の頃だ。スーパーの店頭にあった短冊を暇つぶしに眺めていたら、裏返しなんだな、と何気なく思った。『カワイくなれますように』と願い事を書いた子はブサイクで、『お小遣いが増えてほしい』と望んだ子の家は貧乏で、『頭がよくなりたい』と願った子は学校の成績が悪い。

笹《ささ》の葉にぶらさがっていた思い思いの願いは個々の短所の裏返しだ。弱点を晒しているようなもの。今まで僕も堂々と短冊に欠点を書いていた。なんて恥ずかしいことをしていたんだ。

　どんな願いも劣等感と表裏一体。ないものねだりをしても自分の無力さを痛感するだけだし、いくら努力を積み重ねても弱点を全て改善することは不可能。特に、容姿や性格などの先天的な短所はどうにもならない。人生から劣等感を切り離すには願望を捨てる他ない。

　そんなに難しいことではない。ありのままの自分を受け入れ、ないものを欲しがるよりも今あるものに感謝する。そうすれば物欲しげな目で上を見なくて済む。蔑《さげす》んだ視線を下に向ける必要もない。

　でも人には勧められない生き方だ。誰かに話しても「死んだように生きて何が楽しいんだ？」と言われるのがオチだ。向上心の塊のチエちゃんには「ラクな生き方を覚えると戻れなくなるよ」とやんわり苦言を呈されるに違いない。

　僕は生きる上で『楽しさ』よりも『ラク』を重視する。共感されにくい生き方だと思うが、人生の価値をどこに見出すかはその人の自由だ。人は人、自分は自分。好きなように生きる権利がある。

　ただ、たまに寂しくなる時もある。僕とチエちゃんは別々の方向に歩を進めている。正反対だから擦れ違うことはない。どんどん遠ざかっていくだけ。そのことが無性に侘《わび》しく感じ、思わず立ち止まって振り返ってしまうことがあるのだ。

　帰宅後はトイプードルの散歩に出かけるのが日課になっている。一つ違いのシホ姉のせいだ。親に「ちゃんと世話するから」とねだったくせに、半年も経たないうちに「あんたは帰宅部なんだから暇でしょ」と押しつけられた。

　いつもは一時間ほど犬の意思を尊重した散歩を行うのだが、今日は三十分で切り上げて河川敷に引っ張っていく。鉄橋に近づくにつれ、ギターの音色と歌声が聞こえてくる。アニソンの弾き語りを日課にしている女子高生がいるのだ。

「あっ！」とタージが演奏をやめ、駆けつけてくる。「コロンちゃん、こんにちは」

　僕には目もくれずに両手でトイプードルを撫《な》で回す。コロンは仰向けに寝転がって腹を見せる。

「おー、よちよち」とお腹をモミモミする。

「あんまり下の方は触らない方がいいよ。さっき用を足したばかりだから」

　タージは顔を上げて僕を見つめる。

「あっ！　菅沼くんじゃないですか」

　なんで今まで気づかなかったんだ？　いつもコロンと僕はセットじゃないか。そう突っ込みたかったけれど、言葉を呑み込んで「ギター、だいぶ上達したんじゃない？」とアイドリングトークを始める。

「我ながら自分の才能が怖くてたまりません。漠然とした未来図しか描けなかったので、とりあえず潰しがきく理系を選んだんです。それなのに、急に音楽家への道が開かれるなんて、運命の悪戯《いたずら》としか言いようがありません。もっと早く自分の才能に気づいていれば、文系に進んで詩的感覚を養えました。そのことが残念でなりません」

彼女の悪い癖だ。すぐに話が脱線する。本筋に関係のないことばかり口にするから、話が噛《か》み合わないことがよくある。

タージとは幼稚園からの付き合いだ。と言っても、さほど親しくはない。近所の顔馴《かおな》染《じ》みくらいの間柄でしかない。だけど、彼女にも一つ上に『瑞月《みずき》』という名の姉がいて、小学校に入る前から僕の姉と大の仲良しだった。だから僕はシホ姉から間接的にタージの情報を得ることが多かった。

大体は失敗談や奇行エピソードで、聞かされるたびに僕は呆《あき》れていた。

「ユータ、またハルちゃんが迷子になったって」

「掃除当番をサボった子を先生にチクったせいで、みんなから無視されてる」

「雨上がりに虹《にじ》の麓《ふもと》を目指して自転車で十キロも爆走した結果、道に迷った」

「先生を質問攻めにして授業を妨害したから、職員室に呼び出された」

「学校帰りに買い食いをしていた男子のお菓子を没収した」
「駅前で勝手に募金活動をしていたら、街頭演説の議員と口論になった」
「多頭飼育の家から子猫を強引に保護しちゃって、親が謝りに行って後始末をつけた」
「公園で鳩《はと》に餌《えさ》をやっていたオバサンに『代わりに、買い食いする子供におやつを配ってください』と頼んだ」

　好奇心が旺盛でなんにでも首を突っ込む上に、生真面目《きまじめ》で融通のきかないタージは頻繁に問題を起こす。そんな彼女の一番の味方は瑞月さんだった。時に窘《たしな》め、時に仲裁に入り、時に擁護する。常に公平な目で妹を温かく見守っていた。僕の姉とは大違いだ。

　シホ姉には『お姉ちゃんだから』という自覚がほとんどない。いつも自分のことを優先し、興味や関心が向くものがあれば、弟の存在を忘れる。一つのことに夢中になると周りが見えなくなるタイプなので、人の世話を焼くのは向いていないのだ。

　僕が九歳の時のクリスマス会でも、シホ姉は弟のことなど気にかけなかった。町内会長のオジサンが掛け声とともに巨大クラッカーを発射すると、僕の姉は我先にとテーブルに並んだ食べ物に手を伸ばす。

　他の子たちも群がっている。もう見慣れた光景だ。老人ホームでの地域交流クリスマス会。吹き抜けのロビーを会場にしてビュッフェスタイルの食事が提供される。食べ終わったら歌や劇をお年寄りの前で披露することになっている。多くの子供は食事を『パフォーマンスの見返り』と捉えているから、元を取ろうと先を争ってがっつく。

人を押し退《の》けるのが苦手な僕は混雑がおさまるのを待つしかない。瑞月さんはシホ姉と違って紙皿を二枚持っていた。妹の分も取ってあげる優しさ。ちょっとは僕のお姉ちゃんに分けてほしい。

タージは飛び散ったクラッカーの中身を片付けていた。いや、キラキラしたテープがほしいだけか？　四メートルほどの高さのクリスマスツリーにかかったテープも回収しようとする。

でもオーナメントに絡みついていた。強く引いても取れない。テープがピーンと張っただけ。危ないかも。そう思った時には、もうツリーが傾いていた。タージを目掛けて倒れていく。

思わず目を瞑《つぶ》った。大きな音が床を揺らすと同時に、悲鳴が起こった。会場は騒然とする。僕は恐る恐る目を開ける。すると、タージがツリーのそばでしゃがみ込んでいた。ギリギリで当たらなかったんだ。ホッとしたのも束の間、ツリーの枝の間から人の手が見えた。誰かが下敷きになってる！

青ざめた大人たちが急いでツリーをどかすと、頭から血を流した瑞月さんが倒れていた。妹を庇《かば》ったのだ。タージは涙声で「お姉ちゃん！　お姉ちゃん！」と呼びかける。彼女が泣いているのを見たのは、初めてだった。

幸い命に別状はなかったが、オーナメントでざっくり切った痕《あと》が額に残ってしまった。シホ姉は「女子の顔に傷がつくなんて」とひどく同情し、不注意だったタージに怒りを向けた。

だけど瑞月さんは「ハルから目を離した私が悪い」「生え際に近いから傷痕が目立たない」「元からおでこの形がブサイクで前髪を上げることは少ないし」と言って妹を責めることはなかった。

彼女の寛容さに僕の心は打ち震える。瑞月さんみたいなお姉ちゃんがほしかったな、と思うことは何度もあったけれど、彼女は人間として別格だった。あんな人は滅多にいない。

タージもその件で敬意を払うようになったのか、負い目を感じているからか、姉に従順になる。瑞月さんの言うことだけは素直に聞き入れ、「今度から気をつける」と反省する。姉に注意されるごとに粗相は減っていった。

瑞月さんはタージの純朴さを認めつつも協調性に乏しいことを憂《うれ》えていた。このまじゃ大人になって大変な目にあう。姉の私がしっかり教育しなくちゃ。そう責任感を抱いて妹にあれこれ忠告した。

本来なら子供の躾《しつけ》は親の役目だが、彼女らの親はどちらも大らかな放任主義者。「すくすく元気に育つのが一番」と楽観的に考えているので、タージが何をしても叱《しか》り飛ばしたりはしない。むしろ、次女の無垢《むく》さに目を細める。だから瑞月さんが教育係を務める他なかった。

中学生にもなると、タージが見境なく人に絡むことはなくなった。周囲は「少しは大人になったか」「ようやく落ち着きを身につけたんだな」と捉えていたが、僕の目からは歯を食いしばって自制しているようにしか見えない。

無邪気さが売りのタージにとって「あれもダメ。これもダメ」と規制されるのは、手足に重りをつけられることに等しい。ひどく窮屈な思いを強いられていた。だけど不自由を学ばないことには社会に適応できない。瑞月さんは妹がはみだし者にならないよう心を鬼にして厳しく躾けているのだ。

彼女の気苦労を知れば、タージに同情心が湧《わ》く人なんていないだろう。丁寧な口調で「子猫を拾ってきちゃダメなんだよ」と注意しても、次の日には平然と成猫を抱えて帰宅し、「飼っていい？」と訊《き》く。

呆れ返りながらも「どんな猫もダメなの」と補足すると、次の日は迷い犬を拾ってくる。当て付けではない。大真面目に「犬はダメって言わなかったから」と言い訳する。

そんなタージの禁止事項を作るのは並大抵のことではない。どんなに細心の注意を払ったところで、抜け道は完全にはなくせない。いつまでもいたちごっこ。延々と作り直さなければならなかった。

中学二年の秋にも、タージは抜け道を見つける。瑞月さんが「お祖母《ばあ》ちゃんに言っちゃダメだよ。学校でも誰にも言わないで」と口止めしたのだが、道で出くわした祖母の友人に漏らしてしまった。

「胃《い》癌《がん》が再発して余命が二ヶ月しかないので、年の瀬のコーラス大会には出られません」

その友人はすっとんで祖母のもとへ駆けつけ、「気を確かに持って」と励ました。しかし告知を受けていない祖母は首を傾《かし》げる。伴侶《はんりょ》を亡《な》くしてひと月もしないうちに、癌の再発がわかった。家族は祖母の心情に配慮して告知を控えたのだった。

祖母は真実を知ると、失踪《しっそう》する。心当たりのある場所は全て捜したけれど、見つからない。両親は途方に暮れ、瑞月さんは自分を責めた。私の指示が甘かった。ハルに『学校の外でも漏らしちゃダメ。もし口を滑らした時は、お祖母ちゃんに告知していないことも伝えて』と言っておけば。

三ヶ月後、田嶋家に縁もゆかりもない県の病院から祖母の訃報《ふほう》が届いた。担当していた看護師の話では、入院治療を受けていた祖母は「誰にも厄介をかけずにひっそりと逝《ゆ》きたい」と言っていたそうだ。

望み通りの最期《さいご》を迎えられて本望だったかもしれないが、瑞月さんは祖母に不要な気遣いをさせてしまったことを悔やんだ。私のせいで一人寂しく苦しみ抜いて死んだ。そばに家族がいれば孤独や苦痛を和らげることができた。みんなで看取《みと》れた。私がきちんとハルを管理していたら、起こらなかった悲劇だ。

祖母の死を契機に、瑞月さんは妹の教育方針を変えた。タージを社会に適応させることをあきらめ、周囲に迷惑をかけないことに重きを置いた。もう二度と同じような悲劇を起こさない。そう誓って妹から言葉を取り上げたのだった。

タージに「家の外では余計なことを言わないで」という制約を課した。曖昧《あいまい》さを排除するために、『余計じゃないこと』を明確にしている。自己紹介、挨拶《あいさつ》、呼称、授業中の回答はＯＫ。

その他に口にしていい言葉は『はい』『いいえ』『ありがとう』『ごめんなさい』『よくわからない』『なんでもない』の六つのみ。不注意で口走らないよう常にマスクを着用し、意識づけを徹底させる。

「家の外は水中だと思って。水の中では空気を吸えないし、言葉も吐けない。けど、マスクをすれば呼吸ができるの。ダイビングのレギュレーターみたいなもの。わかった？いい？」

合唱や水泳の授業と食事。それ以外の時間はマスクを外してはならない。かなり酷な制約だけれど、本人が失言のボーダーラインを見極められないのだから仕方がない。臨機応変に対応できない人は厳重なルールで縛る以外にない。

タージの口は災いの元。彼女が黙っていればトラブルは起きない。被害者は出ないし、本人にダメージが跳ね返ってくることもない。周りの人にとっても、タージにとっても沈黙は最良の選択だ。

　友達のいないタージが急に無口になっても、困る人は誰もいない。だが、不思議に思う人はいる。中には気味悪がる人も。だから「お祖母ちゃんの死がショックで塞《ふさ》ぎ込んでいる」という理由を作った。

　その名目を流布《るふ》する役割を担《にな》ったのは僕だ。シホ姉から「クラスメイトに拡散しておいて」と命じられ、それとなく広めていった。姉の言いなりになったのは、密《ひそ》かに瑞月さんを崇拝しているからだ。

　どこの男子も近所の綺麗なお姉さんを神聖視するもの。瑞月さんは妹のタージとは正反対で、理知的で気品に溢れている。だからみんな「本当に血の繋《つな》がった姉妹か？」と疑いつつ姉の方を崇《あが》める。

　特に、あのクリスマス会に参加していた人たちにとっては、女神のような存在だ。妹を突き飛ばして身代わりになったり、血だらけになりながらも「ハルに怪我《けが》がなくてよかった」と微笑《ほほえ》んだりした姿を目の当たりにしたら、心酔しない方が難しい。

　瑞月さんは中学を卒業すると、直々に「私の目が届かなくなるのが心配なの。ハルのことを見張ってほしい」と僕に頼んだ。もちろん、喜んで監視役を引き受けた。僕らは定期的に連絡を取り合い、タージの情報を共有した。

　僕とタージが同じ高校に通うことになった時には、「周囲に誰もいない場合に限って、ハルは勇太くんと自由に喋《しゃべ》っていい」という新たなルールが加わった。その特例に僕の胸は高鳴る。ほんの少しだけ特別な存在になった気分に浸れるのだ。

　瑞月さんに対して恋愛感情みたいなものは抱いていない。畏《おそ》れ多い。誰からも教わらなくても、自然と『自分の手の届かない人』という線引きができるようになる。高望みなどしない。時々、連絡を取り合うだけで充分。とても光栄なことだ。

　僕は高校でもそっとタージを見張っている。瑞月さんが定めた禁止事項については誰にも話していない。チエちゃんにも「タージはお祖母ちゃんが死んでから心を閉ざしている」で押し通し、秘密を自分の胸だけにしまい続けている。

「作曲にもチャレンジ中なんです」とタージは背筋をまっすぐに伸ばし、得意顔で喋る。

「でも踊るのも好きなのでダンスも磨いていこうと思います」

「弾き語りしながら踊るのって難しくない？」

「だからいいんですよ。遣《や》り甲斐《がい》が地の底から湧いてくるじゃないですか」

　弾き語りはタージが見つけたルールの抜け道だ。僕が瑞月さんに報告すると、『自由に喋れないフラストレーションを歌で解消しているのね』と容認した。河川敷で歌う時もマスクを外してよくなった。

　タージは課せられた制約を『お姉ちゃんが私のためを思って作ったルールだから守らなくちゃ』と前向きに受け入れている。信頼しきっているので不平不満を零《こぼ》すことなく、ルールの中で自分なりの楽しみ方を探す。時々、思いがけず抜け道を発見することがあり、その都度ルールが上書きされる。

「いくら練習しても限界がある。上には上がいる。本当にメジャーデビューできたとしても、プロの世界で身の程を知ることになる。結局のところ、ほんの一握りの天才以外は通用しないんだよ」

「最初からあきらめたら何もできません」

「けど、無駄な努力をしないで済む。練習する時間を読書にでも充てた方が有意義じゃない？」

「あっ、言われてみればそうですね」

　上を見だしたらキリがない。上には上が、更にその上が、まだまだ上がいる。届かないところへ手を伸ばし続けても無駄だ。首が疲れるだけ。

「うーん」とタージが悩ましげな声を出し、ずれた眼鏡をくいっと上げる。「やっぱりダメです。チャレンジスピリットは大事だと思います。読書で教養や人間性を育《はぐく》むのは、確かに意義のあることですが、人類の発展に挑戦は欠かせません」

「考え方、生き方は人それぞれ。田嶋の好きにすればいい」

人から『怠け者』『投げやりな生き方』『根性なし』と言われても気にしない。何を思おうがその人の自由だし、どう生きようが僕の勝手だ。

「はい。ところで、菅沼くんは挫《ざ》折《せつ》の経験がある人とない人とでは、どちらの人と親しくなりたいですか？」

「ある人かな」

「私のお姉ちゃんも『ある人』を選びました。だから頑張って挫折してください」

もしかして、僕が人知れず瑞月さんを慕っていることに勘《く》づいている？　今、告白を後押ししたのか？　いや、そんなわけない。人の気持ちを酌み取るのが苦手なタージが察せられるはずはない。

　よくよく考えれば、『瑞月さんにふられて挫折を経験すれば、瑞月さんに気に入られる』というのは矛盾している。きっと『聡明なうちのお姉ちゃんが挫折を推奨しているんだから、菅沼くんもチャレンジスピリットを持とう』というような意味合いだったのだろう。

「まあ、考えておくよ」と僕は取り繕ってから本題に移る。「そういえば、田嶋は中西さんのこと、すぐにわかった？」

「愚問ですよ。一目でわからない方がどうかしています」

時折、タージは挑発的な物言いをする。悪気はない。口の利《き》き方を知らないだけ。

「そうかな？　だいぶ雰囲気が変わっていたじゃん」

「雰囲気なんてものは主観でしかありません。客観的な目で見れば一目瞭然《いちもくりょうぜん》です」

核心を衝《つ》かれた気がした。小学校時代の中西さんのことを思い返してみても、彼女の顔はぼんやりしている。気味が悪い、母親がモンペ、根暗。それらのイメージが先行していたせいだ。当時、僕は中西美紀という人間ときちんと向き合っていなかったのだ。

「けどさ、中西さんも僕と同類だよ。おとなしくなった田嶋に気づかないんだから」

「ミキちゃんも私にすぐ気づきましたよ」

「えっ？　二人で再会を喜んだりした？」

「はい」

「いつ？」

「うーんと、先月の頭くらい」

「先月っ！」と驚くと、コロンが体をビクッとさせる。

つい声が大きくなり、怯《おび》えさせてしまった。タージは両膝《ひざ》を折って屈《かが》み、「大丈夫だよー」と言いつつコロンの頭を撫でる。

「先月に中西さんに会ったの？」

「はい。家の近くでばったり」

たまたま？　それとも、待ち伏せていた？

「瑞月さんのルール、破ってないよね？」

「もちろんです。『あっ、ミキちゃん！』ってびっくりしたあとに『こんにちは』って挨拶して、それからはちゃんと六つのセリフを駆使して話しました。ただ、ほとんど『はい』と『いいえ』だけでしたが」

「なんで二つだけ？」

「ミキちゃんが要求したんです」と言って立ち上がり、また眼鏡のずれを直す。「これからいくつか質問するけど『はい』か『いいえ』で答えてって」

数分タージと話していれば、彼女が決まりきった言葉しか使わないことに気づく人もいるだろう。でもなんのためにセリフを二つに絞った？　『ありがとう』『ごめんなさい』『よくわからない』『なんでもない』を禁止にしたら、益々《ますます》会話が窮屈になる。

「なんの質問をされたの？」

「えーと、『誰かに話し方を規制されている？』とか、『先生に言われて？』とか、『お姉ちゃんを哀《かな》しませる失言をしたから？』とか、『色恋沙《いろこいざ》汰《た》がきっかけ？』とか、『家庭内の問題がきっかけ？』とか、『お祖父《じい》ちゃんは元気？』とか、『お祖母ちゃんは病気で亡くなったの？』とか、『本人に告知は？』とか、『ハルちゃんは誰かに漏らしたの？』とか、『お姉ちゃんはお祖母ちゃんっ子だった？』とか」

「ルールが生まれた経緯について話したの？」

「話していません。質問に『はい』か『いいえ』で答えただけです」

「でも相手には伝わったんだよね？」

「たぶん」

なんて頭の固さだ。まるで行間を読めない。どうして額面通りにしか受け取らない？

そもそも、瑞月さんは『私が作ったルールのことは内緒だよ』と口止めしていないけれど、それくらいは察せられるだろうに。他人に知られたら姉がどんな目で見られるか、なんで考えられないんだ？

瑞月さんが口止めしなかったのは、言葉の制約を課しておけば漏れない自信があったからだ。許可した言葉だけでは会話は成立しない。

まさか、ルールを破ることなく、『はい』と『いいえ』だけで真相を引き出す方法があったとは。全くの盲点だった。膨大な時間を要するものの、想像力を働かせて一つずつ可能性を潰していけば、いずれは正解に辿《たど》り着ける。

「他にどんな情報が中西さんに伝わった？」

「私が通っている高校と特進クラスについて細かく質問してきました」

「ひょっとして、理系の特進クラスがひとクラスしかないことを伝えた？」

「はい」

もしかしたら中西さんはタージに近づくためにうちの高校に転校してきたのかもしれない。特進クラスに入れる学力さえあれば、同じクラスになれる。けど、なんでタージなんかと？

「小学生の頃、田嶋は中西さんとよく遊んでいた？」

「二人で遊んだ記憶はないですが、一度だけボランティア活動ではご一緒しました。その時に、『紫外線対策の眼鏡をすると脳が疲れにくくなる』と教わったので、私も眼鏡っ子になったんです」

「へー。その伊達《だて》眼鏡は中西さんの真似《まね》だったんだ」

「眼鏡仲間だったのに、ミキちゃんはいつの間にかＵＶカットのコンタクトレンズに替えていて、ちょっぴり寂しい気持ちになりました」と言うと、目を大きく見開く。「今、ふっと思い出したんです。ピカピカの小学一年生になる前、私たちが『ハルちゃん』『ユータくん』と呼び合っていた頃は、よく遊んでいましたね。私たちのお姉ちゃんと四人で」

「家が近かっただけだよ。そんなことより、再会してから中西さんと連絡を取り合っている？」

「一回もしていません。それっきりだったので、今朝は晴天の霹靂《へきれき》でした。でもこんな嬉《うれ》しいサプライズはありません。また同じ学校に通えるなんて、とっても運命的です」

二人が再会したのは先月の頭で、穴井直人が自殺したのは先月の終わり。本当に中西さんがタージとコンタクトをとっていないのなら、一週間前に校門で穴井直人の母親と擦れ違うまでは教師の自殺については何も知らなかったことになる。

やはりタージを目当てに転校してきたようだ。その目的は瑞月さんのルールを解除すること、と考えるのが妥当だ。中西さんは『姉に逆らって自由に生きろ！』と働きかけるつもりなのだろうが、面倒なことになった。もしタージが懐柔されたら、これまでの苦労が水の泡だ。

「今日の菅沼くんはどこか思い詰めたような顔をしています」と言ってタージは僕の顔を覗《のぞ》き込むように見つめる。「何かあったんですか？」

「いや、何も」

「やせ我慢はしないでください。悩み事や弱音を吐露するのは恥ずかしいことじゃないんですよ」

「本当になんでもないんだ」

「そうですか。けど、さっきから何か焦っていませんか？」

ギクリとする。ごく稀《まれ》にタージは直観が働く。口を開けば的外れなことばかり言うくせに、時たまドまん中を射抜くことがある。下手な鉄砲も数撃てば当たるのだ。

「気のせいだよ」と僕は白を切る。

「あっ、もしかして、お腹が痛いんですか？　トイレはすぐそこにありますよ」

「痛くないよ」

「それならよかったです」と安堵《あんど》の笑みを浮かべてから僕の足元に呼びかける。「コロンちゃんは痛くない？　食欲はある？」

「健康だよ。どこも悪くない」

「それはよかっ……」

途中で言葉を止めて見上げた。釣られて僕も茜《あかね》色と群青色が混ざった空を仰ぐ。だけど何も見当たらない。鳥も旅客機も一番星もない。

「もしかしてもしかすると」とタージが僕の顔に視線を向けた。「お姉ちゃんのルールって秘密にしなくちゃいけなかったんですか？」

「今かよ」

ついボヤキが口を衝いて出てしまった。なんでそんなにまでちぐはぐなんだ？　わからないでいいことに気づき、わかってほしいことにはまるで気づかない。かと思えば、周回遅れで気づいて蒸し返す。

「ごめんなさい。うっかりしていました」

「もういいよ。次から気をつければ」

「でもでも、菅沼くんはよかったですね」とタージはニコニコして言う。

「ん？　何が？」

「秘密を黙っているのってしんどいじゃないですか。私とお姉ちゃんの決まりごとをたった一人で抱え込んでいた菅沼くんの頑張りを思うと、切なくなります。だけど、ミキちゃんも知ったんだからもう寂しくありません。一人じゃなくなってよかったですね」

　何を勘違いしてるんだか。元から全然寂しくない。少しも『よかった』と思えない。むしろ、逆だ。秘密が漏れてがっかりした。僕だけが知っていることで優越感に浸れたのに。

「しんどくなんかなかったよ」

「本当ですか？　やせ我慢をしたり、意地を張っていたりする時って本人は自覚していないことが多いんですよ。だから私が労をねぎらってあげます。菅沼くん、今までよく健闘したね。偉いよ」

「田嶋ってやっぱり変わっているよね」

「みんな違っているのがいいんですよ。十人十色だから色んな意見が出て人類が発展していくんです。世界中の人が踊れるシンガーソングライターを夢見たらつまらないじゃないですか」とタージがどんどん話を脱線させていく。「あっ、菅沼くんの将来の夢はなんですか？」

「特にない」

「早く見つかるといいですね」

「夢が見つかることがいいこととは限らないよ」

「人生はチャレンジあるのみです」と声を張って訴える。「漫然とした日々を送っていると、怠慢な生き方が染みついてしまいます」

「田嶋はさ、一つだけどんな願いも叶えることができるとしたら、なんにする？　やっぱりプロのミュージシャン？」

　彼女は渋い顔で黙り込む。好奇心が旺盛だからやってみたいことがたくさんあるのだろう。あるいは、いい子ちゃんでもあるから世の中に役立つ願い事を考えているか。

「流れ星だったら、とっくにタイムオーバーだよ」と僕は急《せ》かす。

「えーとですね、まだ音楽に一生を捧《ささ》げる覚悟はできていないので、『プロのミュージシャンになりたい』はおこがましい願い事です」

「なら、他の願いにすればいい」

「では、『いつか流れ星を見た時に即答できますように』にします」

「何、それ？」

「本気で叶えたい夢って、いつも心のまん中にあると思うんです。四六時中ひたむきに夢のことを考えていれば、たまたま流れ星を見た時にも瞬時に言葉にできます。私にも咄嗟《とっさ》に口から飛び出す夢がほしいです」

言い換えるなら、『即答できる夢が見つかりますように』ということか。本当に変わったヤツだ。でも彼女の単純さが少し羨ましく、ちょっとだけ悔しい。

　叶えたい夢がないなら『夢をください』とお願いすればいい。その発想に至れなかった自分に苛立《いらだ》ちを覚える。なんでそんな簡単なことを考えつかなかったんだ？

「流れ星にお願いって変な迷信だと思っていたんですけど」とタージがまた本筋からずれていく。「きっと大昔の人は夜空を眺めながら夢に思いを馳《は》せることが多かったのでしょう。流れ星は吉兆の印でもあるので、たまたま目にした時に夢の成就を連想したんだと思います」

　僕が投げやりな相槌《あいづち》を打つと、彼女は素《す》っ頓狂《とんきょう》な声を上げた。

「あっ！　マスクしている時に流れ星を見つけても何も言えないです。お姉ちゃんに特例にしてもらわなくちゃいけません」

「そろそろ帰るよ」と会話を打ち切る。

「一曲くらい聴いていってくださいよ」

「ヤボ用があるんだ。また今度」

名《な》残《ごり》惜しそうにしているコロンを引っ張り、家に向かう。用事なんて何もないが、タージに嫌気が差したのだ。彼女と話していたら調子が狂った。僕が人のことを羨ましがるなんて、どうかしていた。人は人、自分は自分だ。

タージが流れ星にどんなお願いをしようが、僕には関係のないこと。とりあえず、瑞月さんに報告しなくちゃ。中西さんのことを伝えようとポケットからスマホを出し、メッセージを打ち始める。

背後から『星に願いを』の弾き語りが聞こえてきた。ディズニー映画『ピノキオ』の主題歌を選曲するとは、ヤボ用を口実にした僕への皮肉か？

いやいや、考えすぎだ。ピノキオみたいに鼻が伸びるわけじゃないんだから、そう簡単に僕の嘘《うそ》を見破れるものか。

でも、と思ったと同時に薄暗い空を見上げる。今、流れ星が過《よぎ》ったら『夢をください』とお願いしない自信はない。口に出さなくても、頭には浮かぶはずだ。僕に熱中できる夢があったら、前向きな人生を歩めたに違いない。

僕は作りかけのメッセージを削除し、スマホをポケットに戻す。しばらくは様子を見よう。中西さんがタージを唆《そそのか》している確証を得てからでも遅くはない。

「コロン」と僕は呼びかける。「幼馴染の好《よし》みでそれくらい融通してもいいよな」

だけど、コロンは無反応。僕のことなど知らん顔でずんずん進んでいく。

# 第二章

# 渋野晋吾の暴食

憂鬱《ゆううつ》な朝は足取りが重い。学校までの道のりがやけに遠く感じる。行きたくない。マイナスな気持ちが俺の目線を下げさせる。信号待ちのたびに足先に向けて溜息《ためいき》を吐き出す。誰かリーダーを代わってくれないかな。

昨日はどうにかアトムを宥《なだ》めることができたけど、彼の堪忍袋《かんにんぶくろ》の緒は切れかけている。次は我慢できないだろう。転校生が改心して協調性を重んじてくれればいいが、期待はできない。みんなから無視されたことで『調子に乗りすぎちゃった』と反省するメンタルだったら、俺に告白なんかしない。全く懲《こ》りていないんだ。

中西が今日も自由奔放に振る舞うのなら、いつアトムがキレてもおかしくない。衝突は避けられない。やっとクラスが落ち着きを取り戻しつつあったのに、またギクシャクした空気に戻ってしまう。転校生のせいでこれまでの努力がパーだ。

そもそも、俺はリーダーに向いていない。勉強もスポーツもできて容姿も悪くないから一目置かれているだけで、カリスマ性みたいなものは皆無。クラスをまとめあげる統率力もないし、踏ん反り返れる図々しさもない。

だからみんなの顔色ばかり窺《うかが》っている。アトムやリュウが保守的な俺に反旗を翻《ひるがえ》さないか、二軍や三軍の人たちが一軍グループに不満を抱いていないか、女子たちが『渋野がボスじゃ頼りない』と落胆していないか、気にしてばかりいる。正直、疲れた。クラスのことなんかに頭を悩まさずにマイペースに……。

「渋野くん、おはよう」

声に反応して顔を上げると、ノスタルジックな赤い自転車に跨《また》がった黒タイツの女がいた。中西だ。片足を地面につき、体を捻《ひね》って振り返っている。

「お、おはよう」となんとか返す。

「どう？　一晩経《た》って気が変わった？」

「は？」

「私と付き合う気になった？」

「ちょっとは空気を読めよ。そんな調子だととんでもないことになるぞ」

そう言いながら近づくと、彼女は自転車を降りた。そしてなんの躊躇《ためら》いも恥じらいもなく俺の隣を歩き始める。

ジブリ映画に出てきそう、と思わせるレトロなデザインの自転車はフレームが太くてごっつい。華奢《きゃしゃ》な女子が押すのは重くて大変かも。だけど代わってやる義理はない。

「心配してくれるってことは、満更でもないみたいね」

「なんでそういう捉《とら》え方をするんだよ」と俺はうんざりする。「心配してんのは、クラスが荒れること。色々あってみんなナーバスになってるんだ。不用意な言動は控えてくれ」

「クラス思いなのね」

「誰だって『クラスみんなで仲良くできたらいいな』って思うだろ」

「それなら、どうして鬼頭《きとう》さんは孤立しているの？　みんな意図的に避けているよね？　仲間に入れてあげればいいじゃん」

　理系クラスは女子が数人しかいないから、女子たちは馬が合わなくても肩を寄せ合って団結せざるを得ない。でも鬼頭瀬令奈《せれな》だけは群れずに一匹狼《いっぴきおおかみ》を貫いている。

「みんなで無視しているわけじゃない。鬼頭は一人でいるのが好きなんだ」

「どうして一人が好きなんだろ？」と中西は興味深げに訊《たず》ねる。

「さあ？」

「学校に着いたら本人に訊《き》いてみよっと」

「鬼頭には近づかない方がいい」

「なんで？」

　話すべきか迷う。クラスの一番の危険人物について教えないのは、さすがにかわいそうか？　いや、どうせ忠告しても聞き流されるだけだろうし、中西がどうなろうが知ったこっちゃない。

だけど鬼頭の恐ろしさを知ったら自重する可能性はある。中西がおとなしくなればアトムが癇癪《かんしゃく》を起こすことはない。

「うちの学年には『カナボウ』って呼ばれるスゴ腕のネット特定班がいるんだ」

「ネット特定班？」

「生徒の裏アカや黒歴史を突き止めて、みんなに広めてんだ。週刊誌みたいに隠し撮りをする時もある」

キリスト教の『七つの大罪』になぞらえて『怠惰』『暴食』『傲慢《ごうまん》』『憤怒《ふんぬ》』『強欲』『色欲』『嫉妬《しっと》』のいずれかをハッシュタグにしたり、メッセージに入れたりして拡散する。当然、捨てアカを使っている。すぐにアカウントを削除するので、誰がリークしているのか特定するのは難しい。

ただ、学年は絞り込める。ターゲットにされる生徒は俺たちの学年だけだから。また、毎回一字だけ変わるユーザーネームに手掛かりがあった。金木奉子、金木奉男、金木奉美、金木奉太、などなど。最後の一字を抜いた『金』と『木』と『奉』を組み合わせると『金棒』になり、『鬼』を連想させる。鬼に金棒。

ひょっとして鬼頭かも？　こじつけだよ。推理が強引じゃね？　あいつの父親はシステムエンジニアらしいから、娘がSNSに強いのも納得だ。ユーザーネームに手掛かりを残すのはリスキーじゃ？　承認欲求を抑えられないんだよ。でも裏付けが弱くないか？

　みんなが疑心暗鬼になる中、ある男子が体育祭の練習や準備に非協力的だった鬼頭に文句を言った。すると、その夜にそいつが恋人以外の女と手を繋《つな》いで歩いている写真がツイッターに出回った。ハッシュタグは『色欲の罪』だった。それが決定打となり、誰も鬼頭に近づかなくなった。触らぬ神に祟《たた》りなし。

「その特定班が鬼頭さんだって言うの？　証拠は？」

「鬼頭とトラブったヤツはみんな血祭りに上げられてる。あいつと揉《も》め事を起こさなくても、調子に乗ってるヤツとか、無自覚に顰蹙《ひんしゅく》を買ってるヤツとかはカナボウのターゲットにされる」と俺は警鐘を鳴らす。「だから中西も目立つ言動は控えた方がいいぞ」

「私はSNSやったことがないし、過去よりも現在に比重を置いているから問題ない。隠し撮りされて冷や汗をかく人は自業自得《じごうじとく》だと思うし」

「けど、中西にだって黒歴史の一つや二つはあるだろ。鬼頭がその気になれば、前の学校での汚点もあっさり突き止められるんだぞ」

「人に知られて困ることなんてない」

「そういうことを言うヤツに限って裏でヤバいことしてんだよな」

「私、嘘《うそ》はつかない」とキリッとした顔で言い張る。「隠したい過去はない。むしろ、ありのままに曝《さら》け出したい」

「じゃ、なんでハンパな時期に転校してきたんだ？」

あと一ヶ月もしたら春休みに入る。普通なら三学期が終わるまで在籍し、新年度のスタートに合わせて転校するものだ。前の学校を追い出されるようなトラブルを起こしたか、逃げ出さなければならないようなことがあったんじゃないか？

「表向きの理由は『ママが事故死したから、離婚後も横浜で暮らしているパパに引き取られた』ってことになっている」

「マジで？」とびっくりすると同時に引っかかる。「ん？　『表向きの理由』ってことは？」

「警察は『事故』と捉えていない。『母親が心中を図って娘だけが生き残った事件』って見なしている」

「冗談だろ？」

あまりにもさらっと言うものだからリアリティに乏しい。事実なら少しは口籠《くちごも》ったり、重苦しい口調になったりするものだ。

「旧姓の『阿久津《あくつ》美紀』で検索したら裏がとれるんじゃない？　阿吽《あうん》の『阿』と永久の『久』と天津飯《てんしんはん》の『津』で『阿久津』。調べがつかなかったら鬼頭さんに頼んでみたら？」

「おまえ、何がしたいんだ？」

「やっぱり私に興味があるの？」

「そうじゃない。誤解すんな」

「本当に誤解って言い切れる？　自分の気持ちを隅から隅まで理解している人なんていないよ。違う？」

「そうだけど……」

反論したかったけど、うまい文句が出てこない。言い負かされたまま校門をくぐる。

「好きの反対は無関心なの。覚えておいて。また、あとでね」

そう言うと、颯爽《さっそう》とサドルに跨り、駐輪場へ自転車を走らせた。俺は昇降口に向かいながら中西の言葉について考えを巡らせる。好きの反対は嫌いじゃない。無関心か。詭弁《きべん》のようにも聞こえるが、あながち間違いでもないような。好きでも嫌いでもなく、興味がない。惚《ほ》れた子にそんな言われ方したらかなり応《こた》える。

中西に無関心でいられないのは、確かなことだ。けど、だからって『好き』ってことになるか？　よく見れば綺麗《きれい》な顔をしているし、ショートカットも黒タイツも似合っているけど……。いやいや、タイプじゃない。大体さ、好きの反対が無関心なら、嫌いの反対はなんなんだ？

答えは出ないが、とにかく急ごう。中西がテキパキと自転車を停めて小走りで俺を追ってきたら、またペアになってしまう。一緒に教室に入るのはマズい。妙な噂《うわさ》が立ちかねない。俺は歩くスピードを上げた。素早く上履きに履き替え、一段飛ばしで階段を上り、廊下をずんずん突進していく。

ガラッと教室のドアを開けると、青紫色のパンジーが目に留まる。昨日からずっとマリッペの机に置きっぱなしだ。枯れて花弁がしなだれたとしても、誰も片付けないだろう。

不意に、目の端に黄色いものが入った。パンジーだ。中西の席にも一輪挿しがあった。

「よっ、シブ」とリュウが声を掛ける。

彼の横にいるアトムも軽く手を挙げて挨拶《あいさつ》したが、意味深な表情を浮かべている。

「うっす」と俺はいつも通りに応じる。「今日もクソさみーな」

間違いなく二人の仕業だ。普段はリュウもアトムも遅刻ギリギリの時間に登校する。おそらく示し合わせて早く登校し、中西への復讐《ふくしゅう》を行った。昨日も体育の授業が終わると、二人はまっさきに体育館をあとにした。誰よりも早く教室に戻ってマリッペの席に一輪挿しを置いたのだ。

リュウとアトムが報復行動に出てしまったら、もう俺にはどうすることもできない。俺が『転入生なんだから大目に見よう』と言って一輪挿しを撤去しても、不穏な空気が漂うだけ。余計に収拾がつかなくなる。静観する他ない。

　教室中が異様な緊張に包まれている。ほとんどの人が『間もなく戦いの火《ひ》蓋《ぶた》が切られる』と予見しながらも、素知らぬ顔で普段通りに振る舞う。みんなが固唾《かたず》を呑《の》んで中西の登場を待っている。

　渦中の人はなかなか来ない。トイレにでも行っていたのか、俺から五分ほど遅れて入室してきた。軽やかな足取りで自分の席へ向かう。いつの段階で黄色のパンジーが目に入ったのかわからないが、動揺した様子はない。表情も歩調も変化なし。

　自分の席の一輪挿しを手に取るや否や、教室の前方へ歩んでいく。また黒板の前で犯人の情報提供を求める気か？　そう予想した人は俺だけじゃないと思う。だが、中西が立ったのは電子レンジの前だった。

　扉を開けると、黄色のパンジーを引き抜いて瓶だけを入れる。そしてたどたどしい手つきでボタンを押した。いったい何をするつもりなんだ？　瓶に入った水を温めてなんになる？

　みんなも呆気《あっけ》にとられているようで、教室は静まり返っている。だから電子レンジの動作音がやけに大きく聞こえる。聞き慣れた「チーン」も耳に刺さった。

　中から温めたものを取り出した中西はマリッペの席の一輪挿しも手にし、こっちに向かってくる。おいおい、まさか？　嫌な予感は的中し、俺の机の上に瓶を二つ置いた。

「これを」と言ってブレザーのポケットから小さく折り畳まれたメモ用紙を出す。「肌身離さず持ってて」

「なんだ、これ？」

反射的に受け取ってしまったが、ホッチキスで綴《と》じられていて開けないようになっている。

「秘密の言葉が入っているの。機が熟したら封印を解くから、それまではラブレターだと思って大事に保管してね。勝手に開けちゃダメだから」と念を押してから、今度は黄色のパンジーを俺に差し向けた。「こっちは別件で、急を要する案件。しばらく握ってて」

「なんで？」

「渋野くんが私のことを本当はどう思っているのか、パンジーで確かめることができるって言ったら信じる？」

「なに言ってんだ？」

「とりあえずは、『信じる』っていう体《てい》で聞いて。私もそういう体で話す。その方が話が早いの。つべこべ言うのはあとにして。幼稚園児じゃないんだから、人の話を最後まで聞けるでしょ」

「高校生だから不躾《ぶしつけ》な要求を『私の話を聞いてください』っていうふうに捉えておく

よ」と言い返すと、中西は白い歯を見せた。

余裕たっぷりな態度が神経に障《さわ》る。なんなんだ、この女は？　話なんて聞かずに無視すればよかった。

「私を愛する気持ちが心から湧《わ》き出ているなら、この黄色のパンジーは渋野くんの影響を受けて、すぐに萎《しお》れる。花は栄養を与えすぎると生き急いでしまうから」

植物に愛情を注ぐと早く育つ、という話を聞いたことがある。嘘か実《まこと》か、話しかけたり音楽を聴かせたりすると、成長が促進されるらしい。だけど、恋をしている人が世話すると影響を受けて生育がよくなる、なんて話は初耳だ。所詮《しょせん》は植物だから自分への愛情かどうか判別できないのか？

「こっちの温めた水が冷めて青紫色のパンジーの方と同じくらいの温度になったら、この黄色のパンジーを挿して」と中西が淡々と指示した。「黄色の方が早く萎れた時は、私と付き合おう」

「それで話は終わりか？」

「うん」

「最後まで聞いて損した。パンジーなんかで確かめなくても、俺の気持ちははっきりしてる。中西のことはタイプじゃない」

「怖いの？」

「は？」

「自分の本当の気持ちを知るのが怖いんでしょ。ビビりまくっているから検証したくないのね」

「自惚《うぬぼ》れんなよ」

　言い終わった直後、相手の術中にハメられていることに気づく。マズった。冷静に『そんな挑発には乗らないよ』とあしらわなければいけなかった。

「そこまで言い切れるならパンジーで証明してみせてよ」と何気ない調子で俺を追い込む。「しばらく握っているだけで白か黒か判明するんだから、嫌がる理由はないでしょ」

　クソ。逃げ道がない。拒否したら『やっぱり私のことが好きなのね』と結論づけられる。どんなに強く否定しても『パンジーで白黒はっきりさせよう』は突破できない。足《あ》掻《が》いても無駄だ。

　いつまでも押し問答をしていたら『じゃ、誰が好きなの？』と突っ込んでくるかもしれない。この場で好きな人を発表する事態にまで発展しかねない。さっさと従うのが得策だ。

「いいよ。やってやる」と言って黄色のパンジーを受け取った。

「ちゃんと私のことを想《おも》いながら優しく握るのよ」

「わかった」

心配ない。俺には心に決めた人がいるんだから、黄色が先に萎れるわけがない。それに、青紫色のパンジーは昨日摘み取ったものだ。先に元気がなくなるに決まっている。そもそも、中西が本気なのか疑わしい。俺への恋心も植物の謎《なぞ》理論もでたらめなんじゃ？　自分にイジメの矛先が向けられたことを有耶無耶《うやむや》にしたくて俺に絡《から》んだ可能性がある。

そうだとしたら結構な策士だが、その策に乗せられる方がアトムたちと激しく衝突するよりはずっとマシだ。むしろ、これはチャンスだ。中西が俺を利用して揉め事を回避したいのなら、その思惑に乗りつつアトムとリュウを誘導しよう。

パンジーの結果が出たあと、『中西のことは全然好みじゃないから、青紫色の方が先に萎れたんだ。もう付きまとわないでくれ』と強い口調で突き放して恥をかかせる。そうすれば、アトムの気も少しは晴れるだろう。

溜飲《りゅういん》が下がったところで、『あの女は頭がおかしい。関わったらヤバいことになる』と働きかけるんだ。宥めすかして転校生への敵意を逸《そ》らし、中西にも『身の程を弁《わきま》えろ』と釘《くぎ》を刺す。うまく事が運んだら、丸く収めることができるかもしれない。

俺はパンジーを握りながら最良の解決策を模索し続けた。数分置きに二つの瓶を触り、同じくらいの温度になるのを待つ。だが、なかなか冷めない。中西は温めすぎた。

青紫色のパンジーの瓶は昨日からずっとマリッペの机に置いてあったから、中の水はさほど冷たくない。一方、中西の机にあった瓶の水は今朝入れられたものだと思われる。うちの高校の水道水は冬場はキンキンに冷えている。中西は同じ条件で検証するために、冷たい方を電子レンジでチンしたのだろう。

けど、なんで温度差があることを知っていたんだ？　中西はマリッペの一輪挿しに触れる前に、自分の机にあった瓶を電子レンジで温めた。転校一日目で水道水の冷たさを学習していたのか？　それとも、みんなの注意を他所《よそ》に向けるためのパフォーマンスだったのか？

なんであれ、同じ条件下なら黄色のパンジーの方が長持ちするのは疑いようがない。すでに青紫色の方が花弁に張りがない。黄色はまだまだ瑞々《みずみず》しさがあるので、勝負は見えている。

俺は気長に冷めるのを待ち、定期的に目を瞑《つぶ》って水温を比べ続ける。黄色のパンジーを瓶に入れたのは一時間目が終わる五分前だった。

俺の机の上に瓶が二つ載っていても、先生たちは何も言わない。臨時担任の大槻先生もどの科目の先生も俺を視界に入れようとしない。一輪挿しは穴井先生の自殺を想起させるから見て見ぬふりをするのだ。

はなから教師なんかには何も期待していない。あいつらは常に責任回避のことで頭がいっぱい。子供の頃から集団の中で上手に生きる方法を学んできた集大成が『教師』なんだから、しょうがない。自己保身のスペシャリストどもに期待してもバカを見るだけだ。

帰りのホームルームが終わると、中西が「今日も部活？」と話しかけてきた。

「いや、今日は休み」

「それじゃ、一緒に帰れるね」

昨日みたいにきっぱり拒絶できない。黄色のパンジーの方が先に萎れたからだ。授業が進むにつれてみるみる元気を失っていった。今は花弁ががっくりとうなだれている。

なんでだ？　俺は心の奥底では中西に惚れているのか？

「俺、他に好きな子がいるんだ」

「誰？」

「言えない」

「その子に彼氏はいるの？」

「いないと思う」

「それなら、今すぐ告白してきて」と中西は平然と要求する。「ふられたら私と付き合おう」

「無茶苦茶なこと言うなよ」

「どうして告白できないの？」

「タイミングとか、心の準備とか、色々あるんだよ」

「明日、その子が渋野くんよりもイケてない男子に告白されて『まずは友達から』って返事したら、先にコクっておけばよかったって悔やまない？」

　言葉に詰まった。『悔やまない』とは断言できない。いや、大きな後悔が押し寄せてくるに違いない。

「渋野くんは単なる意気地なしなの。あーだこーだ理由をつけて先送りにしているだけ」と辛辣《しんらつ》な言葉を浴びせた。「けど、その程度の気持ちしかないってことでもあるから、気兼ねなく私に乗り換え……」

「中西さんは本当に渋野くんのことが好きなの？」

　スズさんが会話に割って入ってきた。彼女は女子のまとめ役で、困っている人がいたら放っておけない慈愛の精神を持っている。今も俺のピンチに居ても立っても居られなくなって口を挟んだのだ。

「えっと、小野田《おのだ》すずさんで合ってる？」と中西は名前を確認する。

「ええ」

「小野田さん、痴話喧嘩《ちわげんか》の最中だから邪魔しないでくれる？」

「きちんとカップルが成立するには、中西さんもパンジーで渋野くんへの愛を証明しないといけないと思うんだけど」

「私は自分の気持ちをしっかり把握しているから必要ない」

「けど、もう一度検証すれば、黄色のパンジーが入った一輪挿しの方にアンフェアな仕掛けがなかったことの証明にはなるんじゃないかな」

　教室がざわつく。どうなるのか横目で見物していたギャラリーが『アンフェアな仕掛け』に揺さ振られている。俺も同じだ。ひょっとして黄色のパンジーの方に何か細工があったのか？

「なんのこと？」と中西は涼しげな顔を斜めにする。

「通常ではありえないことが起きた時、現代人なら『何か裏がある』や『人為的な力が働いている』って考えるのが普通じゃない？」

「小野田さんは『愛の力』や『植物の感受性』を否定する人なのね」

「科学的に説明できないことは信じにくいもの。パンジーに仕掛けがあったって考える方が納得しやすい」

「そうだ」と俺はこれ幸いと加勢する。「科学で説明できないことは信じられない」

「渋野くんは電子レンジのメカニズムを知ってる？」

　中西の質問が俺の口に蓋をする。知らない。疑問に思ったことすらない。食べ物を入れてボタンを押せば温まる。幼い頃から何度も見てきた、繰り返し行ってきたことだ。

生まれる前から整備されていた電気、水道、ガスなどのライフラインと同じで、当たり前のように使ってきた。疑問を挟む余地なんかない。

「小野田さんは？」と中西はスズさんにも訊ねる。

「知らないけど、パンジーの検証とは関係ない話を続けると、『論点を掏《す》り替えようとしている』というふうに思われるわよ」

「普段使っている電気製品の仕組みも知らないのに『科学』を語るのは滑稽《こっけい》ね。電子レンジは電磁波で分子を振動させて摩擦熱を起こしているの」

「それがなんなんだ？」と俺は語気を強める。「黄色のパンジーにイカサマをしたのか、してないのか、はっきり言えよ。どっちなんだ？」

しかし糠《ぬか》に釘だった。中西は俺の言葉に耳を貸さずに「取り置いていた母乳を赤ちゃんに飲ませる時、電子レンジで温めちゃいけないことは知ってる？」と問いかける。

「先に俺の質問に答えろ」

「アメリカで血液パックを電子レンジで解凍して輸血したら、患者が死んだ事故のことは？」

「答えないってことはイカサマを認めるんだな？」

「一説によると、電子レンジで温めたものは、分子と分子が摩擦し合って栄養素が壊れるそうよ。変異を起こして発癌《はつがん》性物質になることもあるんだって」

耳の奥で『発癌性物質』という言葉がこだました。俺は今まで毒を食っていたのか？　小腹が減った時によく冷食をチンしている俺ってヤバいんじゃ？　もう体のあちこちが癌に侵されてる？

んなバカな？　ありえない。けど、安全だったらなんで母乳や血液を電子レンジでチンしちゃいけないんだ？　振動で分子が壊れて有害な物質に変異しているんじゃ？　いやいや、真に受けるな。煙に巻きたいだけだ。

「いい加減なことばっか言うな」

「そう思うなら渋野くんがモルモットになってみたら？　毎日、電子レンジで温めた水をガバガバ飲み続けてみてよ。長期間に亘《わた》って過剰に摂取すれば、危険性がはっきりする。渋野くんが早死にしなかったら、発癌性物質に変異しないことが証明される」

やってやるよ、と啖呵《たんか》を切りたかったけど声にならない。中西なら返す刀で『じゃ、今すぐ実践してみよう』と言って電子レンジで水を温めかねない。もうこれ以上は毒かもしれないものを口にしたくない。今までの蓄積が怖いのだ。

小さい頃から食いしん坊だった俺は冷食の世話になることが多かった。幾度となく母さんに『勝手に食べちゃダメ！』と怒られたが、懲りずに冷凍庫を漁《あさ》ってチンしてきた。だからクラスのみんなよりも電子レンジで温めたものをいっぱい摂《と》っている。

すでに体が病魔に蝕《むしば》まれていても不思議じゃない。もう手遅れの可能性だってある。

こういうのを因果応報って言うのかな。親の忠告を無視して貪《むさぼ》り続けた罰が当たったんだ。食い意地の張った俺は『暴食の罪』で地獄に落ちるのか……。

「明確な証拠がないのを誤魔化そうとしているように聞こえるけど」とスズさんが落ち着き払って指摘する。「根拠に乏しいことを言ってみんなを困惑させないで。本当に電子レンジが危険なら、販売されるはずがない」

「携帯電話を持っているよね？」

中西が少しも怯《ひる》むことなく訊いたが、スズさんもすぐさま「また論点の掏り替え？」と返す。

「どの携帯電話会社のマニュアルにも『耳から離して通話するように』っていう注意書きがあるのを知ってる？　携帯電話からも電磁波が出ている。ある学者が言うには、携帯電話は小型の電子レンジのようなもので、脳を加熱して脳腫瘍《のうしゅよう》を引き起こす危険性がある。特に、脳神経が発達中で頭蓋骨《ずがいこつ》が薄い子供は電磁波の影響を受けやすい。だからヨーロッパでは子供用の携帯電話の販売を禁じたり、使用を控える勧告を出したりしている国がある」

「またブラフ？」

「ＷＨＯは携帯電話の有害性を認めている。骨髄や生殖器に近いポケットに入れていると、白血病を誘発したり精子が減少したりすることは実験で立証されているの。けど、何故《なぜ》か日本ではそういう情報はなかなか表に出てこない。政府がメーカーとグルになって隠蔽《いんぺい》しているからよって言ってもブラフに聞こえる？」

確かＷＨＯは世界保健機関の略称だ。『世界』と付くくらいだから病気や健康に関してグローバルな研究をしているのだろう。そんな大きな組織が認めているなら、本当のことなんじゃ？

不安感から無意識にズボンのポケットに手を入れていた。もう少しでスマホを取り出すところだった。おたおたしているのは俺だけじゃない。急に挙動がおかしくなったギャラリーがちらほら目につく。

虚言じみた中西の言葉が信憑性《しんぴょうせい》を帯び始めている。だから誰も『精子』という単語に反応しなかったのだ。いつもならお調子者の男子が茶々を入れ、女子が冷ややかな目をするところだ。

「心配性の人って都市伝説や陰謀論を信じ込みやすいのよね」とスズさんが変わらない調子で意見する。「日本の政府が携帯電話の危険性を訴えていないから、電子レンジに関しても不都合な事実を隠し通している。って言い分は無理がある。こじつけにすぎない。携帯電話のリスクについても、無名の学者や一部の国が過剰に怖がっているだけなんでしょ？　中西さんは自分に都合のいい情報だけを切り取ったり、勝手に解釈したりしているんじゃないの？」

「そう思うなら、自分で調べてみたら？　学者でもなんでもない小野田さんが電子レンジや携帯電話を危険視しない根拠は、『みんなが使っているから』だけなんだし」

「中西さんが博識なのは認めるけど、私たちが知りたいのは黄色のパンジーに細工をしたかどうかだけ」

「私がイカサマをしたかどうかは、電子レンジの危険性を信じるかどうかで決まる」

「どういうこと？」

「簡単なこと。電子レンジが水を毒に変えたから黄色のパンジーが萎れた、と小野田さんたちが思うなら私はイカサマしたことになる。渋野くんはどっち？　信じる？　信じない？」

　そういうことか。長々と電子レンジや携帯電話について語っていたのは、論点をずらすためじゃなかった。俺に究極の二択を突きつけるのが目的だったんだ。黄色のパンジーが萎れた原因は電子レンジか、愛の力か？

　この場で『信じる』と言うと、俺は陰謀論者の中西に感化されたことになる。だが、中西はイカサマを働いたので、交際は回避できる。逆に『信じない』と言えば、愛の力が黄色のパンジーを萎れさせた、と認めることになる。中西と相思相愛になってしまう。

　どっちを選んでも中西との距離が縮まった印象をみんなに与えるが、前者の方がダメージは少ない。カップル誕生は避けられる。その上、嘘じゃない。俺はすっかり中西に毒されている。今後、電子レンジで温めたものを体に入れたくない。

でも『信じる』を選択するのはスズさんへの裏切り行為だ。彼女は中西のことを陰謀論者と思っているのだから、俺も意見を合わせなくてはならない。

「信じない」と俺は堂々と自分に嘘をつく。「ありえないよ。危険だったらとっくに大きな問題になってる。国ぐるみで隠蔽していても、秘密はどこからか漏れるもんだ。今の時代はＳＮＳがあるんだし」

「ということは、黄色のパンジーに細工は何もなかったってことを信じるのね？」と中西は口元に笑みを浮かべながら確認する。

「ああ」

「じゃ、一緒に帰ろっか」

逆らわないのが利口だ。弁が立つ中西を論破するのは非常に困難。また『他に好きな子がいるなら、今すぐ告白してきて』と言い出したら、面倒なことになる。これ以上傷口を広げたくない。

俺は鞄《かばん》を肩にかけ、誰とも目を合わせずに教室を出て行く。背中に刺さる視線が痛かった。

翌日、部活の午前練が終わると、俺は急いで着替えて学校を出た。土日の午前に練習がある時は、決まって部室でダラダラと帰り支度をしながら仲間とだべり、ファミレスかファストフード店に寄り道している。でも今日は中西に「土曜、時間ある？」と誘われたから、嫌々待ち合わせ場所へ向かっている。

落ち合ったあとどこへ行くのか、何をするのか知らない。訊ねても「明日のお楽しみ」と教えてくれなかった。与えられた情報は『中西の家の最寄り駅』『一番ホームのまん中あたり』『十三時半』だけ。

時間ぴったりにホームに降り立ったが、中西の姿はない。十分前に到着してそわそわ待っていることなど一ミリも期待していなかったが、初デートで遅刻か？　中西らしいと言うかなんと言うか。

発車メロディーが流れ始める。こりゃ、マジで遅刻だな。息を切らしてやってきても文句を言ってやる。小さい男ね、と見損なわれたら儲《もう》けもんだ。そう思った瞬間、セミロングの女が擦れ違いざまに俺の右手を摑《つか》んだ。

びっくりしている間に、引っ張られて車内に入っていた。我に返った時には、手遅れ。ドアが閉まり、動き出す。俺の手を握ったままの女はマスクをしている。中西がウィッグと眼鏡で変装しているのかと思ったが、目元が全然違う。

「タージ？」と俺は自信なげに訊く。

女がかけている細フレームの眼鏡がクラスメイトの女子を思い浮かばせた。確か、タージもそんな眼鏡だったような。ほとんど話したことがないし、関心を向けたこともないから、顔や眼鏡の特徴をぼんやりとしか捉えていなかった。

「はい」

「なんでタージが？」

彼女は俺の手を離すと、ダウンジャケットのポケットから紙切れを取り出した。それに『ハルちゃんと一緒に来て　中西』と書いてあった。

「中西に頼まれたのか？」

「はい」

「タージと中西は仲がいいのか？」

「よくわからない」

「中西のことは好き？」

「はい」と頷《うなず》いてからずれた眼鏡を直した。

「どこを気に入ってるんだ？」

「よくわからない」

「中西って変わってるよな」

「よくわからない」

「そっか」

やっぱりトークが続かない。学校でもコミュ障のタージと話ができる人はいない。スズさんの計らいで女子グループに入っているが、置き物のように無口だ。祖母の死を契機に心を閉ざしているらしい。

　俺は会話をあきらめ、中西の思惑について黙考する。なんでタージと一緒にホームにいなかった？　最寄り駅は同じなのに。先に目的地にスタンバイして罠《わな》を張っているんじゃ？　良からぬことを企《たくら》んでいるのは間違いない。何かのサプライズか？　フラッシュモブじゃないといいけど……。

　ひょっとして、俺とタージを二人きりにするのが狙《ねら》いなんじゃ？　もしタージが俺に惚れているなら、中西が仲を取り持つことはありえる。今日、俺はタージとデートするのか？　いや、ダブルデートの可能性もある。中西はタージとペアになる男を用意し、そいつと一緒に待機しているのかも。

　だとしたら、その男はスガッチか？　中西が『土曜、暇なら付き合ってよ』と頼めるのは、昔の顔馴染《かおなじ》みくらいだろう。だけど、彼には恋人がいる。ダブルデートの線は薄いか……。

　いやいや、タージがスガッチに片想いしている可能性は充分にある。二人は中学時代に一週間だけ付き合っていた。そのことはカナボウによって学校中に広められた。高校一年の四月の終わりに、アカウント名『金木奉子』がスガッチをターゲットにしたのだ。それがカナボウの初投稿だった。

《一年一組の田嶋さんは中学二年の時に最愛の祖母を亡《な》くし、そのショックで塞《ふさ》ぎ込むようになった。でもクラスの男子たちはおもしろがってからかっていた。その中に一年五組の菅沼くんもいた。

ある男子が「ジャンケンで負けたヤツが田嶋にコクって一週間だけ付き合う。うまく喋《しゃべ》れないから強引に押しまくれば、ＯＫをもらったってことにできる」と言い出した。菅沼くんは後出しジャンケンによって反則負けと判定され、罰ゲームを受けることが決定する。

田嶋さんは無理やり言い包《くる》められて付き合い始めたが、次第に菅沼くんに心を開くようになった。勇気を振り絞って「私も好きだよ」と声に出すと、「今日が七日目だから罰ゲームはお終《しま》い」と明かして非情にふった。

深く傷ついた田嶋さんは益々《ますます》自分の殻に閉じこもってしまった。『傲慢の罪』を犯した菅沼くんを許してはならない！》

スガッチの黒歴史が拡散されると、多くの非難の声が上がった。「女心を弄《もてあそ》ぶなんてひどい！」「罰ゲームとはいえ、許せない！」「弱みに付け込むなんて最低！」「人の好《よ》さそうな顔して、やることがえげつない！」などなど。

一方でタージには同情的な目が向けられた。それまでは男子にイジられていたのだが、ぴたっとなくなった。クラス全体に『これ以上辛《つら》い目にあわせるのはかわいそう』という空気が浸透したのだ。

ただ、一部の人たちは『金木奉子って田嶋なんじゃ？』という疑いを持った。他の同じ中学出身者は誰も罰ゲームの話を知らない。限られた人しか知らない情報はどこから漏れた？　田嶋が自らリークした可能性が高い。何食わぬ顔で高校生活を送っている菅沼が憎らしかったんじゃないか？

ところが、二週間ほどすると『金木奉美』というアカウント名が現れ、別の中学出身者の黒歴史を晒《さら》した。次々に『金木』を名乗る投稿者が発生し、『七つの大罪』から罪を引用してターゲットを糾弾した。それらの被害者たちはタージとは関連のない生徒だったので、次第に彼女を疑う人は減っていった。

スガッチへのバッシングも一時的なものだった。半年もするとすっかり忘れ去られたが、タージはふられてからもずっと想いを寄せていたんじゃ？　中西は旧友のためにキューピッドを買って出たのか？

吊《つ》り革に摑まりながらあれこれ考えていたら、トントンと肩を叩《たた》かれた。タージが『ここで降りるよ』と合図したのだ。彼女のあとに続いて電車を降りる。

十五分ほど揺られて到着した駅は他の路線が通っていない。乗り換えがないから、ここが目的地なんだろう。だが、この駅の周辺に主立った娯楽施設はない。デートには適していない町だ。

改札機を通り抜けて駅前のロータリーに出ると、キャメル色のダッフルコートを着た中西がいた。傍らには赤い自転車があるけど、一人だ。辺りを見回しても物陰に隠れていたり、こっちの様子を窺っていたりするヤツはいない。

「おはよう。っていうか、もうお昼だね」と中西は朗らかに挨拶する。

タージは「おはよう」と返したけど、俺は声のトーンを落として「チャリで来たのか？」と訊ねる。中西の最寄り駅からここまで何キロある？　自転車で一時間半はかかりそう。

「うん」

「なんで？　一緒に電車で来ればいいじゃないか」

「電車は巨大な電子レンジのようなもの。電線、パンタグラフ、モーター、蛍光灯から電磁波が出ている。おまけに乗客の大半は携帯電話を弄《いじ》っている。車両は金属の箱だから、電磁波は反射によって何百倍もの強さになる。電磁波被《ひ》曝《ばく》を起こす乗り物には恐ろしくて乗れない」

背筋に冷やりとしたものが流れ落ちる。イタい人を目にした時の薄ら寒さ、賞味期限の切れたものを飲み込んでから日付に気づいた時みたいな恐怖、その二つがごっちゃになって俺の背中をゾクゾクさせた。

「へー」と俺は平静を装《よそお》う。「だから学校にもチャリで行ってるんだな」

「そう。一時間ちょっと漕《こ》ぎ続けるのはしんどいけどね」

「で、なんでタージも誘ったんだ？」

「ハルちゃんは私の助手よ」

「助手？」

「記憶力も洞察力もスゴいから、助手に打って付けなの」

なんのことを言っているんだ？　おっとりとしたタージにそういう力があるとは思えないし、なんのために助手が必要なんだ？

「三人で何するんだ？」

中西は俺の質問をスルーして「お腹、空《す》いてる？」と訊ねる。

「まあ」

「ハルちゃんは？」

タージが大きく頷くが早いか、中西は「じゃ、マクドナルドに行こう」と言って自転車のスタンドを蹴《け》り上げ、率先して歩き出す。彼女のあとについていく俺の頭に疑問符が浮かぶ。ヘルシー志向の中西がマックなんてジャンクフードを食べるのか？

俺の横を歩くタージが首を突き出して中西の自転車を凝視している。テールランプの上に付いているナンバープレートに興味津々のようだ。アルファベット二文字と三桁《けた》の数字の組み合わせ。その五文字の下にある『ＫＲＯＮＡＮ』という字はブランド名か？

昨日の朝はナンバープレートに気づかなかった。予期せぬ遭遇に狼狽《ろうばい》していたせいだと思うが、なんでそんなものが付いているんだ？　バイクじゃあるまいし。持ち主と同じで変わったチャリだ。外国製か？

待て待て、今は自転車のことなんかに頭を使ってる場合じゃない。ぼけっとするな。タージと三人で何をするのか、中西は明言を避けた。どんな罠を仕掛けているんだ？　強豪校とバスケの試合をする時みたいに四方八方に気を張り続けろ。

マックに入ると、中西が「席をとっとくから、注文してきて」と勧めた。だが、注文を終えた俺とタージが着席しても一向に席を立とうとしない。

「中西も行けよ」と俺は促す。

「私はいいの。オーガニックしか口にできない体だから」

なんだ、その言い草は？　やっぱり俺たちのことをバカにしてんのか？　中西からしたら、このトレイに載っているのは毒まみれの食べ物なんだろう。それを疑いもせずに食べる俺たちのことを見下してるんだ。

さっぱり食欲の失せた俺を尻目《しりめ》に、タージが手を合わせて「いただきます」と頭を下げた。マスクを顎《あご》にずらし、むしゃむしゃと食べ始める。

「渋野くんは私をクラスに溶け込ませたいの？」と中西は訊きつつ頬杖《ほおづえ》を突く。「みんなと仲良くしてほしい？」

「そりゃ、仲違《なかたが》いするよりはいいだろ」

「でもさ、渋野くんが仲良し運動を推進している割に、私たちのクラスってギスギスしてない？」

「今はデリケートな時期なんだよ。担任が死んだんだから多少はナーバスになるさ。どんなものでも、金塊でも屑鉄《くずてつ》でも池に投げれば波紋は起こる」

俺はフィレオフィッシュを手にし、勢いに任せて噛《かぶ》りつく。食べ慣れているはずなのに、いつもと違う味がした。こんなランチになるなら、欲張って単品のチーズバーガーを追加しなければよかった。

「元々は仲のいいクラスなんだよって口振りだけど、本当に仲良しだったのか怪しいわね」

「本当だって」

「写真ないの？　学校行事とかでクラスが一致団結してる証拠が見たい」

俺は「あるよ」と言ってズボンのポケットに手を入れようとしたが、思い直してダッフルバッグへ手を伸ばす。ファスナーを開け、中からスマホを取り出す。そして写真のアイコンをタップし、『クラス』と題されたフォルダを開いてお目当ての画像を探した。

「ほら、体育祭の打ち上げ」と中西に液晶画面を向ける。「うちのクラスは最下位だったんだけど、かなり盛り上がったよ。ヤケクソなんかじゃない。一人一人が精一杯やったから、充実感を持って健闘を讃《たた》え合えたんだ」

「それでみんないい顔してるのね」

「だろ」と言ってスワイプする。

十秒くらい間をあけてどんどん画像を切り替えていく。打ち上げの写真は二十枚くらいある。どれも青春を謳歌《おうか》する高校生を等身大のまま切り取っている。最下位の敗北感や卑屈さはどこにも写っていない。負けず嫌いな人も、運動が苦手な人も、リレーのバトンを落とした人も、みんな笑顔だ。

九ヶ月ほど前のことなのに、何年も前みたいに思える。教室の中央に机を集めて長テーブルを作り、デリバリーしたドミノピザとケンタッキーを並べ、ソフトドリンクで乾杯した。たわいない会話、不必要なオーバーアクション、お酌ごっこ、体育祭のＢＧＭの合唱。何もかもが遠い遠い過去だ。

いいクラスだった。みんながみんな仲がいいわけじゃなかったけど、各々の『個』を尊重しながらも『集』としての意識も高かった。普段はバラバラでも行事の時にはみんなが同じ方向を向けた。鬼頭でさえも空気を読んで足並を揃《そろ》えた。どこのクラスよりもまとまりがあったのに……。

「この子、見ない顔」と中西がまん中にいる女子を指差す。「噂の堀まりあさん？」

「そうだ」

「へー。可《か》愛《わい》い子ね。快活な感じだし」

マリッペも口を大きく開けて笑っている。だからトレードマークになっていた歯列矯正の器具がよく見える。しょっちゅうアトムやリュウが『バケモンの歯みたいだ』とイジっていたな。

「堀さんはみんなと仲良くやっていたみたいなのに、スキャンダル一つで袋叩きにするなんて、薄情なクラスなのね。渋野くんはかわいそうには思わないの？」

「思わないこともないけど、複雑なんだよ」

「どう複雑なの？」

「言えない。アトムが教えたくなかったことを俺が教えたら、友情に背くことになる」

「ふーん。そういうところは義理堅いのね」と温度のない声で言った。「で、端っこにいるのが元担任ね？　顔は普通だけど、シャレた眼鏡してる」

眼鏡にこだわりの強い教師だった。何本も持っていてコーディネートや行事や季節で使い分ける。気取りすぎず無難すぎずのちょうどいいセンスが女子生徒にウケていた。

一部の男子は『オシャレぶっててウザい』『清潔感がありすぎてとっつきにくい』『爪《つめ》

が綺麗すぎ。男のくせに磨いてんだよ』と敬遠していたが、概《おおむ》ね男子からの評判もよかった。俺もいい先生だと思っていた。まさか、生徒に手を出す低俗な教師だったとは。狡猾《こうかつ》に本性を隠していやがったんだ。薄い皮を何層にも重ねて裏の顔を覆《おお》い、眼鏡の奥からじっくり好みの女子を吟味していた。最低な男だ。何食わぬ顔で教壇に立っていたことを思うと、反吐《へど》が出る。『色欲の罪』で地獄に落とされていればいい。

「タージの眼鏡だってシャレてるよ」と俺は言い、液晶画面に置いた人差し指を横に動かす。

アトム、俺、スズさん、マリッペの四人が揃って小顔ポーズしている画像に変わった。リュウが撮ったのを転送してもらったものだが、またマリッペか。嫌気が差してすぐにスワイプした。

「あっ！」と中西が鋭い声を出す。「一つ前に戻って」

俺が言われた通りにすると、彼女はスマホの中の俺を指差し、「これってズームできるんだよね？」と訊《き》く。なんで俺を？　普通に笑っているだけだ。マジで惚れているからアップで見たいのか？　訝《いぶか》しみながらも親指と人差し指を使って拡大する。

「もうちょっと右に」

言われるままに操作する。

「ストップ。そのまま持ってて」

「何したいんだ？」

「いい子だから、しばらくじっとしてて」と幼い子をあやすように言う。

そして革製のバックパックからポラロイドカメラを出し、レンズを俺のスマホに近づけた。シャッターを切ると、フィルムが前方へ飛び出す。

「なんの真似《まね》だ？」

「渋野くんは小野田さんと仲いいの？」と俺の質問を無視する。「なんでも話せる仲？」

「そんなには親しくないよ」

「やっぱり男女じゃ親友になるのは難しいよね。男と女の間には見えない壁みたいなものがあると思うんだけど、渋野くんも男女間の壁に悩まされたことが少しはあるでしょ？」

「まあ」

「でも異性との友情もある。異性に心を開くのって怖いけど、勇気を振り絞って一歩踏み出せば心を通い合わせることができる。そう思わない？　異性とも心が通じ合う方がいいでしょ？」

「まあ、そうだな」と俺は適当に流した。「今、撮った写真で何をする気なんだ？」

「いいから、いいから。早く食べちゃって。話はそれから。せっかちな男は嫌われるよ」

かなり不本意だったが、言葉を呑《の》み込んでフィレオフィッシュを頬張る。半ばやけ食いだ。タージはすでに平らげていた。呑気にストローでオレンジジュースを吸いつつポラロイドカメラのフィルムを流し目に見ている。

浮かび上がってきたのは俺とスズさんのツーショット。なんのためにアトムとマリッペを省いた？　その写真を教室の黒板に貼《は》って『渋野晋吾《しんご》と小野田すずの熱愛発覚！』と触れ回っても、誰も信じやしない。

俺が食べ終わる直前に、中西は席を立った。手にツーショットのフィルムを持っている。トイレにも、注文のカウンターにも、出入り口にも向かわない。彼女が目指したのは子供たちがいるテーブルだ。

小学五、六年生くらいか、五人組の女の子は揃ってガチャガチャした色の服を着ている。あの年頃の子たちはアイスクリームにトッピングするカラフルなチョコスプレーみたいな、目がチカチカする色合いの服を好む。

中西はにこやかに挨拶し、子供たちにフィルムを見せながら俺を指差した。何を話しているのか聞こえないけど、きっと『ほら、こっちの男子はあそこにいる』とでも言ったのだろう。

「中西にスズさんの地元のこととか、教えた？」と俺はタージに確かめる。「学区外から通ってること、言った？」

「よくわからない」

「なんでわかんないんだよ。やったか、やってないか、二択の質問なんだから答えられるだろ」

「よくわからない」

「いいか、タージ、『白』か『黒』か、はっきり区別できる質問に『グレー』って答える時は、自分に都合の悪いことを隠す時なんだ。濁した時点で答えは出ているようなもの。だから『中西に言った』って受け取るぞ」

「いいえ」と否定して眼鏡のブリッジを人差し指で押し上げた。

「しらばっくれても無駄だって。タージ以外に誰が中西に情報を漏らすんだ？　助手に抜擢《ばってき》されたんだろ」と俺は論理的に問い詰め、どうにか説得を試みる。「中西はタージをいいように利用したいんだよ。昔の好《よし》みがあるからって言いなりになることはない。普段からスズさんには何かと世話になってるだろ。裏切るようなことしちゃダメだよ」

「よくわからない」

　どうやったらコミュニケーションがとれるんだ？　中西はうまいことタージから情報を引き出しているんだから、方法はあるはずだ。

「お待たせ」と性悪女が戻ってきた。「二人とも渋い顔しているけど、どうしたの？　ハルちゃんのこと、イジメたんじゃないでしょうね」

「そっちこそ何してたんだ？　スズさんの黒歴史でも探ってんのか？」

「まあ、そんなところ」

「探偵ごっこの成果はなんかあったのか？」

「空振り。小野田さんのことを知っている子はいなかった」

スズさんの過去を知りたいなら、中学時代の同級生を見つけるのが近道だと思う。なんで小学生に聞き込みした？　店内には高校生らしき客も何組かいるのに。けど、中西のことだからなんらかの意図がありそう。

「誰に訊いても無駄だよ。スズさんは裏表ない人だから」

「そうかな？　わざわざ学区外から知り合いが誰もいない公立高校に進学したんだよ。中学時代の過去を隠したいからって思えない？」

電車を降りた時から嫌な予感がしていた。ここはスズさんの地元だけど偶然なのか、とずっとモヤモヤしていた。

「タージから聞いてないのか？　スズさんはユーフォニアムがうまくなりたくて学区外から通ってるだけ。うちの吹部《すいぶ》は県で五本の指に入るから、そっち系の音楽やってる人には人気の高校なんだよ」

「知ってる。小野田さん以外にも学区外から入学した部員が何人かいるらしいね。けど、気になるのよね」

「気になるって、何が？」

「小野田さんって基本的にはみんなに優しいけど、悪には容赦ない。昨日、私に突っかかってきた時、異様な敵意を感じた」

「気のせいだろ。人に敵意を向けるような人じゃない」

「私はどこの学校でも、クラスでも腫《は》れ物だったのよ」と中西が自慢げに言う。「おかげで敵意には敏感なの。どんなに上手に隠していても察知できる」

　悔しいが納得してしまった。十年以上嫌われ続けている人の言葉には説得力がある。頭ごなしに否定できる経験値が俺にはない。

「小野田さんの正義感はおそろしく偏《かたよ》っている。それが私たちのクラスを歪《ゆが》めている原因」

「は？　変な言いがかりはやめろよ。うちのクラスの雰囲気がおかしくなったのは、担任が教え子に手を出したのがきっかけだ。スズさんのせいじゃない。むしろ、ぐちゃぐちゃになったクラスをまとめようと頑張ってる」

「集団の和を何よりも大事にする人って調和を乱す人を許せないもの。だから私に敵意を向け、堀さんを迫害した」

「マリッペを？」と俺は虚を衝《つ》かれたが、すぐに気を取り直す。「スズさんがそんなことするもんか。被害妄想がひどすぎるぞ」

「妄想だと思いたい気持ちもわかるけど、のぼせ上がった頭を冷やしてよく考えてみて。小野田さんはそれとなく渋野くんに指示してない？」

「指示？」

「男子が喜ぶ言い方なら『お願い』ってこと。たとえば、『クラスみんなで仲良くしたいから、他の男子たちにやんわり働きかけてくれない？』とか、『好戦的な男子をうまく言い包めてほしいの』とか」

身に覚えがあった。二年に進級したばかりの頃、下駄箱に差出人不明の手紙が入っていた。達筆な字で『大事な話があります』という一文とメールアドレスが書かれていた。悪戯《いたずら》の可能性も頭に入れつつメールしてみると、スズさんだった。

彼女は男女比に偏りがある理系クラスで、少数派の女子が肩身の狭い思いをしないか心配していた。だから『渋野くんのことを見込んでお願いがあるの。女子と男子の架け橋になってほしい』と頼んできた。

俺は『荷が重い』と断った。架け橋になるには男子を束ねる力量が必要だ。自分は人の上に立つ器じゃない。でもスズさんに何度も説得されているうちに、彼女の『みんなが居心地のいいクラスにしたい』という思いに絆《ほだ》されて引き受けることとなった。

その後も定期的に密談を交わし、クラスの運営について意見を出し合った。パワーバランスの調整、学級委員の候補、鬼頭の扱い方、文化祭の進捗《しんちょく》スケジュール、トラブル処理などなど。昨日も一昨日も転校生のことで連絡を取り合った。

「無言は『俺はしっかりたっぷりスズさんに餌《え》づけされている』って認めたことになるわよ」と中西が押し黙った俺を追及する。「小野田さんはそっと渋野くんの背中を押して扇動し、陰からクラスを支配していたのね」

「違う。スズさんは扇動なんかしてない。いつだってクラスがいい方向に向かうよう努めてた。リーダーシップのない俺を献身的にサポートしてくれた。指示じゃない。アドバイスだ」

「言い方はなんでもいいけど、堀さんについて『私たちが手を差し伸べたら、クラスが余計に混乱しちゃう。熱愛騒動が落ち着くまでは静観するしかない』みたいなこと、アドバイスされなかった？」

　またしても思い当たった。ほぼ同じ内容のメールを受け取っていた。

「しょうがなかったんだよ。みんなの不満が大きくなりすぎてて、抑え込むのは不可能だった。下手にマリッペの肩を持ったり、『バッシングや嫌がらせはよそう』ってみんなに促したりしたら、クラスが滅茶苦茶になるおそれがあった。スズさんの判断は正しかったんだ」

「正しいかどうかは立ち位置で変わる。中立の立場から見たら、意図的にバッシングに歯止めをかけないことでクラスメイトに堀さんを迫害させた、というふうにも受け取れる。小野田さんは不埒《ふらち》なことをして和を乱した堀さんを許せなかったのよ」

「仮に、百歩譲って、スズさんがマリッペを迫害するよう扇動してたとして、それの何が悪いんだ？　自業自得《じごうじとく》だ」と俺は必死こいてフォローする。「担任との交際がバレた時のリスクはわかっていたはずだし、マリッペのせいで教室の空気が淀《よど》んだ。意図的な迫害だったとしても、正しい判断だ」

「誤解しているみたいだけど、小野田さんを断罪する気なんてない。誰が悪いとか正しいとかは置いておいて、単純に興味があるの」

「興味？」

「教師になった時に備えて、色んな生徒のサンプルを採っておきたいの」

マジか？　正気で言ってるのか？　わがまま放題な中西に教師なんて務まるわけがない。『天職』とは真逆。彼女ほど教師の肩書きが似合わない人はいない。

「本気か？」

「私は嘘《うそ》をつけない体でもあるの」

「なんで教師なんかになりたいんだ？」

「教師ってさ、子供の頃に学校に行くのが好きな人が就きたがる仕事だと思うの。反対に、勉強や部活がおもしろくなくて、友達がいなくて、先生にも気に入られていなくて、『あー、退屈な青春だったなぁ』って嘆く人にとっては、学校はつまんないところ。そんな人は教師を目指さないでしょ？」

「まあ」

「だから学校が好きだった大人には学校に行きたくない子供の気持ちはわからない。そういう子の受け皿に私はなりたいの」

きっと中西自身が理解のある教師を求めているのだろう。こんな先生がいたらいいのに。そんな願望が生んだ夢なんだ。

「中西は教師に向いてないって思って、ごめん」

「心の中で思ったことを一々謝っていたらキリがないよ。けど、そういうところ嫌いじゃないな」

「からかうなよ」と言ってそっぽを向く。

「まっ、そんなわけで、将来のために高校生の生態を調べておきたいの。小野田さんの偏った正義感がどうやって形成されたのか、とっても興味がある」

「だからってこそこそ人の過去を探るのは浅ましい行為だ。もうやめろ」

「さっき小野田さんのことを『裏表ない人』って言ったよね？」

「ああ」

「そう信じているんなら、ムキになることないんじゃない？　裏がない人にはやましい過去はないんだよ。ゆったりと寛《くつろ》ぎながら私が聞き込みに失敗しているのを眺めていればいいじゃん。それとも、本当は信じていないの？」

「信じてるよ」としか言えない。

　まただ。中西の術中にハマってしまった。俺が単純だからか、向こうが何枚も上手だからか……。どっちにしても、スズさんのことを信じて成り行きを見守る他ない。

　中西がツーショットのフィルムを五人の子供に見せつつ俺を指差した時、「この男子はあそこにいるんだけど、こっちの女の子が過去にトラウマを抱えているみたいで、『壁を感じるんだ』って悩んでいるの」と説明した。彼氏が恋人の心を解きほぐすために過去を知りたがっている、という体でスズさんについての聞き込みを始めたのだ。

　子供たちの中にスズさんの顔や『小野田すず』の名前にピンとくる人はいなかった。彼女の出身中学の校名を挙げて「君たちのお兄さんかお姉さんで同じ中学だった人はいない？」と訊《たず》ねても、一様に首を傾《かし》げた。

　聞き込みは空振りに終わったが、中西の狙いは「携帯電話で友達に拡散してくれない？」だった。『友達の友達の友達の……』という具合にどんどん広めていけば、いずれはスズさんと同級生だった兄や姉に行き当たる。

　子供たちは各々のスマホでツーショットのフィルムを撮り、その画像を添付して友達に送った。高校生に聞き込んでいたら、こうすんなり事は運ばなかっただろう。小学生に比べて分別があるから、警戒心や良心が情報提供にブレーキをかける。見ず知らずの中西においそれと協力しない。

　警戒心よりも好奇心が上回る小学生は『自分たちは子供だから』と甘えている部分が大きく、罪の意識は少ない。恋愛に興味津々な高学年の女子ならば、『悩める高校生カップルのため』が免罪符になる。人助け。恋することは正義。私たちはキューピッド。それらを建前にして情報漏洩《ろうえい》を肯定する。

　五人の女の子はそれぞれのネットワークから有力な情報を得ると、俺たちのテーブルにやってきて報告した。中西はＢ６サイズの手帳にスズさんの過去を走り書きする。タージはこの場でも置き物のようにじっとしているが、俺は時間の経過とともに落ち着きを失っていった。

　スズさんは中学に入学すると、父親の勧めでユーフォニアムを始めた。めきめきと上達していく才能を周囲は持て囃《はや》したが、慢心することなく練習に明け暮れた。更に高みを目指したい。その思いから吹奏楽の名門高校への進学を志すようになった。

　娘の熱意を酌《く》んだ両親は快く応援した。特に、学生時代に吹奏楽部だった父親は全面的にバックアップする。裁判官として着々とキャリアを重ねていたので金銭的な余裕があり、楽器代やレッスン代を惜しまずに出した。

　また、音楽に明るくない母親に代わって進んで学校の三者面談に出席した。片っ端から高校のパンフレットを請求し、学校見学にも意欲的だった。より良い進学先の候補が見つかるたびに、担任のところへ相談しに行った。

　足繁《あししげ》く通っているうちに、父親と担任の頭の中から理性が消える。どちらからモーションをかけたのかはわからないが、二人は禁断の恋に溺《おぼ》れた。年甲斐《としがい》もなく舞い上がり、周りが見えなくなる。

　でも周囲は二人を見ていた。初めは冗談半分の噂話《うわさばなし》だったものが、「なんか怪しくない？」と親密ぶりに疑惑の目が集まりだした。その矢先に、車中でキスしている写真が出回った。あっという間に学校中に広まり、生徒たちは各家庭で拡散していく。

　担任は「一身上の都合による退職」という名目で学校を去り、父親は離婚届を突きつけられて家を追い出された。スズさんは母親に引き取られる。中学卒業まで半年を切っていたから、恥を忍んでそのまま通い続けた。

　卒業すると、『比嘉美寿々《ひがみすず》』の名前を捨てる。苗字《みようじ》は母親の旧姓『小野田』になり、下の名前は『すず』に変えた。改名して学区外の高校へ進学すれば、過去をリセットできる。中学時代の同級生との繋《つな》がりも断てるし、高校のクラスメイトが『小野田すず』でネット検索しても黒歴史はヒットしない。

　スズさんは忌《い》まわしい過去を切り離し、人生を再スタートさせたかったのだろう。別人になってなんのしがらみもない高校生活を気ままに送りたかったんだ。

「これで小野田さんが正義感に囚《とら》われている理由がはっきりした」と中西がペン回しをしながら言う。「父親への恨みから過《あやま》ちを犯した人を裁かずにはいられない。父親の職業が裁判官だから余計に根が深い。正義を執行する仕事をしているのにっていうやりきれない思いがずっと残っている。そのとばっちりで堀さんは迫害されちゃったのね」

「大目に見てもいいだろ。思い出したくないトラウマを刺激されたんだ。高校でも担任が色ボケするなんて悲劇だ。それに、マリッペにだって非がないわけじゃないんだし、ちょっとくらい強く当たってもいいじゃないか」

「うん。いいんじゃない」

「えっ？　いいのか？」

　あっさり俺の意見を受け入れたことに拍子抜けする。てっきり言い合いになるかと。

「さっきも言ったけど、断罪する気はないの。何故《なぜ》、小野田さんは無《む》闇《やみ》に正義感を振り翳《かざ》すのか？　その理由がわかったから、もう興味はない」

「マジで？」

「何度言えばいいの。私、嘘はつかない」

「本当に本当か？」

「くどい男も嫌われるよ」

「いや、でもさ、また学校でスズさんと対立することになったら、離婚や改名のことを盾にするんだろ？　そんなのは絶対にダメだぞ。人としてやっちゃいけないことだ」

中西はスズさんの弱みを握ったようなもの。脅しの道具に使えばクラスで優位に立てる。だが、そんな卑劣な真似は見過ごせない。やったらやり返すまで。俺も中西の過去をバラす。

昨日の夜、スマホで『阿久津美紀　心中』を検索してみたら、広島の瀬戸内海の離島にある高校の掲示板に辿《たど》り着いた。中西から聞いた通りのことが書き込まれていた。

「小野田さんをゆすったりはしないよ」と言ってから、一呼吸置いて付け足す。「たぶん」

「なんだよ、『たぶん』って？」

「穴井先生の遺書の隠蔽に関与していた場合は、口を割らせるための取引に使うかも。小野田さんが犯人の可能性は低いと思うけど」

「スズさんが遺書を？」と俺は鼻で笑う。「クラスメイトを扇動して担任を自殺に追い込み、『首謀者は小野田だ』って書かれた遺書を隠蔽したってか？　いい加減にしろよ。いくら不道徳な教師を憎んでるからって、スズさんが人の命を奪うようなことをするもんか」

「そんなにカッカしないで」

「してない。落ち着いてるよ。冷静に考えれば、一番疑わしいのはカナボウだ。あいつが教師と生徒の熱愛をリークしたから、排斥運動が起きた。カナボウのせいで自殺したって言ってもいい。俺だったら遺書にカナボウへの恨みつらみを書く。ただじゃ死ねねー。けど、カナボウはそれを見越して先回りした。誰よりも早く遺書を見つけて処分したんだよ」

遺書の有無については、中西が転校してくる前から噂されていた。元担任の自殺には不可解な点があるから、憶測が憶測を呼ぶのだ。靴が見つからないのも謎《なぞ》だし、どこから飛び降りたのかはっきりしていない。

生徒が登校する前に自殺したのだが、血だまりの真上にある教室の窓は全て閉まっていた。三階も四階も五階も一番早く入室した生徒は『開いていなかった』と証言した。屋上の扉は常に閉鎖されている。

それなのに、『四階の二年七組の生徒は見間違えたんだ。受け持っている教室から飛び降りるのが自然だ』と片付けられた。嘘つき扱いされたクラスメイトの片山《かたやま》瑠依《るい》はすっかり人間不信に陥っている。

淫行《いんこう》教師は死んで当然、自殺でも他殺でもどっちでもいい。警察もそう思っているのか、本腰を入れて捜査していないっぽい。どの教室も窓やサッシの指紋採取を行っていない。

　きっと落下した衝撃で壊れたスマホのデータ復元もやっていないだろう。もしかしたら誰かに早朝の学校に呼び出されたＬＩＮＥのやりとりとかが出てくるかもしれないのに。

「小野田さんが犯人の可能性はほとんどゼロに近いっていう意味で言ったの」と中西が言い直した。「ガチガチに『白』って決めつけると柔軟な思考を阻害するから、念のために可能性を残しているだけよ」

「ってことは、『黒』の可能性が高い人がいるんだな？　もう見つけたのか？」

　中西は『さあ？』という具合に首を捻《ひね》った。また俺を惑わそうとしている？　答えをはぐらかした時は要注意のサインだが……。

「ところで、ハルちゃん？　今日はなんとなくずっと表情が冴《さ》えないけど、なんかあった？」

「なんでもない」

「寝不足？」

「いいえ」

「女の子の日？」と中西は平気でデリカシーに欠けた質問をする。

「いいえ」

「渋野くんに気がある？」

「いいえ」

「気のせいだろ」と俺は見兼ねて割り込む。「タージはいつもこんな感じだよ」

「知ったかぶりしないでよ。ハルちゃんがブスッとした顔で『なんでもない』って言う時は、『なんでもあるけど、教えたくない』って時なの」

「よくタージとコミュニケーションがとれるな」

「誰だって親しくなれば、相手の表情でなんとなくわかるようになるでしょ」

「けど、タージは極端に口かずが少ない。会話が成立しないと、どうにもならないことがあるだろ」

「簡単よ。『はい』か『いいえ』の二択で答えられる質問を続けていけば、消去法でいつかは本音に行き着く」

なるほど。納得したものの、すぐに疑問が浮かぶ。かなり面倒な作業じゃないか？　一つずつ候補を挙げては消しての繰り返し。いくつもの候補がある場合は、行き着くまでにどんだけ時間がかかるんだ？　それに、二択じゃ成立しない質問もある。

「スズさんの地元とか出身中学とかは二択じゃ無理だろ。どうやって訊き出した？」

「それも簡単。横浜市の地図を広げてハルちゃんに指差してもらった」

「そっか」

「そっか！」と中西も言うと、タージに顔を向けた。「なんか怒ってることあるでしょ？　小学生のハルちゃん、男子たちと口喧嘩《くちげんか》した時に小鼻がピクピクしていた。今も微妙に膨らんでいる」

「よくわからない」

「ちゃんと謝るから、言ってよ。何が不満なの？　今日、無理やり付き合わされたこと？」

「なんでもない」

「不満は吐き出した方がいいぞ」と俺はタージを焚《た》きつける。「マイナスな気持ちを溜《た》め込むと、心が干《ひ》乾《から》びていく。手遅れにならないうちに外に出すんだ」

「そうそう。ハルちゃん、出していいんだよ。今日、退屈なのが嫌だった？」

　タージは中西の手元にあった三色ボールペンと手帳を手にし、凄《すさ》まじいスピードで書き込んでいく。

　昨日、電子レンジが瓶の水を温めている時に、ミキちゃんはこっそりパンジーの茎の切り口を手の甲に擦《こす》りつけていた。塗っていた日焼け止めを導管に詰めて水を吸収できなくするために。

　堀さんの席は一番前なので、前日から机にあった一輪挿しの瓶には浮遊したチョークの粉が入っていた。私たちの高校のチョークは帆立の貝殻が原料。だから瓶の中の水にはカルシウムとミネラルが溶け込んでいた。

　黄色のパンジーは水を吸い上げることができず、青紫色のパンジーは栄養たっぷりの水を吸収していた。そのことを渋野くんに知らせずに賭《か》けを行うのはイカサマに当たります。ミキちゃんがどんなに愛していても、インチキで結ばれたカップルに未来はありません。潔く身を引いてください。

「中西、本当か？」と俺は前のめりになって問い質《ただ》す。「タージが書いたこと、本当なのか？」

　中西は答えずに笑い声を上げる。だが、嘲笑《ちょうしょう》や誤魔化し笑いではない。何がおかしいのか屈託のない笑顔を揺らし続ける。

「おい、白状しろ。インチキだったんだよな？」

「いいよ、いいよ。そんなこと、どうでもいい」と俺を雑にあしらった。「今、とっても嬉《うれ》しいから邪魔しないで」

「は？　何が？　なんで楽しそうにしてんだよ？」

「だって、ハルちゃんが変わらないんだもん。今も曇りのない正義感を持ってる」

「その正義感で咎《とが》められてるのが中西なんだぞ。少しは悪びれろよ」

「ごめん、ごめん。カップルは解消でいいよ」と軽い調子で関係を白紙に戻した。「っていうか、筆談はセーフなんだね。もう、早く言ってよ。あっ、言えないか」

　上機嫌の中西が「ハルちゃんはチョークの原料をどうやって知ったの？」と訊くと、タージは『職員室の備品が置いてある棚です。そこにチョークの箱があったのを見ました』と書いた。

「私も。青い箱だし、貝殻のマークが入っているから目につくよね」

「はい」と返事する。

　たまに職員室に行くけど、チョークの箱どころか備品の棚すら俺の目には入っていなかった。どこの棚のことを言ってるんだ？

「ハルちゃんはクラスに不満はないの？　この際だから吐き出しちゃいなよ。頼もしいリーダーが解決してくれるよ。ね？」と俺に無茶ぶりする。

「なんでも解決できるわけじゃないけど、悩んでいることがあるなら相談に乗るよ」

「絶妙で微妙な対応ね」

　中西の嫌味がじわじわ胸に刺さってくる中で、タージは『タージ・マハルから拝借したニックネームがしっくりきていません。世界遺産になっていますが、国が傾くほど贅《ぜい》を極めたお墓です。せめて、つけられるなら民衆のために造られた建造物の名前が好ましい』と殴り書きした。

スズさんとの電話相談でタージのことが話題に上った時、彼女は『不名誉なあだ名かも。愛妻家が建てた傍迷惑な世界遺産なの』と雑学を交えて語っていた。王様が亡き妻のために豪華絢爛《けんらん》な霊廟《れいびょう》を建立《こんりゅう》したのだが、国家の財政が破綻《はたん》しかけ、息子に幽閉されてしまったそうだ。

「最初に誰がつけたの？」と中西は俺を睨《にら》みつけながら訊く。

「知らない。本当だよ。よく覚えてないんだ。誰かが『田嶋の名前ってタージ・マハルだな』って言い出したのがきっかけだと思うんだけど、いつの間にか『タージ』っていうあだ名が定着してたんだよ」

「ふーん。でもスピード解決できる案件ね。リーダーがみんなに『タージって呼ぶな』って働きかけるだけでいい」

そう簡単にはいかない。今のクラスに不満を持っていない人はゼロだ。なんらかのストレスを抱えているのに、タージ一人だけ要求を通したらどうなる？　みんなの鬱憤《うっぷん》が爆発しかねない。

「悪いニックネームじゃないと思うけどな」と俺はダメ元でフォローする。「見方を変えれば、王様はすべての国民を敵に回すほど王妃を愛していた、と捉《とら》えられないか？　その一途《いちず》さは誰にも真似できない。良し悪しは別にして、人類史上最高の愛妻家だ。大体、他人からどう思われるかなんてちっぽけなことだ。そんなこと気にして生きてなんになる？　人生は一回きり。自分を信じて好きなように生きればいい。そうタージ・マハルが語りかけている気がしないかな？」

　口から出任せを言っただけだったが、タージは両目を大きく開けて忙《せわ》しなく二回頷《うなず》く。幸いにも屁理屈《へりくつ》が心に染《し》みたようだ。

「へー。渋野くんって多角的なものの見方ができるんだ。ちょっと見直しちゃった」

「褒めてんのか、けなしてんのか？」

「どっちも」

「そういう態度を改めないと、そのうち本当にとんでもないことになるぞ」

「心配どうも」と全く取り合わない。

「少しは真剣に聞けよ。昨日、鬼頭とトラブっただろ。あれはヤバいって。ただでさえ悪目立ちしてたのに、あのいざこざで完全にロックオンされたぞ。過去を暴露される前に、襟を正して反省をアピールしておけ」

　昨日の昼休み、どこかでランチを摂《と》った中西が教室に戻ってくると、廊下に出ようとしていた鬼頭とぶつかった。その弾みで鬼頭が飲みかけていたパックジュースが飛び散る。

　中西はすぐに謝ってハンカチで相手の制服を拭《ふ》こうとしたが、強めの『平気だから！』をポジティブに捉えて何もしなかった。目撃していた人たちは誰もが新たな火種が生まれたことを認識したのに。

「あんなのトラブルのうちに入らない」

「中西がそう思ってても、向こうが不快に感じてたら大きな揉《も》め事になる。あいつはダークウェブにアクセスできるって話もあるんだぞ。ありとあらゆることを調べ尽くされてもいいのか？」

「平気だって。鬼頭さんも『平気だから』って言っていたんだし」とまるで問題視しない。「それにさ、鬼頭さんがスゴ腕の特定班ってただの噂じゃん」

「もう帰っていいか？　恋人じゃないんだから休日に一緒にいる理由はない」

「お好きに」と可愛げなく言った。「ハルちゃんはどうする？　そろそろ帰る？」

　タージはこっくりと首を縦に振る。

「それじゃ、私の運転手になってね、渋野くん」

「は？　二人乗りってことか？」

「そう。さすがに二時間近く漕ぐのは疲れるのよ。運転手がいれば風よけになって寒い思いしなくて済むし」

　俺が言い返す前に、タージがボールペンを握って『自転車の二人乗りは法律違反です』と手帳に書く。

「その通りだ。法律で『やっちゃいけない』って決められた危険な行為なんだ」と俺はタージに乗っかる。

「法律が正義とは限らない。駅の自動改札機からも電磁波が出ていること、知ってる？」

「また電磁波か」とげんなりする。

「本屋や図書館の出入り口にある盗難防止のゲートからも出ているんだけど、ＩＣカードを読み取る部分からは日本政府が定めた安全基準値の五倍が垂れ流しになっているの。でもテレビやラジオとかの放送局にしか適用されていない法律だから、野放しになっている」

「そうやって不安を煽《あお》って論点をずらすのが常套《じょうとう》手段なんだろ？」

「意識改革を促しているだけなんだけど、渋野くんは聞き流していいよ」と言ってタージの方を向く。「そもそも、日本の安全基準値は緩いの。電磁波対策の先進国と比べたら、十倍も甘い。私からしたら、自転車の二人乗りより電磁波まみれの電車の方がよっぽど危険。私の愛車は安全性の高い自転車だし」

　タージが手の甲に『ＫＲＯＮＡＮ』と書いた。赤い自転車のナンバープレートにあった文字だ。けど、なんでメモした？

「ハルちゃんは気になったことは家に持ち帰って調べるのよ」と中西はタージの手を凝視していた俺に説明する。「見聞きした情報をただ鵜呑《うの》みにするんじゃなくて、正しいかどうかチェックして自分の頭でよーく考えてから知識にするの。スマホを持っていれば、この場で私の愛車の安全性について検索したと思うけど」

「今のは、けなしたんだよな？」

「もちろん。スマホを宝の持ち腐れにしている渋野くんのどこを褒めるの？　どうせ電子レンジのことも調べていないんでしょ？」

「まあ」と声が小さくなる。

「昨日、ハルちゃんはね、花屋でパンジーを買ったの。なんのためかわかる？」

「検証か？」

「そう。家で『チンした水としていない水とでは、どっちが早くパンジーが萎《しお》れるか？』っていう検証を行っているのよ。私のイカサマを見破っていながら、嘘か本当か自分の目で確かめようとするなんて、渋野くんには真似できないでしょ」

「あれって嘘なんだろ？　日焼け止めと貝殻チョークのイカサマを隠すために電子レンジの都市伝説をもっともらしく言ったんだよな？」

中西は電子レンジを使ったイカサマと思わせて、別のイカサマを仕掛けていた。生粋の陰謀論者なら電子レンジの危険性を隠れ蓑《みの》にしたインチキなどしない。きっと電磁波のウンチクは過保護だった母親からの受け売りなのだろう。

ただ、腑《ふ》に落ちないことがある。タージが日焼け止めと貝殻チョークのトリックを解き明かしてからも、中西は電車や自動改札機の電磁波を恐れている。なんでまだ陰謀論者のふりをするんだ？

「私、嘘はつかない。って何度言えばいいの？」

「けどさ、やっぱり無理があるよ。電子レンジやスマホが有害なものだったら、さすがに日本政府が販売を許可しないよ」

「大人が嘘つきだってことも知らないの？　金儲《かねもう》けのためなら平気で事実を隠蔽《いんぺい》する。正義感なんてない。何よりも損得勘定を重んじるから、新商品が人体に害があるかどうか検証が不十分な段階でも、利益を優先して見切り発車で売り出す。あとあとになって重大な欠陥が見つかっても、ほうぼうに根回ししてみんなで知らないふりをする」

「世間知らずな子供の屁理屈のように聞こえるけど」

「私たちの高校のそばに鉄塔があるよね」

「ああ」

校庭のすぐ近くに高圧鉄塔が立っている。雨の日はジーという寂しげな音が上空から聞こえてくる。

「渋野くんは鉄塔が脳腫瘍《のうしゆよう》や白血病の発症率を高めることも知らないのよね？　先進国では、高い電磁波を発生させる鉄塔や携帯電話基地の隣に学校や住居があるなんてありえない。日本の大人たちはいっつも不都合な真実を隠す。水俣《みなまた》病、B型肝炎、薬害エイズ、アスベスト、原発とかも、最初は『問題ない』って白を切った」

「みんながみんなずるい大人とは限らない」と俺は負けじと反論する。「中には権力に屈しないで真実を明らかにしようとするジャーナリストもいる。本当に電磁波が危険なものなら、とっくに報道されているんじゃないか？」

「マスコミやジャーナリズムについて語りたいなら、まずは世界報道自由度ランキングを調べて。五十位以内にも入れない国は情報統制が敷かれているのよ。ＳＮＳだって権力者にとって不都合なことは規制できる」

　ってことは、日本のランキングは五十位より下なのか。そんなに低いなんて……。中西が打ち鳴らした警鐘が俺の頭の中に響き渡る。大人が嘘つきだってことくらいは知ってる。親も教師もよく綺麗事《きれいごと》を言う。一番偉い政治家ですら子供騙《こどもだま》しの言い訳を並べることがある。だから大人は信用ならない対象だ。

　それなのに、俺はなんでか『大人たちが安全を保証してくれる』と信じ込んでいた。日本政府や大企業が国民や消費者を欺《あざむ》いたニュースを見聞きしても、どういうわけか身近な問題として捉えられなかった。いつか俺も騙されるかも、という危機感はゼロだった。

　ちょっと考えればわかることだ。新聞に載っていなくても、記事の裏に隠されているものは容易に読み解ける。この国はお金を中心に回っている。人権や人命なんて二の次、三の次。いっぱい献金した企業は国から優遇されるし、トラブルを起こした時にはマスコミを使って揉み消してもらえる。

だから車の排気ガスや煙草《たばこ》だって害があるのに、利便性や嗜好《しこう》性を口実にして撲滅しない。政治家が国民の健康を最優先にしているなら、全ての車を電気自動車にして煙草の販売を禁止にするはずだ。

もし電子レンジが有害な機械だとしても、家電メーカーは非を認めないだろう。知らないふりをし続け、政治家やメディアに口止め料を渡して隠蔽してもらう。その方が消費者に莫大《ばくだい》な慰謝料を払うよりずっと安上がりだ。

「少しはハルちゃんを見習って自分で勉強してみたら？」と中西が冷淡に言って席を立った。「じゃ、解散」

ダッフルコートを羽織り、バックパックを背負う。タージに「またね」と軽く手を振ると、出入り口に向かおうとする。

「中西」と俺は呼び止める。

でも振り向いた彼女に届ける言葉は何もなかった。言いたいことがないのに、なんで引き止めたんだ？

「何？」

「あ、やっぱ、いい」

「変なの」と言って体の向きを変えかけたが、思い直して足を止めた。「そうそう、言い忘れていたことがあった。パンジーの花言葉は『私を想《おも》って』なの、知ってた？」

「またからかってんのか？」

中西は微笑を湛《たた》える。小バカにしているようにも、寂しがっているようにも見えた。

「あと、『自由に生きろ』ってハルちゃんの背中を押してくれて、ありがとう」

「は？」

困惑している俺を置き去りにして店を出て行く。よくわからないけど、いらない感謝だった。俺は心にもない言葉をどうにかこうにか縫い合わせただけだ。いや、無意識に自分に向けて言っていたのかも。みんなの顔色ばかり窺《うかが》ってなんになる？　好きなように生きろ。

タージも腰を上げ、ダウンジャケットの袖《そで》に腕を通そうとする。俺はスマホを手にし、「一緒に中西のチャリのことを調べるか？」と訊ねた。

「はい」

溌剌《はつらつ》とした返事を受け、俺の指は『ＫＲＯＮＡＮ』を検索し始める。

# 第三章

# 中西美紀の傲慢

教室のドアを開けた瞬間、無数の白い目が私の全身を貫いた。こんなにまで蜂《はち》の巣にされるのは、二回目だ。嫌われ街道をひた走っている私でも滅多にない。一回目はママが死んだ時だった。

きっと心中事件のことがクラスメイトに伝わったのだろう。好感度の高い人なら同情される案件も、私の場合は格好のイジりネタになる。

黒板いっぱいに『生き残ってくれてサンキュー』『ママが天国から見守ってるよ』『心中お察しするよ』『レンコンって練炭とニアミスだけど、残さずに食べて』『睡眠薬を盛ったママのこと、許してね』『黒タイツでさり気なく喪中を演出するセンスに脱帽』『絶対に早まったことしちゃダメだよ』『毎日、学校に来てね』『道連れにしようとしたママに会いたくても我慢我慢』と書いてあった。

なかなかうまいことやる。どれもこれもポジティブな言葉だから、イジメの証拠にはならない。第三者には読み解けなくても、当事者の私には真逆の意味としか捉《とら》えられない。

　こんなイジメ方もあるのか。いい経験になった、とほくそ笑もうとする。でも口元が硬直していた。自分が思っているよりも応《こた》えていたらしい。黒板を埋め尽くした言葉が心に重く伸《の》し掛かっていた。

　チョークの字を視界に入れないようにしても、大槻先生が何も言わずに黒板を綺麗《きれい》にしても、心は潰《つぶ》されたまま。脳裏にママの顔がちらつく。気難しい顔しか浮かんでこないけれど、恋しく思えてくる。

　ダメダメ。弱っているところを見せるとイジメっ子が喜ぶ。どんなにダメージが深くてもケロッとしなくちゃ。図太い人間を演じるんだ。これまでやってこられたんだから、今回だってできる。

　朝のホームルームが終わると、私は勢いよく席を立ち、鬼頭瀬令奈のところへ向かった。

「ちょっといいかな？」

「嫌」と彼女は無下に拒絶する。「あっち、行って」

「行かない。訊《き》きたいことがあるの。私が心中の生き残りってバラしたのは、鬼頭さん？」

「証拠は？」

「ないから確かめているの」

「そんなやり方で犯人が見つかるなら、警察はいらない」

「鬼頭さんが犯人なのか、『イエス』か『ノー』で答えてくれない？」

「じゃ、ノー」と答えたけれどすぐに撤回する。「やっぱり、イエス」

鬼頭瀬令奈は不敵な笑みを見せる。小憎らしい表情だが、切れ長のつり目がとってもセクシー。自分に合ったオシャレを身につけたら、周囲からクールビューティーと持て囃《はや》されそう。

「どっち？」

「私がどっちを言っても信頼関係が築かれていないんだから、結局のところ『イエス』か『ノー』かを決めるのはそっちでしょ」

「そうやってどっちつかずのことを言うのは、正体不明のカナボウのふりをしてみんなを牽制《けんせい》したいからなんじゃない？」

「じゃ、そういうことにしていいよ」

「周囲への抑止力になるから、鬼頭さんは『カナボウなんじゃ？』って疑われることが不都合じゃない。本物のカナボウにとっても、鬼頭さんに疑惑の目が向くのはメリットがある。隠れ蓑《みの》として利用価値があるうちは、『鬼頭はカナボウじゃない』と拡散しない。ウィンウィンの関係が成立している」

「好きなように想像していいって」と鬼頭瀬令奈は相手にしない。

「この間の金曜、昼休みに私とぶつかってパックジュースがかかっちゃったけど、あれってわざとでしょ？」

「そう思いたいなら、ご自由に」

「何者かが鬼頭さんの下駄箱に『わざと転校生とぶつかってジュースを零《こぼ》せ』っていうメモを入れた」と言って彼女の目をじっと見つめる。「そんなことをする人はカナボウしかいない。今まで指令なんてなかったけど、中西を攻撃する口実がほしいんだな。従わなかったら、私がカナボウじゃないことをバラされちゃう。やるしかない。そう考えて実行に移したんだよね？」

　鬼頭瀬令奈はさらりと「たくましい想像力ね」と受け流す。目の奥もまるで揺らがない。私の「あのメモ、実は私が書いたの」という告白にも、少しも動じずに「想像上のメモのことを言われても」と返した。肝の据わった女子だ。

「タフね。頭の回転も速いし」と私は感心する。「メモを処分しているから証拠はない。中西が何を言っても後出しでしかない。動揺して墓穴を掘らなければやりすごせる。そう考えているんでしょ？」

「ひどい言いがかりに呆《あき》れているだけ」

「私、嘘《うそ》はつかない」

「へー。スゴい」と棒読みのように言う。

私は上体を捻《ひね》り、「渋野くん、預けていたものを返してくれる？」と求める。彼は慌《あわ》てた様子でブレザーの内ポケットから折り畳まれた紙切れを出し、こっちに歩み寄ってくる。

何かを言いたげな目をしている渋野晋吾に心が和む。きっと『心中事件を漏らしたのは俺じゃない』と訴えたいのだろう。わかってるよ。そういうことができる人じゃないってこと。

「それ、開いて読み上げて」とちょっとはにかみながら指示する。

彼が爪《つめ》を立ててホッチキスの針を抜いている間に、私は「この間の金曜の朝、鬼頭さんが教室に来る前に、渋野くんに渡したものなの」と蚊帳《かや》の外の彼女に説明する。

紙切れを広げると、渋野晋吾は「さり気なく中西美紀に体当たりして飲み物をぶちまけろ」と言う。教室全体がどよめく。鬼頭瀬令奈の顔にも焦燥感が浮かび上がる。

「金曜の朝、鬼頭さんの下駄箱を開けて、まだ学校に来ていないことを確かめてから、メモを入れた。それから、同じ内容のメモを書いて職員室で借りたホッチキスで止めた。それを教室で渋野くんに預けたの」

下駄箱のメモはリトマス試験紙のようなもの。鬼頭瀬令奈がカナボウなら指示を無視する。意味不明な悪戯《いたずら》としか捉えない。でも彼女がカナボウと利害関係があるなら、不審に思いながらも従わざるを得ない。

　おそらくカナボウは『鬼頭が怪しくない？』という噂《うわさ》が立ち始めた頃に、身代わりを思いついたのだろう。疑念を深めるために鬼頭瀬令奈と揉《も》めた生徒を次々に標的にしていった。

　カナボウ疑惑がかかっている彼女にのこのこ近づくのは、威勢だけはいい見栄っ張りや目立ちたがり。そういう人は元から性格に難があったり、普段から軽率に振る舞ったりするので、ちょっと叩《たた》けばすぐに埃《ほこり》が出る。カナボウにとっては安牌《あんパイ》な獲物だ。

「何が狙《ねら》い？」と鬼頭瀬令奈は悪びれる様子もなく、しれっと訊《たず》ねる。「転校してきたばかりのあなたには、カナボウが誰かなんてどうでもいいことでしょ」

「目的はクラスの正常化。みんなが『あいつがカナボウなんじゃ？』って疑心暗鬼になっているのは、健全とは言えない。鬼頭さんがカナボウを盾に聖域を作って一匹狼《いっぴきおおかみ》を気取るのも不健全。このクラスの空気を淀《よど》ませているものは排出したい」

「余計なお世話ね」

「けど、鬼頭さんならカナボウの威を借りなくても、自力でやっていけるんじゃないの？」

　きっと彼女には夢中になるものが学校の外にあるのだろう。習い事か趣味か。鎬《しのぎ》を削ったり、助け合ったりする仲間もいるのかも。プライベートを主戦場にしていれば、クラスメイトに構っている余裕などない。

何に熱中しているのか気になるが、どんな訊き方をしても教えてくれなそう。人に知られたくないからこそ、ネット特定班を恐れて下駄箱のメモに従ったのだ。言う通りにしないとカナボウの癇《かん》に障《さわ》ってプライベートをバラされる。そういった懸念も鬼頭瀬令奈を従順にさせた一因だと思われる。

「威を借りたわけじゃない。周りが勝手に勘違いしただけ」

「じゃ、確認するけど、鬼頭さんはカナボウじゃないのよね？」

「違う」

「正常化への協力ありがとう」

「もう構わないで」

「わかってる」と私は言って立ち去る。

鬼頭瀬令奈のプライベートについては、あとでこっそり調べよう。全てが片付いてからのお楽しみってことにして、抱えている問題をどんどん消化していかなくちゃ。

私はちらりとハルちゃんを見る。今日も自分の席で地蔵みたいに固まっている。姉の瑞月に指示された通り、常に『我関せず』というスタンスを貫いているのだ。かわいそうに。

小学生の頃はじっと椅子《いす》に座っていることなんてなかった。四六時中うずうずしていて教室の隅々にまで好奇心のアンテナを張り巡らせていた。次々に新しい知識や初めての経験を取り込むからか、彼女の目はいつも爛々《らんらん》と光っていた。あの輝きを取り戻すにはどうすればいいんだろう？

　昨日、ハルちゃんの家を訪ねると、筆談ができなくなっていた。姉に「筆談はセーフなの？」と訊いたら、禁止事項に加えられたそうだ。失敗した。先手を打って私とハルちゃんだけの秘密にしておけばよかった。

　いや、内緒にはできないか。姉妹の絆《きずな》はぶっとい。私が「お姉ちゃんの言いなりになることはないんじゃないかな。渋野くんだって『タージ・マハル』のように好きに生きろって言っていたよ」と働きかけても、全くハルちゃんの胸に響かなかった。

　靴下のワンポイントを引き合いに出して「ハルちゃんが学校で履いている靴下のことを思い浮かべて」というアプローチも試みた。世界遺産の『自由の女神像』はまさしく自由の象徴なの。女神が被《かぶ》っている冠にある七つの突起は、七つの大陸と七つの海に自由が広がるっていう意味が込められている。

　おまけに、女神の足元には引きちぎられた鎖と足枷《あしかせ》があって、全ての弾圧や抑圧からの解放と人類の平等を象徴している。だから女神像のワンポイントはハルちゃんのために自由への道を照らしてくれるはず。そう熱弁してみたけれど、効果はなかった。豆知識に興味を示しただけ。

それでも私は時間の許す限り説得し続けた。ハルちゃん、物事は一方向から見えたものだけが全てじゃないの。お姉ちゃんの目線だと『家族みんなでお祖母《ばあ》ちゃんを看取《みと》れなかったのが心残り』ってことになるけど、お祖母ちゃんの目線では、『残された時間を好きなように使えて満足した』っていう可能性もある。

家族にも誰にも話していない秘密や、胸の奥に大切にしまっていた思い出があったかもしれない。昔の約束を守るためだったり、罪滅ぼしの責務があったり、思い出の地で最期《さいご》を迎えたかったり。お祖母ちゃんは複雑な事情を抱えていたんじゃないかな。

最期は生き別れた子供と過ごしたかったっていう理由だったら、ハルちゃんはどう思う？　お祖母ちゃんは悔いなく天国へ旅立てたってことにならない？　ハルちゃんのうっかり発言が幸せな方向へ導いた可能性だってあるんだよ。

だから一方的に自分が悪いって思いすぎちゃダメだよ。それに、誰にでも自由に生きる権利があるの。家族であっても侵害できない。人は自分の気持ちに正直に生きていいんだよ。難しいことじゃない。一歩踏み出すだけ。そうすれば、もう片方の足も前に……。

ハルちゃんの潤《うる》んだ瞳《ひとみ》が私の言葉を止めた。涙ぐんでいたが、明らかに憤《いきどお》っている。眼鏡越しの目から並々ならない怒気を感じる。吊《つ》り上がった二つの目が『それでも、お姉ちゃんを哀《かな》しませた私が悪いの！』と訴えていた。

姉の呪縛《じゅばく》を解くのは一筋縄じゃいかない。どんなに熱弁してもハルちゃんは姉の言いなり。血の繋《つな》がり、世話を焼いてくれた恩、培《つちか》われた信頼感、それらが私の言葉を撥《は》ねつける。

私の影響力を強めないことには、ハルちゃんの耳は姉にしか向かない。まずは地道に親交を深めて信頼関係を築き上げよう。大親友と呼べる間柄になれば、私の声が届くはずだ。

何年かかったっていい。また天真爛漫《てんしんらんまん》なハルちゃんと一緒に駆けっこができるなら、なんだってやってやる。

小学二年生の時にハルちゃんと同じクラスになった。誰彼構わず話しかける彼女は私にも気軽に接した。でも愛想よくすると、周囲に「変人同士お似合い」とイジられそうだから、ほとんど無視していた。

三年ではクラスが別々になってホッとする。あの子はトラブルメーカー。近くにいるだけで被害を受けるおそれがある。もう冷や冷やしないでいい。少なくとも、またクラスが一緒になるまでは煩《わずら》わしい思いをしない。

そう安心しきっていた私は知る由もない。およそ半年後にハルちゃんに巻き込まれてトラブルの片棒を担《かつ》ぐとは、想像だにしていなかった。

金木犀《きんもくせい》の香りを鼻先に感じながら落ち葉を踏み締めて歩いていると、前方に田嶋さんの姿が見えた。咄嗟《とつさ》に差していた日傘で顔を隠す。だけど「あっ！」と気づかれて「ミキちゃんのおうちって猫ちゃん飼える？」と話しかけてきた。

田嶋さんは手に持っていたスニーカーの箱の蓋《ふた》を外し、中を見せる。子猫がいた。白黒のブチ。

「うちはダメ。ペット禁止のマンションだから」

「ダメか」としょんぼりする。「私と猫ちゃんが入れ替われたらいいのに。そうすれば、この子はミキちゃんのおうちで暮らせるのに」

なに言ってんだろ？　子猫の魂が人間の体に入ったとしても、私の家で飼えるわけないじゃん。別の問題が発生するのがわからないの？

大体、田嶋さんは人間から猫になっていいの？　今まで通りの生活ができなくなるんだよ。平気なの？　それとも、前から猫になりたい願望があった？

いくつかの疑問が浮かんだ。でも話が長くなりそうだから、私は「里親を探してるんだよね？」と会話の終わりに向かう質問をする。

「うん。うちの近所の公園で捨てられてたの」

「もっと人通りがあるところで呼びかけたらいいんじゃない？　駅前とか」

「なるほど！」とやたらと大きな声を出した。「ありがとう。またね」

そう言うと、勢いよく走りだす。最寄りの駅がある方へ猛ダッシュ。あっという間に見えなくなった。

やっぱり変な子。私とは違ったタイプの変わり者だ。二年の時から私のことを馴《な》れ馴れしく『ミキちゃん』って呼ぶ。ちっとも親しくないのに。人との距離感が狂っているからみんなに嫌われているんだ。

私と距離を置かないのは田嶋さんだけ。彼女以外は誰も私に話しかけない。『ちゃん』付けなんか論外。これまで同い年の子から愛称で呼ばれた覚えがない。だからか、久しぶりの『ちゃん』付けに悪い気はしなかった。まだ『ミキちゃん』が耳に残っている。

田嶋さんはすんなりと里親を見つけられるかな？　あの子は鈍臭いところがあるから、ちょっと心配。融通がきかなくて先生や男子としょっちゅう揉めていたし。

あれ？　なんで私は人のことなんか気にかけてるんだろ？　学校にいる連中なんて、みんな自分勝手で危機意識の低いアホばっかなのに。田嶋さんがどうなっても私には関係ないこと。

だけど、なんでか私の足は駅へ向かう。ミキちゃんって呼ばれて嬉《うれ》しかったから？　ううん、違う。子猫のことが心配なんだ。田嶋さんなんてどうでもいい。子猫が気がかりなだけ。

私が駅前の広場に着いた時、田嶋さんはヨレヨレの服を着たオジサンと喋《しゃべ》っていた。

髪の毛もボサボサで見るからに怪しい。子供にイタズラをする変質者なんじゃ？

「ハルちゃん」と私は声を掛ける。「里親、見つかりそう？」

友達っぽさを出すために、意図して『田嶋さん』と呼ばなかった。

「あっ、ミキちゃん。今、ちょうど見つかったところなの。小さい頃からずっと猫を飼っているプロフェッショナルだから、最高の里親なんだよ」

ちらっとオジサンに目を向けると、にやっと笑った。黄色い歯。おまけに、口の端で唾《つば》が糸を引いている。

「そう。よかったね。じゃ、一緒に帰ろう」

「まだ終わってない。子猫ちゃんをヤマダさんのうちに届けるまでが私の役目なの」

「えっ？　なんで？　ここで渡して終わりじゃん」

「ヤマダさんは両方の手首を痛めていて重たいものを持てないんだって。子猫ちゃんを落とす危険があるから、私が運ぶの」

重たいって空箱に入った子猫だよ。持てないほど重いわけない。もし本当に痛くて持てないんだとしても、脇《わき》に抱えて運べばいい。

「ハルちゃん、ちょっと」と私は言って彼女の二の腕を掴《つか》み、引っ張ってオジサンと距離をとった。「あの人、怪しいよ。知らない人についていっちゃダメって教わったでしょ」

「人を見た目で判断しちゃいけない、ということも教わったよ。それに、あのオジサンはヤマダイチロウっていう人で、すでに知り合いだから大丈夫」

「偽名かもしれないじゃん」

「どうして偽名だと思うの？」

「だって、いかにも『その場で思いついた』って感じの名前だよ」

「そっか。ひょっとしたら本名は珍しい名前なのかも。世の中には『鼻毛』って苗字《みょうじ》もあるんだって。名乗るのが恥ずかしくて隠したくなるのは、しょうがないことだよね。だから偽名には目を瞑《つぶ》らなくちゃ」

　なんでそうなるかな？　これから悪いことをするつもりだから名前を伏せたに決まってる。

「とりあえず、免許証とかの身分証を見せてもらおう」

「ダメだよ」と強い口調で反対する。「人が隠したいことを無理に覗《のぞ》き込んじゃかわいそう」

「けど、田嶋さんが危ない目にあうかもしれないんだよ」

「ヤマダさんは大丈夫。そういう人じゃないもん」

　なんだか突き放されたように感じた。友達でもなんでもない私よりも、出会ったばかりのみすぼらしいオジサンの方が信用できる。そう言われたみたい。

「もういいよ！　勝手にすれば！」と私は叫んで自宅に向かう。

好きにしなよ。痛い目を見てから後悔したって知らないんだからね。あー、損した。あんな頑固者のことなんか心配しなければよかった。

元々、私は誰ともわかり合えない。見えないハンデを背負っている私の苦労を誰も知らない。知ろうともしない。そんな人たちと気持ちを通い合わすことは不可能。私とみんなの間には分厚い壁があるんだ。

物心がつく前から私は慢性的な頭痛に悩まされてきた。毎日、頭全体が締めつけられるような痛みに苦しんでいる。病名は電磁波過敏症。あまり知られていないけど、電磁波を発生させる家電製品や蛍光灯や電線などの近くにいると、体の調子がおかしくなる人がいる。

目眩《めまい》、頭痛、記憶障害、湿疹《しっしん》、倦怠感《けんたいかん》、耳鳴り、呼吸困難など症状は様々。私の場合は頭痛が顕著に現れる。でも知識のないアホや他人の痛みを想像できないバカは「そんなの気のせい」「ノイローゼなんだよ」「仮病なんじゃ？」と労《いたわ》りもしない。

私がいつもどんな思いをしているのか知らないくせに、陰で『モン子』と呼んで白い目を私に向ける。でも私がじろっと見ると目を逸《そ》らす。睨《にら》み返す根性もない腰抜けばっか。そんな連中なんかと馴れ合いたくない。

でも、と私は足を止めた。田嶋さんは濁った目で私を見ない。それに、絡《から》んでくる時はしっかり目を合わせて話す。ただ単に、何も考えない間抜けなのかもしれないけど、あの子の澄んだ目は嫌いじゃない。

あっ、お人好しの間抜けだから変質者の口車に乗ってほいほい家に上がっちゃうかも。やっぱり引き止めるべきだった？　乱暴なことをされたらどうしよう？　万が一、田嶋さんが殺されちゃった場合、後悔するのは私の方だ。

くるっとＵターンする。日傘を閉じて物陰に隠れ、田嶋さんとオジサンの様子を窺《うかが》う。二人が歩き始めると、そっとあとをつける。田嶋さんはこっちの気も知らないで楽しそうに会話している。いい気なものだ。

閑静な住宅地に入り、人通りが少なくなる。気づかれるリスクが高まったので、距離をとらないわけにはいかない。二十メートル以上離れて尾行し、二人が角を曲がったら全速力で走り、塀や電柱の陰から監視しながら一定の距離があくのを待った。

三つ目の角で田嶋さんの姿を見失った。目を離したのは十秒ほど。その間に家に連れ込まれたのなら、角を曲がってすぐの住宅だ。候補は三軒。どれも一戸建てだけど、表札がついていないのは一軒だけ。廃墟《はいきょ》みたいなボロ屋で、屋根にはブルーシートが被せられている。

ボロ屋にインターホンらしきものは見当たらない。ノックするしかない？　ううん、警察を呼んだ方が？　でも近くに公衆電話はない。どうしよう？　って迷ってる時間はない。

「ハールちゃーん！　どこにいるのー？」と私は大声で呼ぶ。

三度繰り返すと、建付けの悪い引き戸がガタガタと開いた。田嶋さんが飛び出してくる。

「あっ、ミキちゃん。どうしたの？」

のほほんとした顔に私は脱力する。と同時に、「おい！」とオジサンが玄関から出てきた。

「走って」と田嶋さんは言って、自分も駆けだす。

捕まったら殺される。死にたくない。その一心でがむしゃらに走った。だけど大人の足には敵《かな》わない。どんどん迫ってくる。田嶋さんが私よりも遅れる。靴の空き箱を抱えているせいだ。

もうダメだ。あきらめかけた時、頭の上から「何やってんの！」という声が飛んできた。見上げると、一戸建ての二階のベランダでオバサンが「警察、呼ぶわよ！」と叫んだ。

オジサンは反転し、逃げて行く。よかった。安心した私は足を止めたけど、田嶋さんは走り続ける。無我夢中で気づいていないの？

「あんたたち、大丈夫？」

オバサンを無視して私は追いかける。みるみる距離が縮まる。よっぽど空き箱が邪魔なのか、元から走るのが遅いのか、すぐに彼女の前に回り込めた。

「もう平気だよ。追ってこない」と私は息を切らしながら言う。

田嶋さんは急停止した。両肩を大きく上下させて「あー、怖かった」とたるんだ顔を見せる。

「だから言ったじゃん。危ないって。ちゃんと人を選ばないとダメだよ」

「ヤマダさんの手、いっぱい猫ちゃんの引っ掻《か》き傷があったの。だから大の猫好きだと思った。お世話にうんざりしていたら、『よし、もう一匹飼おう』っていう気分にはならないでしょ？」

「そうだけど、世の中には猫好きの変質者もいるの。だからこれからは気をつけて」

「変質者？」と田嶋さんは首を斜めにする。

「子供を襲う悪い人のこと」

「ヤマダさんはそういう悪人じゃないよ」

「えっ？　どうして？」

「悪いのは私。盗んじゃったの。どうしよう？」

田嶋さんが箱の蓋を開けると、白黒のブチの他に四匹の子猫がいた。

「なんで増えてるの！」と私は心底びっくりする。

「ヤマダさんち、猫ちゃんが何十匹もいたの。あっちこっち糞《ふん》だらけだったから、『汚い家には住ませられません』って里親のことはなかったことにした。そのついでに『他の子猫ちゃんも私が引き取ってくれる人を探します』って言ったんだけど、なかなかいい返事がもらえなくて……」

段々と弱々しくなっていった声が途切れる。目には涙が溜《た》まっていた。

「田嶋さんは正しいことをしたと思うよ」

「ホント？」

「うん。だって不衛生なところで子猫を育てるより、ちゃんとした家の人に引き取ってもらう方がずっといいもん。それが理解できないオジサンとはいくら話し合っても無駄。強引に奪って逃げたのは、大正解だよ」

「ホントにホント？」

「私、嘘はつかないの。ママが『嘘をつくとストレスで免疫力が下がる』って言ってたから」

「私も正直に生きたい」

田嶋さんは誰よりも正直だ。こんなにもまっすぐな人を知らない。彼女は本気で『私と猫ちゃんが入れ替われたらいいのに』と思っていた。たまたま拾った子猫なのに、自分を犠牲にすることを苦にしない。劣悪な環境にいる子猫たちを見たら、救い出さずにはいられない。心の赴くままに体が動く。

私も田嶋さんみたいになりたい。口先だけの『嘘はつかない』じゃなく、心も正直でありたい。どうしたら彼女のようになれるんだろ？

「ミキちゃん、私のことも『さん』付けじゃなくて『田嶋ちゃん』って呼んでいいんだよ」

私はクスッとする。なんで『田嶋ちゃん』にするかなぁ。

「ねぇ、『ハルちゃん』でもいい？」と思いきって訊いてみる。

「もちろん、いいよ。友達だもん」

「友達？　私と？」

「さっき一緒に走ったじゃん。運動会でもないのに並んで駆けっこするのは友達だからだよ。友達ならどんな名前で呼んでもいいの」

言っていることがよくわからなかったけど、噛《か》み砕いて理解するゆとりはない。友達と思われたことがただただ嬉しくて、気恥ずかしくて、どうしたらいいんだろう？

「私と友達でいいの？　私、テレビを観《み》られない体なの。電車にも乗れないし、携帯電話やパソコンにも触れない。行けないところもいっぱいある」

「でもミキちゃんはミキちゃんでしょ」

シンプルな言葉が胸を打って何も言えなくなった。黙っているとハルちゃんが「私が病気で目が見えなくなっても、寝たきりになってどこにも行けなくなっても、事故で両手を失って物に触れなくなっても、私は私だもん。何も変わらないよ」と続ける。

「うん。変わらないね」

「だから私とミキちゃんは友達だよ」

「じゃ、ハルちゃん。駅まで走ろう。早く子猫ちゃんたちの里親を探さなくちゃ」

「うん」

その後、私たちは夜遅くまで里親募集を行った。運よく、五匹とも引き取り手を見つけることができた。ただ、帰りが遅くなったことをママにこっぴどく叱《しか》られた。事情を話すと、「そんな無鉄砲な子とはもう付き合っちゃダメ」と規制され、ハルちゃんとの繋がりは断たれてしまった。

それでも私の心のドまん中には、いつもハルちゃんがいた。親が離婚しても、広島に転校しても、ずっと中心に居続けた。彼女は憧《あこが》れの存在。ハルちゃんのことを思うと勇気が出てくる。私もまっすぐに生きるんだ。

四時間目の授業が始まると、数学Ⅱを受け持つ大槻先生が「先週のロングホームルームで三送会の出し物が決まらなかったので、少し授業の時間を削って決めましょう」と言った。どうやらクラスの意見がまとまらないようだ。それも担任の自殺の余波なのか？

　渋野晋吾が挙手し、「合唱がいいんじゃないかな。一、二回の練習で済むし」と意見を出した。きっと事前に小野田すずと相談して決めたことなのだろう。そうとは知らずに、教室のあちらこちらから賛同する声が出てくる。

「合唱が一番ラクだな」

「劇やダンスじゃ練習が大変だもんな」

「最悪、ぶっつけ本番でもいいし」

「定番の曲にしておけば、下手でも盛り上がる」

　まあ、手堅い案だ。準備や練習に時間のかからないものなら、反対意見は出にくい。元々、三送会は先輩に思い入れのない生徒には煩わしいだけの行事だ。

　教室全体に『歌で決まりだな』という空気が行き渡る中で、私は挙手した。ざわざわが私を何重にも取り囲む。

「はい、中西さん」と大槻先生が固い声で指名する。

「出し物のアイデアではないんですけど、私に学級委員をやらせてもらえないでしょうか？」

　大きなどよめきが起きた。進行役の先生も狼狽《ろうばい》していてうまく対応できない。

「えーと、それは……。ちょっと、難しいんじゃないかな。えー、中西さんは転入してきたばかりだから、みんなを束ねるのはまだ早いと思うの」

「でも私はどの委員にも入っていません。早くクラスに溶け込みたいので、役割がほしいんです」

「それなら、図書委員か美化委員に補佐として入れることにするから、それでいいわね？」

「クラスに学級委員は一人だけですよね。けど、堀さんは不登校を続けているようなので、現在は欠員が生じています。私が代理で務めるのが理に適《かな》っていると思いませんか？」

教室の後ろの掲示板に委員の担当表が貼《は》られている。学級委員のところには『堀まりあ』とあったが、黒のマジックでペケがついている。気性の荒い男子の仕業だろう。

大槻先生は反論できずに言葉に詰まった。視線が不安げに泳ぐ。

「いいんじゃね？　本人がやりたいって言ってんだから、やらせてあげれば」と稲見《いなみ》亜《あ》斗《と》夢《む》が私を後押しする。

彼は「なっ？」と周囲に圧力をかけ、囃《はや》し立てることを促す。すると、気後れしていたクラスメイトは口々に「やらせよう」「生徒の自主性を大事にしなくちゃ」「何かあったらみんなで助けるから」と言った。

クラスを任されて間もない大槻先生に発言力のある生徒をコントロールするのは難し

い。教室の空気に流されて「じゃ、中西さん、学級委員の代理をお願い」と私に割り当てた。

「はい」と返事して起立し、黒板の前へ向かう。

稲見亜斗夢は私のことが目障りでしょうがないようだ。マリッペの代わりを務めようとするなんて、俺たちへの宣戦布告か？　敵討ちでもするつもりか？　そう警戒して臨戦態勢に入った。

一旦《いったん》、私を担ぎ上げてから叩き落とす気なのは明らか。学級委員になった私に誰も協力しなければ、三送会の出し物は失敗する。出しゃばったくせになんもできねーの、と嘲笑《あざわら》いたいのだ。

また、三送会の失敗によってみんなが私に反感を抱けば、稲見亜斗夢は私を教室から排除する大義名分を得られる。イジメを正当化できる。その時は今朝よりも苛酷《かこく》な仕打ちをするだろう。クラス中から袋叩きにされるに違いない。

私が気を引き締めて教壇に登ると、大槻先生はすごすごと隅の席に着いた。

「みんなの承認を得たので、堀さんが学校に来るまでは私が代わりに学級委員を務めます」と話し始める。「三送会で成功を収めるにはクラスが一つになる必要があると思います。だから出し物を決める前に、このギスギスした空気を取っ払いましょう」

原竜太郎《はらりゅうたろう》が「空気を悪くしてるヤツに言われてもなぁ」と茶々を入れるや否や、稲見亜斗夢がプッと噴き出した。絶妙のコンビネーションだ。仲間たちも次々に冷笑する。

「空気を読めない転校生と不登校の女子の机にふざけた献花をする生徒。さて、どっちがクラスの空気を悪くしているでしょうか？　ってアンケートを街頭で百人にとったら、九十人以上は献花の方に票を入れると思うんだけど、どう？」

　また仲良しコンビが息の合った連携プレーを見せる。

「裏の事情を知れば、献花くらいかわいいもんだって思うよ」

「そうだ。なんも知らねーヤツが口出しすんな」

「裏の事情って不適切な交際のことでしょ」と私は言い返す。「どうしてタブーを犯したのか、そういった事情についても原くんは熟知しているの？」

　原竜太郎は言葉に窮する。でも稲見亜斗夢が「どうせ変態教師だったんだ」と決めつけると、勢いを取り戻して「生徒の方は『大人と付き合って優越感に浸りたかった』ってパターンだよ」と言った。

「そういう可能性もあるね。でも本人の口から聞いたわけじゃないんでしょ。なら、単なる憶測に過ぎない。もしかしたら堀さんは親からの虐待のことで担任に相談していたのかもしれない。そうしたら『穴井先生が私を守ってくれる』『この人がいないと私は生きていけない』って気持ちが生じて、それを恋愛感情と勘違いしてしまった」

「虐待？　そんな話、聞いたことねーぞ」

「なんで中西が知ってんだよ？」

「仮定の話よ。穴井先生は高校時代に事故かなんかで恋人を亡《な》くしていて、その人に堀さんが瓜《うり》二つで気持ちを抑えきれなくなったってパターンでもいい。そういう可能性について考えたことがある？　裏に虐待や死別の事情を抱えていても、無慈悲に私刑を行えた？　ちょっとくらいは同情心が湧《わ》かない？」

「湧かないね」と稲見亜斗夢が間を置かずに断言した。「だって教師なんだぜ。どんな事情があっても、教え子に手を出したら教師失格だ。聖職者なんだから私情を抑え込まなくちゃいけねー」

　片方にしか触れなかったことで、『マリッペが虐待を受けていたのなら、同情心が湧いた』と暗に認めたようなもの。意図して明言を避けたのか、無意識だったのか？　でもそこを突っついても『マリッペにも湧くもんか』とムキになるだけだろう。

「教師も人間よ。神様と違って全知全能じゃない。時には過《あやま》ちを犯す」

「大人なら我慢しろって言ってんだよ。なんでいい歳《とし》してやっていいことと悪いことの区別がつかねーんだよ」

　原竜太郎も「高校生にもわかることなのに、大人ができねーわけねー。死別だろうが瓜二つだろうが、マリッペが卒業するまで我慢すればよかったんだ。なのによ、なんの責任もとらねーで逃げやがって。そんなヤツが死んだって誰も同情できねー」と続いた。

「つまり、大人は我慢強くて当然。我慢できないなら、せめて後始末くらいつけろ。自殺に逃げてんじゃねー」と私は彼らの口調を真似《まね》る。「そんな無責任な大人がくたばっても同情できねー。そう言いたいのね？」

「そうだよ」

「他の人たちも同じ意見なの？」

私は首を捻ってみんなのことをぐるりと見回す。クラスの中心グループ以外の生徒たちはそわそわしている。でも下は向かない。目を伏せたら稲見亜斗夢に同意しないことになる。宙ぶらりんな視線が教室中を彷徨《さまよ》う。

「アトムの言う通りだ！」

「大人がしっかりしないでどうすんだ！」

「子供より我慢強いに決まってんだろ！」

掩護《えんご》射撃を放ったのは一軍の仲間だけだったが、他の人たちもほぼほぼ同意見なのだろう。私に面と向かって言えないだけで、『穴井先生はふしだらで無責任な大人』と思っている。それがクラスの総意だ。

大槻先生は俯《うつむ》いて体を縮こまらせている。非難の矛先が教師全般に向くことを恐れているのかもしれない。影響力のある誰かが『大槻先生、なんで学校は何も責任をとらないんだ！』と糾弾したら、教師の代表者として弁明する必要に迫られる。対応を間違えれば学級崩壊を招く。

臨時でも担任になったのだから、生徒たちの混乱を抑えてしっかり手綱を握らなければならない。ギスギスした空気を蔓延《まんえん》させた責任の一端は大槻先生にある。でも穴井先生の一件で責めを負うのは彼女じゃない。組織のトップだ。

ハルちゃんから引き出した情報によれば、穴井先生の自殺について学校は何も説明しなかったそうだ。有耶無耶《うやむや》にしたかったのだろうが、きちんと非を認めるべきだった。校長が毅然《きぜん》とした態度で事実を公表し、組織の長として誠意のある謝罪をする。そうしていれば、生徒たちの大人への不信感はここまで大きくならなかったはずだ。

「どっからも反対意見は出てこないぞぉー」と稲見亜斗夢が故意に語尾を長くする。

「多数決で学級委員の負けぇー」

「納得いかねーなら、全校生徒にアンケートとってみろよ。『穴井はやることだけやったくせに、なんの責任もとらねーで自殺に逃げやがった腑抜《ふぬ》け教師だ』って思う人はマルをつけてって。バツが十個でも集まったら土下座してやるよ」

「大人が子供より強いって誰が決めたの？」と二人に問いかけ、彼らの顔を交互に見る。

「そんなのは当たり前のことだろ。バカかっ！」

「常識知らずとは話になんねー」

私はみんなに背を向けてチョークを摘まんだ。腕を目いっぱい伸ばしてL字にチョークを走らせる。そして縦線の左側に大きく『人』と、横線の下に小さく『未成年』と書く。それから横線の上に長方形を、黒板の上枠に届きそうなほどの細長い長方形を描いた。

「これは棒グラフ。日本の未成年の自殺者は年間で五百五十人程度」と言って長方形の横に『５５０』と書き込んだ。「では、二十代は何人くらいでしょうか？　はい、稲見くん、答えて」

「なんで俺が？」

「外れてもペナルティーはないから、答えてよ。みんなの前で間違えるのが恥ずかしいなら、三択問題にしてあげよっか？」

「いらねーよ」とぶっきら棒に断った。「三百だ」

「三百人の根拠は？」

「中西の狙いはわかってんだよ。棒グラフを使って『大人の中には弱い人がいて自殺に走る人もいる。ほら、二十代になっても子供のまま弱い人がこんなにもいるんだ』ってやりたいんだろ？　ってことは、二十代の数が少ないわけがねー。俺たちに『そんなに！』ってインパクトを与えたいんだから、未成年の半分以上は必要だ」

　手強い男子だ。血の気が多いのに、クールに頭を回せる。乱暴な言葉遣いも意図的なところがありそう。私の感情を刺激するために、あえて口汚く突っ掛かってくるのだ。

彼らを上面だけで判断すると大怪我《おおけが》する。単細胞なガキではない。さすが特進クラスの生徒と言ったところか。ちょっとやそっとじゃ丸め込めない彼らを受け持つのは、さぞかし大変なことなのだろう。

私は黒板消しを手に取り、未成年の棒を消して、小さな長方形を描き直す。そしてその右隣に細長い棒を描いた。

「二十代は三千弱よ。未成年の約五倍も自殺している」

「汚ねーぞ。騙《だま》しやがって！」と赤っ恥をかかされた稲見亜斗夢は吼《ほ》える。

「ごめん、ごめん。最初から短い棒を描いたら、驚きが半減すると思って。せっかくだからびっくりさせたいじゃん。どう？　驚いた？」

彼は気まずそうな顔をする。図星だったようだ。他の人たちの顔にも驚きの色が見える。

「三十代は」と私は言いながら右肩上がりの棒を四つ横に並べて描いていく。「約四千人。四十代は約四千四百人。五十代は約四千六百人。六十代は約五千人」

更に二つの棒を加える。七十代からは右肩下がり。人数は大まかなもの。うろ覚えなので間違っているかもしれないが、『どの世代も未成年よりも遥《はる》かに多い』が伝わればいい。

穴井先生の母親と出会ったあと、自殺に傾く心理状態を知りたくて本を読み漁《あさ》った。

カウンセラー、社会学者、命を取り留めた未遂者、遺書、遺族など、様々な視点から自殺の本質を探ろうとした。

　でもわかったのは、心の闇《やみ》は深い、というありきたりなこと。探れば探るほどに深まっていく。『闇』は『病み』でもあるのだ。

「七十代は約四千人。八十代は約二千五百人」と言って数字を書き終えると、みんなの方を向く。「未成年の自殺は全体の二パーセント程度。残りの九十八パーセントは子供たちよりも強い大人。さて、強いはずの大人がどうして死を選ぶのか、わかる人は手を挙げて」

　案の定、誰も挙手しない。しゃしゃり出て答えるメリットは何もないから、賢明な人ほどわからないふりをするだろう。

「答えは簡単。社会は子供が思っているよりも厳しいから」と私は明かした。「確かに大人は私たちよりも強い。私たちにない力をいっぱい持っている。だけどその力は社会では微々たるもの。簡単に叩き潰される。子供が『強い』と思っている力なんてほとんど役に立たない。だから自殺に救いを求める大人があとを断たない」

　高校生より二十代の人が五倍弱い、ということはありえない。社会が学校よりも五倍以上厳しいのだ。大人も打たれ強くなったり適応能力を鍛えたりしてパワーアップしていく。でも社会の厳しさも年齢に比例して増す。時には、上回ることもある。だからこそ年代が上がるごとに自殺者数は増加するのだ。歳を重ねるほどにより生きるのが辛《つら》くなる。ピークは六十代。つまり、この国では豊かな老後を送れない、と言っていい。定年まであくせく働いても、社会の荒波を命からがら泳ぎきっても、六十歳からは更なる試練が待ち構えている。なんのために生きてきたんだ？　そう絶望するのも無理はない。

「日本では一日に百人近くが自殺している。この教室の生徒数の倍以上も死んでいるの。自殺未遂者はもっと多い。毎日千人以上は出ている。そんな社会が健全と言える？　稲見くん、どう思う？」

　百人という数に圧倒されたようで彼は口籠《くちごも》る。みんなの反応も同じだ。一様にショックを受けている。自殺者数の多さは深刻な社会問題なのに、メディアで大きく取り上げられることは少ない。

「子供と大人は同じ土俵に立っていない。だから安易に比較できない。大きな重荷を背負う大人は私たちが思っているよりもずっと立派なの。社会と厳しい闘いを繰り広げているのに、お父さんもお母さんも教師も、子供の前で弱音を吐かない。教師がどれほど大変な仕事か知ってる？」

　今度はみんなに問いかける。しばらく待ったけれど、誰も答えない。子供が蓄えている知識なんて氷山の一角ですらない。限りなく無知だ。教室の中のことしか知らない。

「それじゃ、現役の教師に説明してもらいましょう」と私は大槻先生を指差す。「今日のスケジュールを教えてくれませんか？」

突然の指名に慌てたのか、まごつく。でも私が「今朝は何時に起きましたか？」と訊ねると、教師の仕事内容について話し始める。私は黒板に大きな丸を描き、円グラフ風の時間表を作っていく。

大槻先生のスケジュールは分刻みだった。授業をしていない時間や休み時間にも忙《せわ》しなく働く。授業で使うプリント、保護者宛の文書、部活の試合申請書などの作成。学校新聞とホームページの更新。小テストと宿題の丸つけ。

ランチタイムは三時間目と四時間目の間だった。私が「何故《なぜ》、昼休みの時間に摂《と》らないんですか？」と訊《き》くと、大槻先生は「昼休みは他のクラスの生徒が授業の質問をしに訪れたり、バド部の部員が相談しに来たりするから、授業の合間の休み時間に済ませている」と答えた。昼休みは生徒の対応に追われて食事などしていられないのだ。

放課後はバドミントン部の副顧問としてのタスクがある。顧問と回り持ちで指導するのだが、当番の際は片時も目を離せない。付きっきりで見ていないと、事故が起こった場合に保護者からクレームが寄せられるのだ。顧問が当番している時は、職員室でデスクワークに励む。

学校を出る時間はいつも夜の九時過ぎ。中間、期末テストや大きな学校行事がある時は、十二時を過ぎることもあるそうだ。日祝や夏休みなどは部活の引率や、教育委員会の研修でほとんどの日が埋まる。抑揚のない声で「今月はまだ一日も休んでいない」と言った時の大槻先生からは生気が感じられなかった。

「家で仕事をすることはないんですか？」と私は進行役に徹して話を先に進める。

「毎日、持ち帰っている。今夜は保護者会の資料作りをする予定。さっとシャワーを浴びて、冷食を食べながらパソコンに打ち込んでいって、一時に寝られればいい」

　睡眠時間は五時間もないのか。私は嘆かわしく思いつつ就寝予定の時間を表に書き込んだ。これで時間表が完成。

「この表からわかるように」と言って私はチョークの先端で黒板を二回叩く。「教師は生徒が思っているよりも、ずっとずっとハードワーク。自分の時間なんてない。学校にいる時はトイレに行く暇もなくて、膀胱炎《ぼうこうえん》を患《わずら》う教師も少なくない。そのこと、知ってた人？　家に帰るまでトイレに行けない辛さを味わったこと、ある人？」

　どこからも『知ってた』や『あるよ』の声は上がらなかったが、稲見亜斗夢が「辛いなら辞めればいい」と口にする。子供らしいシンプルな意見だ。人によっては『自分で選んだ仕事なんだから自己責任だ』と思っているかもしれない。

「そういうことを簡単に言えるのは親や学校に守られているから。大人は自分一人の力で生きていかなくちゃいけないし、子供にはわからないものをいっぱい背負い込んでいる。安全圏から傍観しているだけの子供には推し量れない裏の事情がある」

　私もママが死ぬまでは何も推し量れなかった。親の庇護《ひご》を失って初めて、自分がちっぽけな存在であることを知った。無知で思慮が足りなくて、偏狭で驕《おご》っていて、ママよりも自分が優れた人間だと思い上がっていた。そんなバカは私一人で充分。みんなには手遅れになる前に気づいてほしい。

「生徒の見えないところで教師は過労死と背中合わせで闘っている。毎日毎日、ほぼ三百六十五日、仕事に忙殺されていれば、頭も心も正常に動かなくなる。心身ともにボロボロの時に、生徒から優しい言葉を掛けられたりしたら、ほろっときちゃうもんでしょ？　なんせ、大部分の生徒は『教師ならやって当たり前』って一つも感謝しないんだから」

「だからって生徒に手を出していいのか？　最低な行為だ」

「稲見くんが言う『手を出した』ってどの程度のこと？　どれくらいの期間、交際していたの？」

　ハルちゃんは教師と生徒の不適切な関係については何も知らなかった。スマホを持っていないため情報が入ってこなかったのだ。また、大っぴらに穴井先生の一件を話題にするのは憚《はばか》られていたようで、ハルちゃんが小耳に挟むこともなかった。

「知らねーよ。けど、マリッペは学級委員だから、しょっちゅう担任とべったりだった。

半年くらい前から付き合ってても不思議じゃねー」

「要するに、なんの裏付けもないってことね。いったい何を根拠に『熱愛発覚』って騒ぎ立てているの？」

「裏付けはあるよ」と稲見亜斗夢が鼻息を荒くして主張する。「二人が相合傘して穴井のマンションに入って行くところが激写された。そのマンションが穴井の自宅だっていう裏もとれてる」

「たまたま家の近所で雨に濡《ぬ》れた生徒とばったり出くわして、風邪をひかないよう服を乾かすために家に上げただけなんじゃない？」

「たまたま出くわしただけなら、腕を組んで相合傘しねーよ」

「穴井先生が女に興味のない草食系だったら、問題ない行為ね」

「そんなの証明できねーだろ」

「そっちだって草食系じゃないことを証明できないでしょ」

「ふざけんな！」

「ふざけてない。本気よ。目いっぱいに想像力を働かせれば、色んな『もしかしたら』が出てくる。穴井先生は二次元キャラしか愛せないオタクだった可能性もある。熟女だけがストライクゾーンだったり、特殊なフェチを持っていたり、ゲイだったり、ＥＤだったり」

「耳が腐りそうだ」

「真剣に聞いて。プライバシーを公表することに悩んでいたんじゃないかって想像してみて。身の潔白を証明するにはカミングアウトしなくちゃならなかった。思い詰めた末に、自殺を選択せざるを得なかったんだとしたら、責任をとるべきなのは誰？」と言ったあと、立ちくらみを覚える。

疲れてきている。さっきから頭痛がひどい。『西遊記』の猿の輪っかをつけているみたいに頭が締めつけられる。更に圧迫する力が強まった。近くにいる生徒のスマホにメールかＬＩＮＥが届くのだろう。

電磁波に敏感な私はみんなには見えないものを感じ取れる。誰がどこのポケットにスマホを入れているのかも、どの方向から電波が飛んでくるのかもわかる。隣の住人が電気製品のスイッチを入れる時も、頭痛が知らせてくれる。

教室にはたくさんのスマホ、蛍光灯、電気のソケットがある。近所には高圧鉄塔。この難儀な体では椅子《いす》にじっと座っているのもしんどい。前の学校なら『具合が悪くなったので帰ります』と言って避難するところだ。でも今はダメ。気をしっかり持て。ポーカーフェイスを作って踏ん張るんだ。

「そんなのは妄想でしかねー」と稲見亜斗夢が愚弄《ぐろう》するように言う。「事実を知らねーから、現実離れした考えが浮かぶんだ。穴井の眼鏡をかけたマリッペが彼シャツで写ってる画像が流出してんだよ。胸元にはキスマークもあった」

「彼シャツって？」

「ぶかぶかの男モノのシャツをワンピースみたいに着ることだよ」

「へー。けど、一緒に先生は写っていなかったんでしょ。似た眼鏡をかけて胸元をつねって赤くしただけかもよ」

「いかにも『男の部屋』っていう感じのモノトーンのベッドで撮影してんだよ。もう一枚、同じベッドに裸で入ってる画像もある。ちなみに、マリッペに男の兄弟はいないし、母子家庭だぜ」

「どっちの画像も肉体関係を示す決定的な証拠にはならない。想像力を働かせれば、いくらでも否定する余地がある」

「当事者のマリッペは否定してねーんだよ」

稲見亜斗夢は勝ち誇った顔を私にたっぷり見せつけ、『どんなもんだ』と言わんばかりに腕組みした。

「肯定したの？」

「肯定もしねーけど、おかしいだろ。肉体関係がなかったんなら、『ヤッてない』って訴えるもんだ。なんも言わねーのはやましいことをした証拠だ」

「じゃあ、仮に『肉体関係があった』とする。でも二枚のベッド写真と相合傘の写真が同じ日に撮られたものだったら、一度きりの関係だった可能性もあるのね」

「一度きりだったとしても、最低なことをしたのは変わらねー」

さっきから原竜太郎がだんまりを決め込んでいる。相棒に加勢しないのは、同情心が湧いてきているからか？　大人の事情を推し量ろうとしているのなら、よい兆候だ。

「誰だって魔が差す時がある。特に、心が弱っている時なんかは、善悪の判断がつかなくなる。稲見くんだって、困っている時に可愛《かわい》い子に優しくされたら、その子のことがもっと可愛く思えるでしょ？」

「そうだけど、俺と穴井じゃ立場が違う」と再び大人と子供を同じ物差しで測ろうとする。「あいつは担任だった。教師としてやっちゃいけないことをやったんだから、ぜってーに許せねー」

「稲見くんが穴井先生に激しい憎悪《ぞうお》を向けるのは、堀さんへの恋愛感情が原因だと思っていた。ごめん、間違えてた。穴井先生に裏切られたことが本当にショックだったんだね」

「は？　そんなんじゃねーよ」

しまった。言い方をミスった。私は子供なのに子供の気持ちに疎《うと》い。デリケートな部分がよくわかっていない。一般的な成長過程を踏んでこなかったから、自分に置き換えて相手の心情を慮《おもんぱか》ることができないのだ。

子供って難しい。素直なようで天邪鬼《あまのじゃく》。自分の気持ちを言うのを恥ずかしがったり、本心を言い表す言葉を持っていなかったり、考えられないほど不器用だったり。そんな子供たちを相手にする教師は本当に大変だ。

でも難解で複雑だからこそおもしろい。遣《や》り甲斐《がい》のある職業だ。益々《ますます》、教師になりたい欲求が高まる。私も早く中西先生と呼ばれたい。

「熱愛が発覚するまでは、嫌いな先生じゃなかったんでしょ？」と稲見亜斗夢に受け入れやすい言い方で訊《たず》ねる。

「まあ」

「みんなも『悪い先生じゃなかった』って思っていたなら、過去を振り返ってみてほしい。どんな担任だった？　無責任な言動が多かった？　可愛い女子を贔屓《ひいき》してた？　生徒を上から目線で見てた？」

　みんな揃《そろ》って自分の机に視線を落とす。それぞれ思うところがあるらしい。この前、ハルちゃんに『穴井先生に邪険にされたことはある？』と訊いた時、頭を左右に大きく振った。厄介なコミュ障の生徒をぞんざいに扱わないのだから、面倒見のいい先生だったようだ。

　信頼度が高ければ高いほど裏切られた時の反動は凄《すさ》まじい。ショックの大きさから視野が狭まり、直情的な思考に陥る。そんな先生だとは思わなかった。今まで本性を隠していたんだ。よくも騙しやがって。そうやってみんなでバッシングしていくうちに、同調圧力も手伝って寛容さや同情心の入る隙間《すきま》が押し潰《つぶ》されたのだ。

我に返った時は、あとの祭り。頭に『一方的に責めすぎだったんじゃ？』『弁明の機会を与えてもよかったかも？』『自分たちが担任を死に追いやった？』などが過《よぎ》っても、反射的に拒絶してしまう。

事実を受け入れて重い罪悪感を背負うには、相当な覚悟が必要になる。怖気《おじけ》づかない方がおかしい。自己防衛から『穴井は死んで当然のことをした』と非難を強めるしかなかったのだろう。

「私は穴井先生のことを尊敬していた」と大槻先生が言い出す。「いえ、今も尊敬している。穴井先生はどんなに忙しくても手を抜かなかった。いつもどうすればわかりやすくて興味を引ける授業になるか模索していて、授業の準備にかける時間を惜しまなかった。テストもただ採点するだけじゃなくて、どうして間違えたのか指摘し、点数が振るわなかった生徒には激励の言葉を、努力した生徒には労《ねぎら》いの言葉を添えた」

微かに声が震える。湿り気も帯びている。涙声を漏らすまいと必死に堪《こら》えていたけれど、大槻先生の両目に光るものが見える。今にも目尻《めじり》から溢《あふ》れそう。

「他の先生たちはそこまで親身になっていない」と悲愴感《ひそうかん》を含んだ声で話し続ける。「自分の時間を確保するために、生徒を適当にあしらったりする。昼休みに職員室にいると、生徒が押しかけてくるから、別のところへ逃げて昼食を摂っている先生もいる。でも穴井先生はいつも笑顔で生徒を迎えていた。私にとって目指すべき教師だった」

　懺悔《ざんげ》のようだった。みんなも『目指したかったが、私も他の先生に倣《なら》わざるを得なかった』という含みを酌《く》み取れたはずだ。

「穴井先生は道から外れたことをしてしまったかもしれない。だけど私たち大人が不誠実な対応をしたことの方がずっと悪いこと。臭い物に蓋《ふた》をすることばかりに執着し、きちんと事実確認をして生徒へ説明する責任を怠った。子供たちの信頼を損なった罪は重い。でもね、あなたたちも一緒になって卑怯《ひきょう》な大人になることはないの。『あんな大人にはなりたくない！』ってまっすぐな道を歩んでほしい」

　震える声は耳にする人の心を震わせる。大槻先生の心に共鳴してもらい泣きをしだす人が発生する。涙を拭う人。顔を両手で覆《おお》う人。洟《はな》をすする人。その中には穴井先生に申し訳なくて涙を流している人もいそうだ。

「大槻先生も立派な教師ですよ」と私は労《いたわ》りの言葉を掛ける。「学校の方針に背いて、本心を明かしてくれました。自分のことよりも生徒の未来を案じたから、意を決して生徒と正面から向き合った。誰にでも真似できることじゃありません」

　私が拍手し始めると、みんなは左右に目を動かす。クラスの腫《は》れ物に扇動されて手を叩《たた》いたら、アトムやリュウに睨まれるんじゃ？　危機感から周囲の様子を窺わずにはいられない。どんな時でも教室では安全確認を怠らないこと。そのルールが染《し》みついているのだ。

みんなが状況を見極めようとしている中で、大槻先生に向けてパチパチが飛んできた。ハルちゃんだった。両腕を勢いよく振って盛大な拍手を送る。思わず目を奪われ、思考が停止した。

真っ白になった頭の中に別のパチパチが入り込んでくる。ハルちゃんの席とは違う方向から聞こえる。渋野晋吾だ。彼に続いて原竜太郎も手を打ち合わす。稲見亜斗夢も追随した。

一気に安堵《あんど》の空気が広がる。みんな気兼ねなく拍手に加わる。鬼頭瀬令奈ですら足並を合わせて手を叩いている。気だるそうではあるが。

大槻先生はハンドタオルで目頭を押さえて、頻《しき》りに「ごめんなさい」と謝る。拍手されるに値しない教師なのに、と恐縮しているのだろう。

私は指揮者のように両手を広げて、拍手を制止する。

「思うことは一人一人違う。でも一人一人が責任を感じて、反省しなくちゃならない。それぞれの償いの仕方を考えてほしい。変わることを恐れちゃダメ。何事もなかったかのように振る舞ったって事実はなくならない。しっかりと自分の過ちを正さないと先には進めない。だからみんなは怯《ひる》まずに……」

「中西さん自身はどうなの？」と攻撃的な声が私に向かってきた。

「小野田さん、どうしたの？　そんな怖い顔をして」

「引っかかることがあるの」

「何かな？」

「ツイッターで拡散された情報によると、中西さんのお母さんは食事に睡眠薬を混ぜて、娘が眠り込んでから練炭を焚《た》いて心中を図った。そういうことになっているんだけど、本当なの？」

「時を戻せたらいいのに」と私は感情の昂《たかぶ》りを抑えて言う。「詳しい動機は判明しなかったから、『神のみぞ知る』ってことになっている」

「オーガニックにこだわる親は『薬は化学物質だから』という理由で、子供に薬を飲ませないことが多い。中西さんのお母さんのような猛烈に過保護な親が睡眠薬を盛るのは不自然じゃないかな？」

ママは製薬会社のことも信じていなかった。だから私は薬を服用したことも、予防接種を受けたこともない。毎年ほとんどのクラスメイトはインフルエンザの予防接種を受けていたが、ママが『副作用が起こりかねないし、ワクチンには水銀やアルミニウムが含まれているものもあって危ない』と断固として拒否した。

「道連れにして死のうとする親は気にしなそう。『もう子供の健康のことを心配してもしょうがない』って思う方が自然じゃないかな」

「最後の晩餐《ばんさん》はファストフードやファミレスじゃなかったんでしょ？」

「いつも通り自宅でオーガニック尽くしの夕食だった」

「その夕食に睡眠薬を入れたのは、中西さんなんじゃない？　違うなら、自分の口ではっきりと『違う』って言って。嘘《うそ》はつかないのよね？」

　教室が息を呑《の》んだ。耳が痛くなりそうなほどの静寂が私の心を怯ませる。みんなの目が私に向けられる。でもハルちゃんだけは顔を伏せていた。また『我関せず』の地蔵に戻ってしまったのか。率先して拍手をした時には、姉の呪縛《じゅばく》が解けた、と思ったのだが……。

　私は背筋を伸ばして「違わない」と白状した。嘘はつかない。それが私を私たらしめるもの。ブレちゃいけない。ハルちゃんに見本を見せなくてはならない。自分に正直に生きてほしいから。

　立ち込めた重苦しい空気をものともせずに、小野田すずが「つまり、心中は中西さんが主導だった？」と追及する。

「心中じゃない。心中に見せかけてママを殺そうとした」

　更に空気が重くなる。うちのクラス一室だけが海底に沈められたみたいに、教室の空気が圧縮されていく。見えない力が私たちを押し潰そうとしている。

「自分の犯した罪を清算していないのに、よくもみんなのことを責められたわね」

小野田すずが容赦なく非難した。彼女だけは水を得た魚のように活《い》き活きしている。

「じゃ、今から罪を償ってくる」と私はなんの迷いもなく言った。「でも、その前にちょっと言い訳していいかな？」

「どうぞ」と力の抜けた声で許可する。

あっけない降伏に調子を崩したようだ。私が屁《へ》理《り》屈《くつ》を並べ立てて自分の行為を正当化する。そう予想して迎え撃つ準備をしていたに違いない。

「私が自分のことを棚に上げてみんなに偉そうなことを言ったのは、罪を抱えて生きていくことの辛さをこの身で体験しているから。償える時にちゃんと償わないと、私みたいにもがき苦しむことになる。それじゃ、縁があれば、またどこかで」と言って一礼した。

そして自分の席に戻り、机に入っていたものを鞄《かばん》に詰める。

「中西さん」と大槻先生が呼びかけたが、ピントのずれたことを口にする。「まだ授業中だから……。授業が終わってからでも、いいと思うんだけど……」

「ありがとうございます。そのお気持ちだけいただきます。とりあえずは、早退扱いにしてください」

先生は「わかったわ」と言ったものの、納得のいかなそうなニュアンスがこもっていた。何か言い足りないようで口をもごもごさせている。おそらく掛ける言葉が見つからなくて困惑しているのだろう。

私はバッグを肩に引っかけ、教室を出て行く。ハルちゃんは変わらず下を向いていた。私の捨て身の訴えも彼女の心には届かなかったらしい。ただ単に引いてしまった可能性もある。

廊下を歩きながら、もっと言い訳しておけばよかったかな、と悔やんだ。ハルちゃん以外にも『自首を先送りした卑怯者』と思った人がいるかも。違うんだよ。私だってできるものならさっさと自首したかった。本当に。

私がママの殺害を思い立ったのは自由になりたかったから。物心がついた時から「ママの言うことだけを聞いていればいい」と教えられてきた。正直、もううんざり。私はママの着せ替え人形じゃない。自分の気持ちにまっすぐに生きたいんだ。

漫画を読んでみたいし、クールで刺激的な曲も聴きたいし、服くらい自分で選びたい。自転車にも乗りたい。スナック菓子やファストフードを食べてみたいし、友達だって作りたい。彼氏もほしい。なんでもかんでも指図しないで。自分の進む道は自分で決められる。

ママに仕込まれた『嘘はつかない』は不便でしかない。政府や大企業を目の敵にするのも、もうたくさん。電子レンジや携帯電話の危険性なんて眉唾物《まゆつばもの》。電磁波過敏症じゃない人には安全な代物《しろもの》だ。陰謀論者の主張を鵜呑《うの》みにしてみっともない。身勝手な主義を子供に押しつけるのはやめて。

きっと大人になってもママは私を縛り続けるのだろう。早死にすることは期待できない。健康的な生活を送っているママは長生きしそうだ。ママが他界する頃には、私の人生の大半は終わっている。五十や六十歳から巻き返そうとしても、得られるものは高が知れる。

私が解放されるのは老後か。そのことを考えると死にたくなる。未来に希望はない。ただでさえ不自由な体なのに、六十歳まで束縛される人生なんて、生きていてもしょうがない。死んだ方がマシだ。あの世では自由になれるかもしれない。

ママの方が交通事故とかで死んだらいいのに。そう思った時に、心の底の底に殺意が芽生えた。ママが急死する可能性は限りなくゼロに近い。自由になりたいなら、自分の手で母親の死を早めるしかないんじゃ？

偏狭なママに話は通じない。どんなに心を振り絞って訴えても、頭ごなしに反対されるだけだ。実力行使以外に自由を奪い返す方法はない。自らの命を絶つ覚悟があれば、諸悪の根源に殺意を向けられるはず。

殺さなければ殺されてしまう。私は自殺の縁まで追い詰められている。ママにナイフを手渡され、「自分の首を切りなさい」と脅迫されているようなもの。生きたいなら、そのナイフでママを刺す他ない。それは正当防衛に当たる。

でも私は非力な子供だ。どうやって大人を殺したらいい？　完全犯罪じゃなければ、逮捕されて不自由な場所に押し込められてしまう。少年院なんてまっぴらご免だが、そう簡単に警察を欺《あざむ》く殺害方法は思いつけない。やっぱり自由になるには自殺しかないのかも。

自殺と親殺しの狭間で悶々《もんもん》としていると、新聞に軽自動車が火事になった記事が載っていた。インターネットで知り合った男女が練炭と睡眠薬で心中を図ろうとした。ところが、火が車内に燃え広がって外へ逃げ出したのだった。

このニュースは天啓だ！　七輪と練炭は庭の物置にある。一時、冬場に暖房として使っていた。睡眠薬は不眠症を患っている祖母の家にある。隣の島に住んでいるので、遊びに行った時にくすねればいい。

犯行に必要な道具は天の計らいで揃っている。大いなる力が私の背中を押してくれているんだから、何も恐れることはない。心中に見せかけてママを葬り去ろう。こんな体に生んだくせして、私を支配下に置き続けるママの罪は重い。天の裁きを受けるに値する。

これは聖戦だ。正義はこちら側。誰しも自由に生きる権利がある。それを侵害するママは排除しなければならない。聖なる戦いに流血は付き物。綺麗事《きれいごと》だけじゃ正義は成せない。ハルちゃんだって子猫を救うために自分の手を汚した。私も血まみれの手で自由を摑《つか》み取るんだ。

　決行日、私はママの目を盗んで粉末状にした睡眠薬をグラスに混ぜた。夕食時にはいつも青汁ドリンクが出てくる。顔を顰《しか》めるほど苦いので、無味じゃない薬を盛るのに適している。

　自分のグラスにも少量だけ睡眠薬を入れた。ママの死後、私は警察に取り調べられるはず。尿検査に備えておかないとならない。私の尿から睡眠薬の成分が出れば、警察は「母親が心中を図ったが、娘は薬の効き目が弱くて命拾いした」と見なすだろう。

　ママはなんの疑いもなく青汁ドリンクに口をつけた。でも普段はごくごく飲むのに、今日に限ってはグラスの減りが遅い。まさか、違和感を覚えた？　普段オーガニックなものしか口にしないから？

　いや、変な味がしたのなら飲むのをやめる。少しずつは減っているんだから、気づかれてはいない。あと半分。早く飲み干して。

「さっきからじろじろ見ているけど、ママの顔に何かついてる？」

「ううん、何も」と急いで目を逸《そ》らした。

「美紀は目ヤニがついているわ。顔を洗ってらっしゃい」

私は箸《はし》を置き、席を立って洗面所へ向かう。心の中で、逸《はや》る気持ちを抑えろ、と言い聞かせる。落ち着くんだ。慌《あわ》てる必要はない。天が味方してくれている。きっと、うまくいく。

さっと顔を洗って食卓へ戻ると、ママがテーブルに片肘《かたひじ》をついて指先をこめかみに当てていた。グラスは空だ。

「どうしたの？」と私は心配そうな声を作る。

「急に頭がぼんやりして。なんだか体がだるいの」

「寝室で休んだ方がいいんじゃない？」

「そうするわ。ちょっとだけ。美紀はちゃんと残さずに食べるのよ」

最期《さいご》の言葉も小言か。そう思いながら「はい」と返事した。

ママは覚束ない足取りで寝室へ消えた。自分の足でベッドに入ってくれたのは、勿怪《もっけ》の幸い。食卓で眠りに落ちたら運ぶのが大変だった。やはり、大いなる力が私を導いている。これは天から託された行いだ。

揺るぎない自信が漲《みなぎ》っていたから、躊躇《ためら》いなく練炭を焚くことができた。ママはベッドで熟睡している。呼びかけても無反応。このまま部屋に一酸化炭素が充満すれば、もう目覚めることはない。

ただ、自分も少しだけ吸わないと疑われてしまう。頭痛や目眩《めまい》の症状が出るまでは寝室に留《とど》まらなければならない。その程度の代償と引き換えに自由を得られるなら、安いもの。私は異臭に耐えながらゆっくり呼吸し、症状が出るのを待った。

ところが、突然の睡魔に襲われる。意識が朦朧《もうろう》としてしゃがみ込んだ。睡眠薬のせい？　ちょっとしか飲んでないのに。生まれてからずっとどんな薬も体に入れなかったから？　少量でも効きすぎてしまう？

目を閉じちゃダメ。ここで眠ったら私も一酸化炭素中毒で死んじゃう。寝室から出るんだ。私は這《は》いつくばりながらもドアを目指す。

でも急速に体から力が抜けていく。もう前に進めない。ドアが遠い。ダメか。罰が当たったのかも。あれは天啓なんかじゃなく、天罰だったんじゃ？

死を覚悟した時、私の体が持ち上がった。右の脇《わき》の下に人の頭がある。誰かが私に肩を貸しているんだ。救急隊員？　けど、まだ一一九番に電話していなかったような……。

頭が痛い。ひどく眠いのに頭の芯《しん》がズキズキして寝られない。だけど普段の頭痛とは異なる。私は「頭が痛いんだけど、いつもと違うの」とママに告げた。ん？　なんでママがいるんだ？　それに、あれは幼い頃の私だ。

そっか、夢だ。夢を見ているんだ。だから第三者の視点なのか。

「その痛みは大丈夫よ」と夢の中のママは屈《かが》み込んで言う。「パパのところへ行けば治るから」

パパのところ？　変だ。ママがパパのことを話題に出すなんて珍しい。あっ、まだ離婚する前か。一緒に暮らしている頃の夢なんだ。どこにパパがいるんだろ？　近くには見当たらない。

「ママも一緒に行くの？」と小さな私は訊ねる。

「ごめんね。ママは行けないの」

嫌だ。一緒がいい。そう思った瞬間、頭の奥がズキンと鳴った。その痛みで目が覚め、上体を起こす。

私は玄関の靴棚の前にいた。ドアは半開きになっていたが、周りには誰もいない。救護されたのは夢だったのか。どうやら意識が混濁しながらもなんとか自力で寝室から抜け出せたらしい。玄関のドアを開けたところで力尽きたんだ。

もう一度ズキンと鳴った。頭が割れるように痛く、気持ちが悪い。吐き気がする。トイレへ行こうとしたけれど、考え直してその場で嘔吐《おうと》した。醜態を晒《さら》すことなど気にしない。被害者であることをアピールするいい機会だ。危うく死にかけた私が疑われることはない。結果オーライ。これで自由になれる。

私はリビングに行き、固定電話の受話器を持ち上げる。『1』のダイヤルを二度回したところで、ハッとする。寝室のドアも開けっ放しなんじゃ？

全く覚えていないが、閉める余裕なんてなかったはず。密閉された空間じゃないと、中毒死しない。受話器を叩きつけるようにして戻し、急いで寝室に向かう。

降って湧いた不安は的中しなかった。寝室を這って出た時に、私はしっかりドアを閉めたようだ。念のために、中の様子を窺《うかが》ってみる。寝室は白い煙が充満し、ママはベッドに横たわっていた。ぴくりともしない。

私は上着の袖《そで》で口元を覆い、ママの生死を確かめるために入室する。胎児のように丸まったママの呼吸は止まっていた。生まれてくる時と同じポーズで最期を迎えたことに、何か運命めいたものを感じる。

また、死に顔が醜く歪《ゆが》んでいないことも気になった。練炭自殺は睡眠薬を服用しても、死に顔には苦悶の表情が浮かぶらしい。でもママの顔に苦しんだ跡は見られない。穏やかではないものの、普段の険しい顔とほとんど変わらない。どうしてだろ？　私が参考にした本に不確かな記述があった？

不意に、目眩がした。もう出なくちゃ。ちゃんと死んでいたんだから、長居は無用。ドアへ向かおうとした時、目の端に文字が入った。首を捻《ひね》ってサイドテーブルの上に目を遣ると、メモ用紙が載っていた。

『美紀　天国でも一緒だね』

筆跡はママのものだけど、どういうこと？　いつ書いたの？　練炭を焚いた時にはメモなんてなかった。まさか、眠り込んだふりをしていた？　私が洗面所で顔を洗っている間に、ママは青汁ドリンクをシンクに流していたんじゃ？　そうだとしても、どうして狸寝入《たぬきねい》りを？

倒れていた私に肩を貸したのはママだったのだろう。けど、メモと矛盾する。一緒に天国に行く気なら、私を助けるのはおかしい。なんで私を玄関まで運んだあと、寝室に戻った？　一人で死んでよかったの？　ママにどんな意図があっ……。

頭がくらっとし、足元がふらついた。ヤバい。早く避難しなくちゃ。ママの思惑がなんであれ、このメモは私の計画になかったこと。処分しようとサイドテーブルに手を伸ばす。だが、途中で手が止まった。残したままにしても私に不都合なことはないんじゃ？

むしろ、好都合だ。これがあれば警察はメモを母親の遺書と捉《とら》え、『母親が娘と心中しようとして、子供だけが生き残った』と見なす他ない。私に疑惑の目が向くことはない。晴れて自由の身とな……。

ひょっとして、それがママの狙《ねら》い？　私を守るために嘘の遺書を？　そんなわけない。ありえないよ。ママが私を解放するなんて……。なんで？　心のどこかでは罪の意識があったってこと？　親のエゴを押しつけている自覚があった？　誰かに自分の暴走を止めてほしかったの？

ママに問い質《ただ》したかったけれど、もう口が開くことはない。しっかり閉じられている。

表情に出ないよう奥歯を噛《か》み締めて苦痛を堪えていたのかもしれない。苦悶に満ちた顔を見たら私が怯むと思ったから？　気持ちがくじけて警察に自白することを懸念した？

　思えば、ママはいつも私を守ろうとしていた。幼い私が頭痛を訴えるたびに、あちこちの病院に連れて行った。医者に「ただの風邪です」「ノイローゼかもしれません」「仮病なんじゃ？」と診断されても、ママは「そんなわけない」と頭痛の原因を探し続けた。

　電磁波過敏症だとわかると、家電製品を処分し、電磁波をカットするグッズを買い漁った。更には、化学物質過敏症を併発することが多いから、食べ物や匂《にお》いや塗料に気を遣うようになる。私のためを思ってどんどんオーガニック生活にのめり込んでいった。

　元々、過保護の気質があったが私の病気が拍車をかけたのだろう。完璧《かんぺき》主義でもあったので、こだわりだすと徹底的にやらないと気が済まない。ママは『美紀のため』で全てを正当化してライフスタイルの大改革を断行した。

　ついには「電磁波の少ない離島で暮らそう」と言い出し、とうとうパパの我慢が限界に達した。はなから私の病気を「気にしすぎなんだよ。気の持ちようでなんとかなる」と軽く考えていたので、ママのようにがむしゃらになれなかったのだ。

　ママだけが私の味方だった。どんな時でも体を張って全力で私の盾になってくれた。なのに、この世で唯一《ゆいいつ》の味方だったママを殺してしまった。自らの意志で中毒死を選びはしたけれど、私が殺したに等しい。私がバカな考えを起こさなければ、ママは死ななかった。

私は『自分に正直に生きたい』の意味を履き違えていた。都合よく、自由を得るためならどんな手段を使っても何を犠牲にしてもいい、と解釈していたんだ。なんて傲慢《ごうまん》さだ。一人じゃお米も炊けないくせして何様のつもりだった？

死にたい。死を以《もっ》て償いたい。でも嘘の遺書の通りに二人とも死んだら、ママの決死の想《おも》いを踏みにじることになる。このメモは私に嫌疑がかからないために書かれたもので、『好きに生きなさい』という遺言が込められている。だから私は自首もできない。

結局、私はそれまで以上にママに縛られることとなった。ママの遺言が人生を謳歌《おうか》することを強要する一方で、罪悪感が私の心を拘束する。無理して青春を楽しんでも虚《むな》しいだけだし、片時もママの死に顔が頭から離れない。手にした自由は指の間からするりと逃げて行った。

だが、これが私に与えられた罰なんだ。重い足枷《あしかせ》を引き摺《ず》りながら荊《いばら》の道を突き進む。引き返すことも、立ち止まることも、足枷を外すこともできない。ただただ遺言に従って生きる。罪深い私に相応《ふさわ》しい天罰だ。

ママは「いったい、なんのための転校だったの？」って怒っているかな？　上の空でローファーに履き替えたから、うっかり下駄箱に上履きを入れてしまった。もう登校することはないんだから持ち帰らなくちゃ。取り出してバッグに無理やり詰める。

私だって最初はおとなしくするつもりだったんだよ。ハルちゃんのそばにいられるだけでいいって思ってた。でも穴井先生の母親と出会っちゃったんだ。遺書を捜しているって聞いたら、ママが遺したメモと重なった。

命を懸けて書いたものが遺族に伝わらなかったら、無念なんてもんじゃない。遺書が存在するなら見つけ出さなくちゃって思ったんだよ。ダメだった？　間違ったことだった？

それでも、ママは「分を弁《わきま》えなさい。田嶋さんの件だけでも手に余っていたでしょ。遺書捜しは後回しにするべきだった。それなのに、渋野くんに告白したり、小野田さんの過去を調べたり、学級委員の代理になったり、なんにでも首を突っ込むなんて、欲張りにもほどがある」と叱《しか》りそう。

ママがいけないんだよ。あのメモは『好きに生きなさい』っていう遺言だったでしょ。だから私は貪欲《どんよく》に青春を謳歌しようとした。やりたいと思ったことは全部やっていかないとならない。そんな強迫観念みたいなものに駆られていたの。

ハルちゃんを助けたい。遺書を遺族に届けたい。好みのタイプの渋野くんと付き合ってみたい。教師になった時に備えて生徒のサンプルを採っておきたい。クラスを健全な状態に戻したい。

どの欲望も満たしていけば、ママを亡《な》くした喪失感を埋められるような気がした。少なくとも、私の手に余れば余るほどに、ママの死から遠ざかることができた。過去を振り返る時間をなくすために、次々に首を突っ込んだのかもしれない。

そう説明しても、ママは納得しないだろう。しかめっ面で「尚更《なおさら》、嘘で小野田さんの追及をかわすべきだった。中途半端な覚悟のせいで何もかもが道半ばで終わった」って言うと思う。

何があっても嘘をつかないことって躾《しつ》けたのはママでしょ。警察にだって嘘を言わなかった。なんとか真実を省いて証言できたけど、小野田さんは警察よりも強かだったの。あっちが上手《うわて》だったんだよ。

その言い分が通じるといいけど。たぶん無理だ。ママは私の心の奥まで見透かしている。そうだよ、ママ。私はホッとした。小野田さんに犯行を指摘されて胸の支《つか》えがとれたんだ。

しんどかった。警察に捕まって裁かれれば、いくらかは気持ちがラクになるんじゃないか。そんな考えが頭を過ったら、抗《あらが》う気が起きなくなった。ごめんね、ママ。ずっとずっと親不孝な娘で……。

「ミキちゃん！」

駐輪場の手前で大声が飛んできた。遅れて慌ただしい駆け足が急接近してくる。足を止めて振り向かなくてもハルちゃんだってわかった。私の前に回り込んだ彼女は上履きのままだった。荒々しい呼吸も私の胸にじんわり沁《し》み渡っていく。

ハルちゃんは毟《むし》り取るようにしてマスクを外し、「私、待ってるから」と言う。喋《しゃべ》った！　姉のルールを破って自分の言葉を口に出した！　それに、こんな私を受け入れてくれた！　色んな感情が湧《わ》き上がってきて処理できない。私の方が言葉を失《な》くしてしまった。

「たった五日間だけだったけど、あっ、学校があったのは三日だけだった。うーんと、五日でも三日でも、またミキちゃんと同じクラスになれてよかった」

「わ、私も」

「これ」と言ってハルちゃんはマスクを差し出す。

なんでマスクを私に渡すのかよくわからなかったけれど、私は受け取った。きっと大きな意味がある。彼女の目を見ればわかる。瞳《ひとみ》の奥から生命力が迸《ほとばし》っている。

「じゃ、代わりに」と私はポケットから自転車の鍵《かぎ》を出した。「預かってくれる？」

「もちろん！」

ハルちゃんが鍵を受け取ると、渋野晋吾がやってきた。彼は革靴だった。少しまごまごしてから「心中のこと漏らしたの、俺じゃないから」と身の潔白を主張する。

「そんなこと、わかってるよ」

「クラスのことはさ、任せろ。俺がしっかりまとめる。いい方向に持っていく。だから中西は安心して……。安心して、えーと、自分のことに集中していい」

ぎこちないながらも慎重に言葉を選ぶ姿に心が高鳴った。この場にハルちゃんがいなかったら抱きついちゃったかも。

「うん。任せる」

「私にも任せて」とハルちゃんが積極性を前面に出す。「ミキちゃんはゆっくりお休み」

ママも『もう休んでいいわよ』って言うかな？　もっと頑張りなさい、と尻を叩きそうな気もするけど、ちょっと休ませて。もうくたくたなんだ。

私は残っている力を搔《か》き集めて「あとのことはお願いね」と託して笑う。そして体の向きを変え、校門へ向かった。

# 第四章

# 小野田すずの憤怒

中西さんが教室を出て行ったあと、大槻先生は教壇に立ち、「人の心は誰にも見えない」と話し始める。

「どんなに仲良くしている友達でも、心の底に誰にも言えない悩みを隠していることもある。言いたくても、相談したくてもできない事情を抱えていたりもする。でもわかり合えないことはないの。見えないなら想像すればいい。相手のしたことに傷ついたり怒ったりした時は、『なんでそんなことをしたんだろう？』って考えてほしい。そうすれば相手の心が少しずつ見えてくる」

突然、田嶋さんが立ち上がった。何も言わずに慌《あわ》てて教室を飛び出す。中西さんを追う気だ。普段なら女子のまとめ役の私が『先生、連れ戻してきます』と申し出るところだが、ばつが悪くて何も言えない。

私は『親殺し』を中西さんに突きつけることで、クラスメイトが彼女に扇動されるのを止めようとした。だが、中西さんは潔く自首することを宣言し、身を挺《てい》して『罪は償うもの』と訴えた。

人を導くには率先して汚れ役を引き受けるのが効果的だ。安全な場所から綺麗事《きれいごと》を言っても誰の心にも響かない。だから中西さんに感化された人は少なくないだろう。掌《てのひら》を返した人から見れば、私は中西さんを教室から追い出した張本人だ。気まずくて身の置き所がない。

「みんな、ちょっと待ってて」と大槻先生が追いかけようとする。

「俺が見てきます」

渋野くんが席を立ち、「タージの扱い方は心得ているんで」と言って廊下に出た。意外だ。人を押し退《の》けてまで前に出るタイプじゃない。本当は中西さんに気がある？　彼女のことが心配で田嶋さんを出しに使った？　それとも、別の理由があって？

いずれにせよ、渋野くんが中西さんに嫌悪《けんお》感《かん》を抱いていないことが判明した。親殺しにドン引きしているなら、彼女を追いかけた田嶋さんに関わろうとはしない。すっかり感化されて『母親を殺さなければならなかった事情があるんだ』と慮《おもんぱか》っているのだろう。

渋野くんの行動は『うちのリーダーは中西側についた』という心証をみんなに与えた。中西イズムが更に浸透しそう。ここにきて彼が私との足並を乱すとは。これまで私のイエスマンだったのに。

のんびり屋で気の優しい渋野くんはリーダーに向いていない。それにも拘《かか》わらず、私が『女子と男子の架け橋になってほしい』と頼んだのは、クラスカースト上位の男子の中で最も扱いやすいからだ。最初は嫌がっても、情に訴えて頼み込めば重い腰を上げてくれる。

善意に付け込むのは心苦しいけれど、秩序あるクラスを作るには仕方ないことだった。男女比が大きく偏《かたよ》っている理系クラスは、女子の権利が蹂躙《じゅうりん》されることが我が校の伝統と化している。そんな悪しき慣習に屈したら、この先ずっと敗北感がつきまとうことになる。

女子の尊厳を守るために、私たちの意向を酌《く》める男子をボスに擁立した。渋野くんは私の期待通りの働きを見せてくれた。血気盛んな稲見くんと原くんの手綱を取って男子をまとめ上げた。彼のおかげでクラスのパワーバランスが保たれ、女子は肩身の狭い思いをしないでいられる。

私は陰で渋野くんのフォローをしつつ、女子のまとめ役として力を尽くした。本来は、たった六人しかいないから肩を寄せ合わなければならない。だが、『カナボウなんじゃ？』と噂《うわさ》される鬼頭さんは一括《ひとくく》りにできない。扱い方を間違えると、無用な内紛が勃《ぼっ》発《ぱっ》する。

火の粉が男子に飛んでいけば、他の女子を巻き込んだ争いが起こりかねない。鬼頭さんは火薬庫。慎重に取り扱わないとクラスが吹き飛ぶ。ただ、好戦的な性格ではないので、そっとしておけばさほど害はない。

どちらかと言えば、堀さんの方が危険な香りを漂わせていた。みんなに可愛《かわい》がられる人たらしな性質を持っている一方で、気分屋でもある。時折、徒《いたず》らに周囲を引っ掻《か》き回す。人気者も顰蹙《ひんしゅく》を買いすぎると、立場が一変する。反動で大バッシングを受けることもある。

注意深く監視しなければいけない対象だったけれど、堀さんの『クラスのお姫様』的なポジションは女子グループにとってプラスの面もあった。彼女の言葉を素直に受け入れる男子は多い。人たらしがいい方向に働いている時は頼もしい存在だった。

田嶋さんはコミュニケーションがとりにくいこと以外には、あまり手がかからない。男子に「仲間外れはかわいそう」と思われないよう女子グループで保護するだけでよかった。

あとの二人、チエちゃんとルイちゃんも危険視する必要はない。どちらも控え目な性格をしている分、危機意識が高くて軽率な行動はとらない。私が最も重宝するタイプの女子だ。

そんなふうな目で、扱いやすいかどうかを重視してクラスメイトを見ていた私の性根は腐っているのだろう。でもしょうがないことだった。人を駒《こま》として扱う非情さがないと、理系クラスの秩序は保てない。誰かが冷酷なブレーンを務めなければならなかった。

私は正しいことをしたんだ。

本当に？　私がしてきたことは間違っていたんじゃ？　いや、そんなことはない。このクラスには調整者が必要だった。私がパワーバランスを安定させなければ、威圧的な男子たちが我が物顔に振る舞う無法地帯と化していた。けど、そんなクラスだったら穴井先生は死ななかったのかも。私が何もしなければ……。

私が事実と仮定の間で揺れ動いていると、中西さんのあとに教室を出た二人が戻ってきた。渋野くんは「タージは中西に伝えたいことがあったんです」と大槻先生に報告し、田嶋さんが「ご迷惑をおかけしました。すみません」と謝った。

「廊下を走ったことも、ごめんなさい。うっかりそのまま外に出てしまいましたが、ちゃんと雑巾《ぞうきん》で上履きの裏を拭《ふ》いたのでセーフです」

すらすら喋《しゃべ》ったことにみんなびっくりする。マスクをしていないことと関係がありそう。噂では『お祖母ちゃんが死んでから心を閉ざして無口になった』ということらしい。マスクは心に鍵《かぎ》をかける意味合いがあったのかもしれない。

「先生、ミキちゃんに『あとのことはお願い』と頼まれたので、代わりに私が臨時の学級委員を務めます。三送会の議題も私が取りまとめます」

田嶋さんは人が変わったように潑剌《はつらつ》としている。まるで中西さんみたい。いや、それ以上だ。中西さんには無理して力んでいるところがあった。どこか破天荒なキャラを頑張って演じているようで、そこに付け入る隙《すき》が感じられた。

　でも今の田嶋さんは自然体だ。肩に力を入れて絞り出そうとはしていない。フラットな状態なのにエネルギーが溢《あふ》れ出ている。この子、中西さんよりも強敵なんじゃ？

　大槻先生が「いいわよ」と認めると、田嶋さんは教壇に立ち、チョークを手にする。中西さんが描いた棒グラフと時間表の間に、自分の名前を書き始める。

　なんのつもり？　自己紹介は必要ない。みんな彼女の名前を知っている。転校生の真《ま》似《ね》？　中西さんの『あとのことはお願い』を『私と同じことをして』と間違えて解釈したの？　やっぱり鈍臭い子みたい。

『田嶋春月』

　そう書くと、『月』にバッテンする。

「今から私は世界遺産のタージ・マハルにあやかって『田嶋春』に改名します。なので、これからはバンバン『タージ』って呼んでよいです」

　教室全体がきょとんとする。だが、私だけは『改名』という言葉にドキリとした。

「どうしたの、田嶋さん？」と大槻先生が上擦った声で心配する。「そんな簡単に名前は変えられないのよ」

「この間、好奇心から調べてみたんですけど、十五歳以上の人は親の許可がなくても改名できます。学校が終わったら申請してきます」

「早まっちゃダメよ。お父さんとお母さんが一生懸命に悩んでつけた名前なんだから、一度ちゃんと話し合った方がいい」

「本当は『はづき』という読みにしたかったそうです。でも出生届を出す直前でお父さんが『歯茎』に似ていることに気づき、『はるな』に変更しました。元々、お姉ちゃんの『瑞月』と揃《そろ》えることを目的にした名前なので、私の『月』はおまけのようなものです。残念ながら、強い想《おも》いは込められていません」

「でも親は恥ずかしがって本当のことを子供に話さないことがあるの。あとになって真実を知って後悔しても遅いのよ」

「もう決めたことなんです」と田嶋さんは朗らかに言い切る。「今、改名しないと後悔するので、誰が何を言おうと関係ありません。親と話し合っても時間を無駄にするだけです」

狂気じみたものは少しも感じられない。暴走ややけっぱちとは違う。揺るぎない意志が言葉の端々に漲《みなぎ》っている。改名することは自分にとって必要不可欠だ、という確固たる自信があるのだ。

「あっ、さっき一階の公衆電話からお母さんにお姉ちゃんへの伝言を頼んだ際に、うっかり『名前から月をとることにしたよ』と漏らしてしまったんです。そうしたら、『間違えて春の方をとっちゃダメよ』と注意されました。それって話し合いに入りますか？」

「一応、お父さんにも電話しておきなさい」

「はい。あっ、先生は下の名前が『朋子』なので、『月』が二つありますね」

「田嶋さん、学級委員の仕事を進めて」

「そうでした」と言ってからみんなの方を向く。「では、三送会の出し物について皆さんで話し合いましょう。先ほど、渋野くんから『合唱がいい』という要望が出ましたが、とてもいいアイデアだと思います。声を大にして反対したい人はいなそうなので、採用します。合唱に決定です」

　話し合いをする間もなく三送会の出し物が決まった。他のアイデアを募っても誰も提案しなかったと思うけれど、強引な進行に唖然《あぜん》とする。これが本当の田嶋さん？　今までは借りてきた猫だったの？

「次は曲目選びですが、私は穴井先生が好きだった歌にしたいです。この学校のほとんどの生徒が『穴井先生は無責任な腑抜《ふぬ》け教師だ』と勘違いしているなんて、我慢なりません。三送会はみんなに慕われていた担任だったことをアピールする絶好の場です。汚名をそそぐ大チャンスを活《い》かしましょう」

　大胆なアイデアにざわめきが起きた。だけど冷ややかな反応ではない。中西さんと大槻先生の訴えによって、みんなの意識に変化が生まれている。客観的な立場から穴井先生を見れば『そんなことをする教師じゃない。何か人に言えない事情があったんだ』と思い至る。

そして中西さんの自首が『自分も罪を認めなくちゃいけない』と気づかせた。クラスメイトの誰もが穴井先生の死に関与している。全く責任がない人はいない。バッシングに加わった人には『追い詰めた罪』が、見て見ぬふりをした人には『見殺しにした罪』が伸《の》し掛かっている。

「反対したい人は手を挙げてください。順番に説得していきます」と田嶋さんは独断専行で進めていく。「説得されたい人はいませんか？」

渋野くんがすっと挙手する。

「はい、渋野くん。穴井先生の何が不満なんですか？」

「不満はない。だから俺も説得に加わる。タージだけじゃ心配だ。論理的に話して相手が心から納得しないと意味がない」

彼はクラスメイトを扇動する目的で発言したのではない。躊躇《ちゅうちょ》して前に踏み出せずにいる人の背中を押したのだ。私たちのクラスのリーダーが田嶋さんに賛成すれば、みんなは心置きなく穴井先生への罪滅ぼしができる。

「私にはタージ・マハルがついているので一人でも平気ですが、猫の手も借りたくなった時はお願いします」と渋野くんのことを邪魔者扱いした。「他に手を挙げる人はいないみたいなので、大槻先生に訊《き》きます。穴井先生がお気に入りだった歌を知っていますよね？　同僚なんですから鼻歌の一曲や二曲は聴いたことがあるはずです」

　大槻先生は少し弱った顔をした。生徒同様に田嶋さんの独特な物言いに戸惑っているのだろう。そう思ったが、「穴井先生は『翼をください』が好きだった」という返答で全てを察した。生徒に伝えるべきかどうか逡巡《しゅんじゅん》していたのだ。

　周囲が水を打ったように静かになる。誰の頭にも教室の窓から飛び降りた穴井先生のイメージが浮かんでいるはずだ。そして堀さんがクラスのグループＬＩＮＥに送った長文のメッセージのことも。

　件名が『最期《さいご》に見た夢』だったことから、メッセージの内容は穴井先生が見た夢に関してだと思われる。背中に翼が生えた生徒が嘘《うそ》つき呼ばわりされ、証明するために窓から飛ぼうとして落下死する。担任だけは翼が見えていたにも拘わらず、教室の空気に流されて見えないふりをした。

　そのＬＩＮＥは穴井先生が自殺したあとに送信された。おそらく堀さんに送ったものを彼女がクラスのグループＬＩＮＥに転送したのだろう。穴井先生に頼まれて拡散したのか、堀さんがみんなを非難する目的で流したのか？

　意図は不明のままだけれど、同情する生徒は少なかった。大部分は「みんなに叩《たた》かれて精神を病んだ。けど自業自得《じごうじとく》だ」「豆腐メンタルすぎて引く」「死んでも『色欲の罪』は消えない」と冷淡だった。

　中には、「腕毛を伸ばして翼の代わりにすればよかったんじゃね？」「毛深すぎて鳥になっちゃう恐怖があったんだな」「ムダ毛コンプレックスが生んだ悲劇だ」とイジる人もいた。穴井先生は毛深さを気にして半袖《はんそで》になる夏場は腕毛を剃《そ》っていた。本人も「意外と濃いんだよ。処理しないと風で靡《なび》く」と自嘲気味《じちょうぎみ》に言っていたことがある。

　でも毛穴の黒いポツポツはほとんど見えなかった。脛《すね》もツルツルだった、という目撃談もあることから、『毛深い』を建前にして美意識の高さを隠していたのだろう。自分のことが大好きなナルシシストなら、生徒を蔑《ないがし》ろにするのも当然だ。自分さえよければいい身勝手な教師だったのだ。

「私も『翼をください』が好きです」と言った田嶋さんはのほほんとしている。「いい歌ですよね」

「俺も嫌いじゃないぜ」と稲見くんが後押しする。「タージの言う通り三送会は大チャンスだ。歌う前に『この合唱を穴井先生に捧《ささ》げます』って言おうぜ。汚名返上のいいアピールになるんじゃね？」

　原くんも「悪くないな。うちのクラスが急に態度をころっと変えれば、他のクラスのヤツらも見る目を変えるぜ。あれ？　実は人望のある先生だったのかなって感じでさ」

と続いた。

「ナイスアイデアです。うっかり忘れないうちにメモしておきましょう」

田嶋さんは意気揚々と黒板に『曲名　翼をください』と『宣言　穴井先生に捧げます』を書いた。

「なんで黒板にメモしてんだよ」

「字の大きさもバラバラだし」

稲見くんも原くんも普段通りに軽妙なテンポで話しているが、それ相応の覚悟を決めて三送会に臨むのだろう。バッシングの火付け役だった彼らは責任を重く受け止めている。けじめをつけるために、今度は先頭に立って罪滅ぼしを推し進める気だ。

「大槻先生、学校は『翼をください』を歌うことを許可しますか？」と私は不安要素を指摘する。

「どう考えても、許可しそうにない」

クラスの男子たちは堀さんが送ったＬＩＮＥを四方八方に拡散したから、『最期に見た夢』は学校中に知れ渡った。生徒づてに教師にも伝わっているに違いない。学校は穴井先生の自殺を連想させる『翼をください』に警戒心を抱く。三送会で歌わせるはずがない。

「えー！　ダメなんですか？」と田嶋さんは目を丸くして驚く。

「みんなが歌いたいなら、学校にはダミーの曲を伝えて、本番では『翼をください』に差し替えればいい」

　大槻先生の提案にあちこちから不安の声が漏れる。私は頃合いを見て「そんなことをして平気なんですか？」と訊《たず》ねる。と同時にチャイムが鳴り始めた。

「責任は私がとるから大丈夫よ。三年生が穴井先生のことを誤解したまま卒業するのは、彼らのためにならない。三送会が滅茶苦茶になるかもしれないけど、三年生や他の学年の子が大人への不信感を抱いたまま大人になることに比べたら、小さなことだと思う」

　大丈夫なわけない。学校での立場を危うくするに決まっている。だけど、大槻先生も罪滅ぼしにシフトしたのだ。これまでの事なかれ主義を猛省し、生徒の信頼を裏切った罪を償おうとしている。

「けど、歌いだしたら強制的に止められる可能性があるんじゃ？」と私は一人で抗《あらが》い続ける。「先生たちが総がかりで取り押さえにきたら、とてもじゃないけど敵《かな》わない。クラスの誰かが怪我《けが》することも心配です」

「それは問題ない。三送会にはＰＴＡや教育委員会の人も顔を出すから、荒っぽいことはできないと思う。歌いだしたら、先生たちは静観するしかない」

　私は「それはよかったです」と心のこもらない言葉を喉《のど》から押し出した。

「ただ、強要はしない。各々の意志が大事。一人でも『翼をください』を歌いたくない人がいれば、穴井先生に捧げる歌にはならない。汚名をそそぐのは別の機会にしましょう。田嶋さん、いい？　説得じゃなく、自分で決めることに意義があるの」

「はい」と気持ちのいい返事をする。

「みんなで『翼をください』を歌いたい。そう思う人は今日の夜まで、日付が変わるまでに私の携帯電話に非通知でワン切りして。ここにいる生徒と同じ数の着信がなければ、三送会での汚名返上を断念する」

「先生、素晴らしいアイデアです！」と田嶋さんが絶賛した。「私も臨時の学級委員としてもっとクラスのために頑張らなくちゃいけません。なので、遺書を捜す活動の方は当面お休みにさせてもらいます。有力な情報をお持ちの方は三送会が終わってから報告してください」

　中西さんから遺書捜しも引き継いだらしいが、ＴＰＯがまるでわかっていない。今ここで言ったら、団結しようとしているみんなの気持ちに水を差すだけだ。このクラスに遺書を盗んだ犯人がいるんじゃ？　疑心暗鬼になってしまう。

「ついでに、無《む》闇《やみ》に皆さんを震え上がらせているカナボウも見つけ出したいので、そちらの情報も三送会後に募集します」

　更にカナボウ捜しまでするとは、出しゃばりすぎだ。できもしない目標を掲げても人望は得られない。冷めた目で見られて余計に人心は離れていく。

「とりあえずは、ワン切りのリミットは今夜の十二時まで。うっかり忘れないように」

と大槻先生は締め、教室を出て行った。

私もすぐに廊下に出る。通常なら教室に留《とど》まって『自分のせいで中西さんを追い込んじゃった。そんなつもりはなかったのに』といい子ぶらなくちゃならなかった。これじゃ気まずくて逃げ出したのがバレバレだ。

けど、息が詰まりそうだったんだ。四時間目が始まる前とは、教室の空気が一変した。多くの人が中西さんの自首に触発されて贖罪《しょくざい》に傾いている。自分の犯した罪を認めないことには前に進めない。そんな空気が充満している教室は息苦しくて敵わない。

みんなが簡単に改心できるのは、信念がないからだ。にわか仕込みの正義感をおもしろ半分に振り翳《かざ》していただけ。付け焼き刃では罪人を一刀両断するのは不可能。厄介な敵が現れた時には、防戦一方になる。覚悟を秘めた中西さんや大槻先生には太刀打ちできない。

私はみんなとは違う。時間をかけて研ぎ澄ました正義感を瞬《まばた》きもせずに振り下ろせる。返り血や罪悪感など歯牙《しが》にもかけない。自分が正しいと信じることのためなら、躊躇《ためら》いなく手を汚せる。私の覚悟も生半可なものじゃない。

この一件は私が始めたことだ。先陣を切ったのは私なんだから、降りることはできない。クラス全員を敵に回しても、闘い続ける使命がある。ズタボロになっても、どんな手を使ってでも私の正しさを証明する。正義は勝たなくてはならないんだ。

去年の十二月くらいから堀さんの様子がおかしくなった。やけにテンションが高く、調子に乗った言動が多い。地に足が着いていないよう。その浮かれっぷりには見覚えがある。私の父だった人が教師と浮気していた時とそっくり。禍々《まがまが》しい過去が胸の奥を圧迫しながらも、私は災いが降りかかることを懸念《けねん》した。可愛くてノリのいい堀さんは男子に人気がある。私たちのクラスにも恋心を抱いている男子は数人いるだろう。傷心や嫉妬《しっと》からいざこざに発展するおそれがある。

堀さんは誰のことが好きなんだ？　すでに交際しているのか？　注意深く彼女の挙動を窺《うかが》っていると、あからさまに表情が曇る時があることに気づく。穴井先生と生徒が親しくしている時だ。男子女子に関係なく、不愉快そうに顔を歪《ゆが》める。目を吊《つ》り上げて睨《にら》みつけたり、無理やり会話に割り込んだりすることもある。

時には、体当たりするみたいにして間に割って入り、穴井先生に体を密着させる。元から男子にもスキンシップが多い子だけれど、ベタベタしすぎだ。察しがいい人なら違和感を覚えそう。

穴井先生は過剰なスキンシップに顔色一つ変えない。少しも鼻の下が伸びないし、『やめろよ。付き合ってるのがバレるだろ』というような焦《あせ》りの色も見せない。堀さんは片想いに夢中になっているだけで、全く相手にされていないのかもしれない。

ただ、大人は子供の何倍もツラの皮が厚い。上手に装《よそお》っている可能性もある。中学時代に不貞を働いた女性教諭も生徒から人望のある担任だった。私もまんまと騙《だま》されて慕っていた。向こうも私のことを気に入っていて、仲のいい親子みたいな関係だった。

今思えば、受け持つクラスを掌握するために私を手《て》懐《なず》けていたのだ。当時の私もクラスの中心にいたが、我の強い自信家で周囲にわがままを押しつけていた。良くも悪くも影響力のある生徒だったので、私と良好な関係を築けばクラスをまとめやすくなる。そうとは知らずに懐いていた私はとんだアホだった。

もう同じ轍《てつ》は踏まない。穴井先生に直談判しよう。堀さんの片想いなら『教師としての本分を忘れないように』と釘《くぎ》を刺し、交際している場合は『責任をとって退職して』と要求する。素直に応じない時は『校長先生に報告する』と脅す他ない。

だが、学校では二人きりになるのが難しい。事が事だけに内密に済ませたい。そこで、穴井先生の自宅の前で待ち伏せすることにした。

年賀状のやりとりをしていたから、住所を知っている。事前にさり気なく大まかな帰宅時間を訊き出した。夜の十時頃。あとは、近所で不名誉な噂が立たないようボーイズライクな服装とキャップとマスクで変装すればいい。

私は先生のマンションの前をうろうろしながら帰りを待った。雨がしとしと降り続け、傘を持つ手の感覚がなくなっていく。自販機で温かいものを買おう、と思った時に待ち人が現れた。予告した時間よりも早かったが、一人ではなかった。ぴったり密着して相合傘をしている。あれって堀さん？

　私は急いで傘を閉じ、路上駐車していたミニバンの陰に隠れる。二人が近づいてくるにつれて疑惑は確信に変わった。やっぱり付き合っていたんだ。

　向こうは自分たちの世界に浸っているからか、全く周りに注意を向けない。ふと、父だった男と担任だった女のツーショットが脳裏を掠《かす》めた。その瞬間、かじかんだ手でコートのポケットからスマホを取り出し、フラッシュライトをオフにする。

　そばに街灯がある上に、マンションのエントランスの照明も煌々《こうこう》と灯っている。明かりは充分。シャッター音は雨音に紛れる。私は見つからないようカメラのレンズ部分だけミニバンの陰から出し、タイミングを見計らってシャッターボタンを四回押した。

　二人がマンションの中に消えると、『なんのために撮った？』という疑問が浮かぶ。こそこそ隠れずに問い質《ただ》せばよかったんじゃ？　腕を組んでいたんだから言い逃れはできない。証拠を押さえる必要はない。悪行を許せないのなら、この場で土下座でもさせればいい。

　いや、そんなんじゃナマやさしい。納得できない。誰が？　私？　違う。あの男と女が納得しないんだ。あいつらに「美寿々は正義感から悪を罰したんじゃない。俺たちに私怨《しえん》をぶつけただけだ」「比嘉さんが『正義の鉄槌《てっつい》』って言い張るなら、公平に振り下ろしてみせて」なんて言わせない。

　中学三年の秋、私は週末にいそいそと接待ゴルフに出かけるようになった父に不信感を抱いた。担任との破廉恥な噂も小耳に挟んでいた。疑惑を解消するために、父の車に位置情報をオンにした自分のスマホをこっそり仕込んだ。すると、二つの目的地が判明した。ラブホテルと担任の自宅。

　翌週、父の一眼レフカメラを無断で持ち出し、不倫女のマンション前で待ち伏せした。車内で唇を重ねているところを激写すると、三十枚ほどプリントアウトし、告発文とともに学校中にばら撒《ま》いた。父が勤める裁判所と自分の家にも送りつけた。もちろん母宛てで。

　穴井先生と堀さんにも同じ罰を与えなければ、あいつらが「美寿々の正義はその程度なんだな」「復讐心《ふくしゅうしん》に駆られて行きすぎた私刑を行ったんじゃないの？」と罵《ののし》ってくる。一分の隙も見せてなるものか。私には信念がある。相手が誰であろうと正義の鉄槌を下す。

　私はツイッターで『金木奉華』の捨てアカを作った。情報に信憑性《しんぴょうせい》を持たせるためにカナボウのふりをする。本物以外には偽者《にせもの》だとわからないし、カナボウが「その投稿は偽者がやった」と訴えることはまずない。何故《なぜ》なら本物であることを証明する手立てがないからだ。頭が切れるカナボウが無駄な主張をするとは思えない。見過ごすはずだ。

　今回の画像はどれも男の方の顔がはっきり写っていなかったので、フォントアプリで『禁断の恋？』という文字を入力した。そうすれば、噂好きな人たちが担任と生徒の交際を連想し、画像の背景を手掛かりに裏付けをとる。穴井先生の住所をネット検索し、グーグルのストリートビューでマンションの外観を確認するだろう。

　盗撮した四枚の画像を〈神様、『色欲の罪』を犯した者に天罰を！〉という一文とともにダイレクトメッセージで稲見くんと原くんに送った。野次馬根性の強い彼らが『本当にカナボウからのリークか？』と疑うことはない。それに加え、顔が広いから多方面に拡散してくれる。

　翌日の五時間目、授業中に稲見くんが丸めた紙を穴井先生に投げる。背中に当たって床に落ちた。振り返って「誰だ？」と訊いたけれど、名乗り出る人もチクる人もいない。気にせずにまた黒板に向かうと、今度は三人が一斉に投げた。

　堀さんが「いい加減にしてよ！」と声を荒らげ、紙のボールを拾い上げる。でも紙を広げると一瞬にして表情がなくなった。首を伸ばして覗《のぞ》き込んだ穴井先生の顔も強張《こわば》った。相合傘の盗撮画像が印刷されていたのだ。

　男子たちがまた腕を振る。今度は十人近くが投げつけた。堀さんもターゲットにされ、彼女の頭にも当たる。先生がたどたどしく「違うんだ」と否定する声が虚《むな》しく響く中、更なる投擲《とうてき》が行われた。

ここまで男子たちが攻撃的になるのは予想外だ。二人とも好感度が高かったから、その反動か？　だけど失望感はそこまで感じられない。むしろ、活き活きしている。もしかして盗撮画像に『禁断の恋？』と書いたのが原因？

自分たちの手で相合傘の男の素性を突き止めたことで、悪を追い詰める正義の味方のような気分に浸っているのかもしれない。ヒーロー側なら怖いものはない。悪人に情けは無用。手加減なく断罪できる。

私も彼らみたいにヒーローの快感に酔い痴《し》れているんじゃ？　悪を懲《こ》らしめて自己肯定感を高めたいだけ？　いや、私は違う。そんなんじゃない。純粋に見過ごせないんだ。罪人はのさばっちゃいけない。世のため人のために悪の芽を摘み取らないとならない。

穴井先生の芽はふてぶてしかった。おとなしく罰せられればいいものをみっともなく足掻いた。繰り返し「家に上げただけ」と主張する。何も言い訳しない堀さんの前でよく言えたものだ。心は痛まないのか？

本来なら『教師』『年上』『男』という三つの要素があるのだから、堀さんを庇《かば》う振る舞いをするべきところ。下劣な人間だ。当然、往生際《おうじょうぎわ》が悪い方へ非難の矛先は向く。先生はみんなからバッシングを雨あられと浴びせられた。

紙のボールが教室を飛び交った日から二日後、アカウント名『金木奉茂』が二枚の画像を拡散した。一枚は、堀さんが彼シャツ姿で胸元をはだけさせ、穴井先生の眼鏡をかけて誘うような目つきで写っている。もう一枚は、ベッドで背中や肩を丸出しにして布《ふ》団《とん》に包《くる》まった画像。どちらも彼女の快活なイメージと掛け離れていた。

　だから「ただのビッチじゃん」「マリッペも同罪だよ」「どっちもどっち」という声が漏れ聞こえてきた。堀さんも非難の集中砲火を浴びるようになり、ほぼ全校生徒が「家に上げただけじゃないじゃん」と穴井先生に『淫行《いんこう》教師』のレッテルを貼《は》った。

　また、カナボウに対して「どうやってあんな画像を入手したんだ？」という謎《なぞ》が持ち上がる。二枚とも自撮り画像で、みだりに人に見せられないものだ。本人からもらった、という線は限りなく薄い。となると、堀さんの鍵アカのツイッターかインスタグラムを乗っ取って流出させた、としか考えられない。

　スゴ腕のネット特定班なら不正アクセスもお手の物なのだろう。そう見なした生徒たちは「やっぱ、カナボウはヤバい」「ロックオンされたら終わりだ」「目立った言動は控えよう」などと恐怖心を募らせた。

　私はみんなとは異なる不安を抱いた。乗っ取りができるほどのネットスキルを持っているなら、私が作った『金木奉華』の捨てアカを解析することも可能なんじゃ？　すでに相合傘の写真をリークした偽者も特定している？　私の中学時代の黒歴史も暴露されるかもしれない。

迂闊《うかつ》だった。安易に『カナボウのふりをすれば、信用の置けるリーク情報と思われる』と考えたばかりに、自分で自分の首を絞めることになるとは。もっと慎重に行動するべきだった。

だが、こうなったら腹を据えてかかるしかない。暴露されても冷静に対処するんだ。上手に立ち回れば切り抜けられないことはない。相合傘のリークは正当性を前面に押し出し、黒歴史は悲劇のヒロインを演じてみんなの同情を誘おう。

そして「人のプライバシーを侵害するのは許しがたい行為。もうカナボウに振り回されるのはやめよう。あんな特定班はただの構ってちゃんでしかない。無視するのが一番応《こた》える」と呼びかけるんだ。世論を味方につければ、打ち負かすことができる。

カナボウとの対決をあれこれシミュレーションしつつ、教師の淫行によって混乱に陥ったクラスの再建方法を模索していたら、穴井先生が自殺した。私に落ち度が全くないとは言わないが、身から出た錆《さび》じゃないか。

教師として、人として道を踏み外さなければ、私が引き金を引くことはなかった。銃を構えたところに悪人が横切ったら、撃たないわけにはいかない。ほとんど正当防衛のようなもの。

それに、とどめを刺したのはカナボウだ。不正アクセスで得た画像を拡散し、穴井先生を言い逃れのできない状況に追い詰めた。私の盗撮画像だけなら、辛うじて「家に連れ込んだけど、何もしていない可能性がある」というグレーゾーンが残った。真っ黒に染めたのは私じゃない。カナボウが悪人の頭を撃ち抜いたのだ。

　その事実を突きつけることで、私は優位に立てる。カナボウが攻撃してきたら、「穴井先生を死に追いやった責任をとって」と要求すればいい。スゴ腕のネット特定班など恐れるに足りない。

　しかしカナボウは鳴りを潜めた。教師の自殺に負い目を感じているのか？　尻込《しりご》みしないで私に襲いかかってこい。闘う準備はできている。いずれはカナボウのことも正さないとならない、と思っていた。今は絶好のチャンスだ。みんなの秘密を晒《さら》した罪を償わせてやる。

　ところが、私の前に新たな敵が現れた。転校生の中西美紀。どうにか撃退できたと思ったら、今度はマスクから解き放たれた田嶋春。さすがに連戦続きで神経が擦り切れている。一息ついて英気を養おう。


　自販機でホットミルクティーを買い、中庭のベンチに座って一休みする。暖かい日にはランチを摂《と》る生徒たちで溢れ返るスポットだけれど、冬場は人の気配がなくなる。今の私には最適な場所だ。ここならクソでかい溜息《ためいき》を吐き出せる。

　なんで私が悪者みたいになっているんだ？　みんなだって中西さんを教室から抹殺し

ようとしたくせに。今朝の黒板の落書きはなんだったの？　誰一人として消そうとしなかったんだから、『中西美紀は学校に来るな！』はみんなの総意だったんじゃないの？

　大体、私は一言も書いていない。どうせ稲見くんや原くんの仕業だろうが、あんな陰湿な言葉を書き殴っておいて、よくも簡単に中西さんに感化されたものだ。

　それに、彼らよりももっと悪質なのはカナボウだ。中西さんの心中事件を晒すなんて以《もっ》ての外だし、拡散しなければ私が母親殺しを推理することもなかった。カナボウのせいでクラスが右往左往し、いつの間にか私が加害者の立ち位置になってしまったんだ。

　けど、一人でも大丈夫。これまでも単独で闘ってきた。クラスメイトなんて烏《う》合《ごう》の衆にすぎない。些《さ》細《さい》なことでバラバラになる。同じ方向を見ているのは今だけ。結束の弱いところを見つけて楔《くさび》を打ち込めば、散り散りに飛んでいく。

　ただ、集団を敵に回すのは得策じゃない。みんなと歩調を合わせて『私も穴井先生への罪滅ぼしをしなくちゃ』というポーズをとり、機を窺おう。だいぶ不本意だけれど仕方がない。大義を成すためなら手段を……。

「ここにいたんですね」といきなり田嶋さんが現れた。「探しましたよ。ですが、ここだけの話をしたかったので、ちょうどよかったです」

「ここだけの話？」

「はい。タージ・マハルに改名するヒントを与えてくれてありがとうございます」

戦慄《せんりつ》が走り、カイロ代わりにしていたペットボトルを落としそうになる。改名するヒントって私を真似たってこと？　私の過去を知ってるの？　まさか、田嶋さんがカナボウなんじゃ？

いや、まさかじゃない。彼女には疑いをかけるだけの根拠があった。カナボウの最初のリークに関与していた。菅沼くんの中学時代の黒歴史が暴露されたことで、彼に騙されて一週間だけ交際した田嶋さんに同情的な視線が注がれるようになった。それまでからかっていた男子たちもイジるのをやめた。

リークの恩恵を受ける形となった田嶋さんにはカナボウ疑惑がかけられた。でも次から次へと『金木』を名乗る投稿者が発生し、田嶋さんとは繋《つな》がりのない人をターゲットにしていったので、彼女を疑う声は消えた。

でも田嶋さんが高いネットスキルを隠し持っているなら、関連のない生徒の過去を探ることは可能だ。自分に向けられた疑惑を逸《そ》らすために、または悪事を暴《あば》く快感に味を占めてネット特定班の活動を続けているのかもしれない。

ヤバい。今はカナボウと闘えない。私への風当たりが強まっている中で、相合傘の写真をリークしたことをバラされるのは非常にマズい。私が『とどめを刺したのはカナボウだ』と訴えても、穴井先生への罪滅ぼしに動いているクラスメイトの耳には届きそうにない。

私は田嶋さんの表情の変化に注意しつつ、「改名するヒントって？」と探りを入れる。

「先ほど、教室で渋野くんに感謝したんですけど、焦って顔を赤らめながら『タージ・マハルの知識はスズさんの受け売り』と小声で言って手柄を独り占めにしませんでした。その気持ちに応えるためにも、小野田さんにはそっとお礼をしたかったんです」

「渋野くんにウンチクを語ったような記憶がうっすらとあるけど、なんで『そっと』なの？　わざわざ『ここだけの話』にするようなこと？」

「そこは触れないでください」

どうして？　やはり、私の改名を知っている？　心情に配慮して内緒話にしたのか？それとも、渋野くんへの配慮？　彼が焦ったり小声だったりしたのは、私との繋がりをみんなに知られたくないからだろう。田嶋さんは私が裏で渋野くんを操っていたことに気づいていた？

もしくは、渋野くんは私に気がある？　それで、顔を赤らめた？　まさかね。片想いの人を話題に出す時の恥じらいなんて些細なもの。そんな僅《わず》かな心の揺れ動きを感じ取れる人などそうはいない。

ただし、彼女が目《め》敏《ざと》いカナボウなら人の恋心に敏感でもおかしくはない。このぼけっとした顔に油断しちゃいけない。今も眼鏡のレンズ越しに私をしっかり観察しているかもしれない。

「あっ！」と田嶋さんは名案が閃《ひらめ》いたような声を出した。「ついでに、穴井先生と堀さんの相合傘の写真を見せてください」

「急にどうしたの？」

「どんな写真か気になるんです。私、スマホ派でもガラケー派でもないので、ブームに乗り遅れていました。猛ダッシュで追いかけて飛び乗りたいんです。まだ間に合いますよね？」

「まあ」と同意しながら彼女への危機感を強める。

　田嶋さんがカナボウだと仮定した場合、狙《ねら》いはなんだ？　私が相合傘の写真をリークしたことを突き止めているのなら、さっさと攻撃を仕掛けるはず。まだ疑惑の段階なのだろう。容疑は固まっていない。私を揺さぶって襤褸《ぼろ》を出すのを待っているだけだ。落ち着いて対処すればやりすごせる。

　寒そうに肩を竦《すく》めている田嶋さんにペットボトルを渡し、「ちょっと持ってて」と言ってブレザーのポケットからスマホを出した。すると、彼女もベンチに腰を下ろし、私の手元を覗き込んでくる。

　穴井先生と堀さんを盗み撮りした画像は削除していないので、写真のフォルダに入っている。でもそれをそのまま見せるのは危険だ。撮影の日時を追及されるおそれがある。何故、クラスの男子の間で広まる前に相合傘の画像を持っているんですか？　そう問われたら降参するしかない。

　私はＬＩＮＥの履歴を検索し、チエちゃんとのトーク画面をスクロールしていく。彼女は恋人の菅沼くんからスキャンダル写真を転送され、慌てて私にメッセージを送ってきた。

〈スズさん、大変！〉22:24
〈どうしたの？〉既読　22:26
〈堀さんのこと、知ってる？〉22:26
〈なんのこと？〉既読　22:27
〈これ、見て〉22:28
〈合成とかじゃないよね？〉既読　22:29
〈たぶん〉22:29
〈この写真、どうしたの？〉既読　22:30
〈ユータくんからの転送。男子の間で「不純異性交遊だ！」って出回ってるの〉22:31
〈何かの間違いだよ。生徒に手を出すような先生じゃない〉既読　22:31
〈私もそう思う。けど穴井先生の住所や家の写真も出回ってて、男子たちが「裏がとれた！」って盛り上がってるんだって〉22:32

〈とりあえず、私たちは静観しよう〉既読　22:33

〈うん〉22:33

私が《これ、見て》のメッセージに添付された画像をタップして拡大すると、田嶋さんは更に首を突き出す。

「紛れもなく相合傘ですね」

「たまたまばったり出会って、たまたま片方が傘を持っていなかったのかもしれないけど」

「もう一つ『たまたま』が起こって、足がふらついて体が密着したところをパパラッチされたのかもしれませんね」

「そうだといいけど、偶然が三回も重なることってあまりない。大体は人為的な力が働いていることが多い」

「じゃ、奇跡が起こった時を捉《とら》えた貴重な写真の可能性があるんですね」

「そうね」と意見を合わせておく。

田嶋さんは穴井先生擁護派の筆頭だ。中西イズムを丸ごと継承している。どんな事実を提示しても『先生は悪くない』に固執し、自分に都合のいいように受け取る。目が曇っている人を説き伏せることはできない。徒労に終わるだけ。

　だが、彼女がカナボウなら立場があやふやになる。穴井先生にとどめを刺したカナボウが擁護派に回るのは変な話だ。隠れ蓑《みの》にする気？　それとも改心して罪滅ぼしに切り替えた？

「堀さんは顔がちゃんと写っていますが、男性の方ははっきりしていません。よく先生だとわかりましたね？」

「穴井先生の住所をストリートビューで検索すると、この」と言って二人が入って行こうとする建物を指差す。「マンションが出てくるの。それで、男性の素性が判明した」

　四時間目に稲見くんが中西さんに説明していたのを聞いていなかったの？　擁護で頭がいっぱいで耳もおかしくなっているのかも。

「けど、小野田さんがこの写真を初めて見たのは、今平さんとＬＩＮＥのやりとりをした時ですよね？」

「そうだけど」

「スゴいです。初見で、なんの先入観もないのに、穴井先生ってわかるなんて。普段から観察力がずば抜けているんですね」

「何を言ってるの？　初見ではわかってない。チエちゃんに『穴井先生の住所から裏がとれた』って教えてもらって知ったの」

「あれ？　さっき、《男子たちが『裏がとれた！』って盛り上がってるんだって》というメッセージが届く前に、小野田さんの《何かの間違いだよ。生徒に手を出すような先生じゃない》があったように見えたんですよね。気のせいでしょうか？」

ゾクッとする。私も画像を拡大する際に、ちらっと見ていた。田嶋さんの見間違いじゃない。なんてこと。とっくの昔に襤褸を出していたんだ。先走って墓穴を掘るとは、とんでもないアホだ。

あの時の私は穴井先生を庇うことで、自分への疑惑を逸らそうとした。担任を慕っているスズさんがリークするはずはない。そういう印象をチエちゃんに与えることに意識が向きすぎて、初見の体《てい》を疎《おろそ》かにしてしまったのだ。

チエちゃんが『私は一言も先生なんて言っていないのに、なんで断定できたんだろ？』と疑問を抱いていたら、その時点で私の計画は破綻《はたん》していたかもしれない。見過ごされて助かったが、田嶋さんはチラ見で気づいた。なんて目が早いんだ。

ここまでか。どんなに足掻いても逃げ道はないのだから、負けを認める他ない。何故か悔しさは感じない。不注意だった自分への腹立たしさもない。呆気《あっけ》ない幕切れに白けてしまったから？

「あっ、ひょっとして謙遜《けんそん》ですか？」と田嶋さんが無垢《むく》な顔を斜めにして訊いた。「恥ずかしがらないでいいんですよ。自慢することは悪いことじゃありません。自分に誇れるものがあるのは素晴らしいことです。微笑《ほほえ》ましい目で見ないではいられません」

どういうつもりなんだろう？　追い打ちをかければいいものを、なんで手を緩める？　泳がせて弄《もてあそ》ぶ気なの？　でも彼女から打算的なものは少しも感じられない。本心からの言葉のように思える。もしかして、ただの天然？

「田嶋さん、私に何か要望はある？」

「ありますよ」

「何？」

「堀さんの彼シャツ姿の写真も気になっています」

私がスマホを操作し、お望みの画像を表示すると、田嶋さんは食い入るように見つめる。

「官能的な写真ですね。こんな堀さんの表情、初めて見ます。新たな一面を切り取ろうとした意欲作じゃないでしょうか」

「他に思うことはない？　批判的な感想も言っていいのよ」

「チャレンジ精神は大いに買っているのですが、失敗作にもなっているのが非常に残念です」

「失敗作？」と言ってスマホの画面をまじまじと見る。

「はい。口の間から僅かに歯列矯正の器具が見えているのがもったいないです。そのせいでせっかくの妖艶《ようえん》さが半減しています」

口元を拡大すると、上唇と前歯の間にほんの少しだけ銀色が見えた。通常のサイズでは一ミリもない小さな点だ。なんて目敏いんだ。やっぱりこの子は危険。

「ですが、これはこれで貴重な写真かもしれませんね。よい記念です。矯正の器具は堀さんのチャームポイントでもあったので、外れてしまってちょっぴり寂しく思っていたんです。予告なしにツルツルの歯になったから、突然コロンちゃんに噛《か》みつかれた時と同じくらいショッキングでした。心の準備ができていないと、なかなか見慣れないものですよね？」

「そうね」と上の空で応じる。

あの日って、相合傘のツーショットを隠し撮りした日、堀さんはもう器具を着けていなかったんじゃ？　いつ外したんだっけ？

『先生、見て見て。やっと外れたの』

『綺麗《きれい》な歯並びになったんだから、大事にするんだぞ』

『はーい。よーし、これで好きなだけキスできるぞー』

『彼氏いねーくせに』

『アトムに言われたくなーい』

『うっせーよ』

『もし何かの間違いでアトムと付き合っても、ほっぺにしかキスさせないからね』

そんな言い合いをしていた記憶はあるが、ぼんやりとしている。正確な日にちは思い出せない。

ただ、堀さんは毎週月曜の学校帰りに矯正歯科に通っていた。だから『やっと外れた』と見せびらかしたのは火曜と思われる。私が隠し撮りしたのは金曜。翌週の月曜の夜に盗撮写真を拡散した。

もし相合傘の日から三日後の月曜の放課後に器具を外したのなら、熱愛が知れ渡った火曜に歯を見せびらかしたことになる。だが、相合傘の画像を見た稲見くんが堀さんと一緒になってはしゃぐことはありえない。器具を外したのは、前の週か、更に前だ。

つまり、この彼シャツ画像は私が盗撮した日よりも前に撮られたもの。穴井先生と堀さんが一度きりの関係ではなかった証拠だ。何度も何度も逢瀬《おうせ》を重ねていたのだ。

「あっ、もう一つ要望がありました。いいですか？」

「何？」と私は用心し、身構える。

「できたら『タージ』って呼んでください。その代わり、私も小野田さんが望む呼び方をします」

「わかった。私の呼び方は今まで通りでいい」

「ありがとうございます」

「他にはある？」

「もうありません」と言って頭を横に振った。

「本当に？」

「はい。今はどこも怪我をしていませんし、体調も精神状態も健やかなので、大抵のことは一人でできます。小野田さんの助けを必要としていません」

対等な関係にある人には要望することは何もない。至極まともな意見が私の胸を深く抉《えぐ》る。私は女であることやまとめ役の立場を利用して渋野くんやチエちゃんたちにお願いを、ほとんど強要に等しいお願いを押しつけてきた。正義の名のもとに彼らを騙して兵隊に仕立て上げていたのだ。

「タージは遺書捜しも一人で行うつもり？　誰の助けもいらないの？」

「あれは勇み足でした。気持ちが空回りしていて余計なことを言ってしまったんです。よーく考えれば、遺書を隠した人は良心の呵責《かしやく》に苛《さいな》まれているので、今回の贖罪《しよくざい》キャンペーンに乗って遺書を届け出てくれると思います」

性善説を信じているの？　カナボウなのに？　いや、彼女の言葉を鵜呑《うの》みにしてはいけない。油断させようといい子ぶっているんだ。

「そうなるといいね」

「大丈夫です。この世には年がら年中悪い人なんていません」

「本当に遺書が存在するとして、隠蔽《いんぺい》した人が名乗り出てきたら、どうするの？」

「穴井先生のお母さんのもとへ遺書を届けさせます」と淀《よど》みのない声で即答する。

「母親への謝罪が終わったあとは？」

「謝罪は本人の意思に委《ゆだ》ねます。加害者が悪気を感じていないのなら、謝らなくてよいです。上辺の謝罪では意味がありませんから。遺書を届けさせたあとのことは、お母さんに任せます。煮るなり焼くなり、警察に突き出すなり恩赦を与えるなり、被害者の自由です」

「寛大な母親だったら無罪放免になるってこと？　タージはそれでいいの？」

「良いも悪いも私は部外者なので、口出しする権利はありません」

　じゃあ、なんのために遺書を捜そうとしたの？　悪が許せないから中西さんの意志を継いだんじゃないの？

「もっとよく考えて。遺書を隠すってことは、『自殺するのはおまえのせいだ』的なことが書かれていたからなんだよ。命懸けの訴えを読んでも、犯人は反省するどころか自己保身に走って隠蔽した。そんな腹黒い悪党には情状酌量の余地はない。きっちり制裁を与えないと、また懲りずに悪事を働く」

「ずーっと不思議に思っていたんですけど、どうすれば誰よりも早く遺書を見つけられるんでしょうか？　たまたま朝一番に学校に行ったら、たまたま自分の教室に遺書があって、たまたま自分のことが書かれていたんですかね？」

三回も偶然は重ならない、と言った私への当て付けか？　そうだとしても、タージが投げかけた疑問は一考する価値があった。なんで遺書を見つけられた？　穴井先生が学校に呼び出した？　なんのため？　引き止められたくて？　飛び降りるところを見せつけたかった？

　どんな理由であれ、自殺に追い込んだ張本人を呼び出したのなら、その人の目に触れるところに遺書を置かないだろう。読まれたら処分されるかも、と穴井先生は危機感を抱くはずだ。遺書を隠蔽されれば無駄死ににになるのだから。

「あっ！」とタージが声を張り上げた。「もしかしたら誤解をとこうとしたのかもしれません」

「誤解？　なんの？」

「言葉の綾《あや》です。叱咤《しった》激励《げきれい》のメッセージを送っても、受け取り方は人それぞれ違うことがありますよね？」

「まあ、そうね」

「あるところに、『穴井先生が悪い意味で捉えていないといいな』と心配している人がいました。その人は何かいやーな予感がして朝一番に学校に急行します。すでに手遅れでしたが、穴井先生はちゃんと遺書に『あなたのせいじゃない。別の理由があるんです』と残していました。ところが、自分のせいだ、と勘違いしていたために、咄嗟《とっさ》に盗んでしまったんです」

「その仮説の通りだったら、遺書をすぐに返すんじゃない？　自分のせいじゃない証拠になるんだから」

「残念ながら、その人は盗《と》っただけで中を確認していないんです」

「どうして読んでいないの？」

「怖がりだからです。今の今まで『自分がやりました。ごめんなさい』と名乗り出てこないんですから、相当な臆病者《おくびょうもの》に違いありません。読んでいれば、ビクビクした毎日を送らずに済んだのに、嘆かわしいことです。ただ、それほどの怖がりであれば遺書を処分することにもビビります。大事に保管していることでしょう」

「犯人が名乗り出ないのは卑怯者《ひきょうもの》だから、とは考えないの？」

「考えません」

「その根拠は？」

「人柄です」と自信満々に言う。

「誰の？」

「皆さんです。私たちのクラスに生粋の悪党はいません。渋野くんや小野田さんの旗振りによって『悪いことはしちゃいけない』という空気が教室に行き渡っています。だから誰が犯人であっても、動機は『怖かったから』以外にないんです」

結局、拠《よ》り所は性善説か。悪者が出てこないおとぎ話を夢想しているだけ。悪い人なんていない。みんな本当はいい人。そんな世界はタージの頭の中にしかない。

「でもね、遺書を盗んだことには変わりないでしょ。臆病者だからといって帳消しになる行為じゃない。実際に、穴井先生の母親は心を痛めている。心労で寿命が削られているおそれもある。その罪はちゃんと償うべきだと思うの。さっき、裁きは母親に任せるってタージは言ったよね？」

「はい」

「もし母親が嘘泣きの演技とかに騙されて恩赦を与えちゃったら、犯人は反省せずにのうのうと今まで通りの生活を送ることになる。罪の意識よりも我が身可愛《かわい》さを優先させる人なんだから、また不道徳なことをする可能性が高い。タージが被害にあうリスクだってある。家族や友達だって。それでも放っておけるの？」

「被害者が増えるのは考えものですね」と渋い表情を浮かべ、指先で眼鏡のずれを直した。

「でしょ。ペナルティーを与えないと、人は味を占める。悪事がバレても痛い目を見ないならどんどん悪いことをしようってエスカレートする」

「ですが、世の中には様々な刑罰があるのに、犯罪がなくならないのはどうしてでしょう？」

「刑が甘いから。極論だけど、どんな犯罪も刑罰が死刑のみになれば、犯罪者は激減すると思う。執行方法が苦痛を伴うもの、石打ちや火《ひ》炙《あぶ》りとかなら、根絶も夢じゃない」

「なるほど。妙案と言えますね」

そう納得したあと、すぐに腑《ふ》に落ちない様子で首を傾《かし》げた。人差し指で顎《あご》を弄《いじ》りながら「うーん……」と声を漏らす。

「どうしたの？」

「素朴な疑問なのですが、人が人を罰してよいのでしょうか？」

いい。誰かがやらなければ悪党がのさばってしまう。でも、と疑問が生じる。なんで私が罰を下していたんだろう？　そんな権利は私にないのに……。

みんなのために、秩序を守るために、進んで手を穢《けが》していた。汚れ役を買って出たんだ。喜んでやっていたわけじゃない。

けど、私は子供だ。証拠を摑《つか》んだら大人に告げ口すればよかったんじゃ？　親や校長先生に裁いてもらわなかったのは、何故？

「とどのつまり、人間は愚かな生き物です」とタージは自由気ままに話を進めていく。

「いくら痛めつけられても時が経《た》てば忘れてしまうことがあります。私も歯医者で地獄に落とされたような気分を味わっておきながら、何度も甘いものの誘惑に負けました。気の緩みからうっかり歯磨きを怠ることもありました」

どうでもいい内容に耳を塞《ふさ》ぎたくなる。ありふれた歯医者の話なんて雑音でしかない。もう少しで答えが出そうだったのに、引っ込んでしまった。なんだったっけ？

「そんな愚か者の私が『毎日三回ちゃんと歯磨きしよう』を習慣化することができたのは、部分入れ歯のお祖母《ばあ》ちゃんのおかげです。若い頃の貧乏エピソードが胸に焼きつきました。甘いお菓子が買えなかったり、歯医者にも行けなかったり。それらを自分に置き換えて考えることで、心を入れ替えて『食べ物と歯に感謝の気持ちを忘れないぞ』と誓うことができたんです。一言で言うと、自分で自分を戒めないと意味がないのかもしれませんね」

　人が人を裁くのは無意味で、自分で自分を裁かないと改心しない。そう言いたいの？

「あっ！　警察が罪人を捕まえたあとは、裁判所が裁いていますね。立派な大人の人たちが行っていることだから、きちんとした意味があるのかもしれません」とタージが急に方向転換した。「人が人に罰を与えてよいのか。どうやったら犯罪がなくなるのか。罪の意識とはなんなのか。法律が正義とは限らないのか。とても興味深い分野です。そういうことを学びたい意欲がぐんぐん湧《わ》いてきます」

「法学部に進みたいってこと？」

「その手がありましたね。私としたことが『灯台下暗し』を体現してしまうなんて、お恥ずかしい限りです。ひどい失態でしたが、ありがとうございます。小野田さんのおかげで視野が広がりました。大学で四年間みっちり法律を勉強すれば、いっぱいの悟りが開けそうです」

「いや、感謝されるほどのこ……」

タージが「進路についてお父さんとお母さんに相談したいので、失礼します」と私の言葉を遮り、立ち上がる。そして一目散に駆けて行った。

変な子だ。でも悪い子ではなさそう。少なくとも、カナボウではない。私を陥《おとしい》れる気があるなら、絶好のチャンスを見過ごしたりはしない。接触してきたのは、純粋に改名のヒントに関して感謝したかったのだ。

ＬＩＮＥのヘマを指摘された時は肝を冷やしたが、どうにか命拾いした。これを機にもっと注意深くならねば。常に『自分はアホだ』と戒めて行動しよう。さあ、仕切り直しだ。

気を引き締め直したはずが心はホッとしたまま。弛緩《しかん》していてピーンと張らない。一度観念したせいか？　ついさっき、自分の敗北をすっと受け入れられた。なんで？　悔しくなかったのは、負けたかったから？　心の片隅では自分の非を認めているのか？

そんなわけない、と以前なら頭ごなしに否定できた。今は撥《は》ねつける気力が湧いてこない。心は正直だ。どんなに頭で屁理屈《へりくつ》をこねくり回しても、もう誤魔化せない。観念した時、安心したんだ。やっと重荷を下ろせる、と。

中西さんも似たような心境だったのかもしれない。彼女は最後に『償える時にちゃんと償わないと、私みたいにもがき苦しむことになる』と言っていた。早く罪を認めてラクになりたい。そういう思いを罪悪感とともに抱えていたから、あっさり犯行を自白したのだろう。

私もタージに白状すればよかった。ずっと間違いを犯していた。独り善がりな正義感を振り回していただけだった。父の不貞行為に囚《とら》われ、行き場のない憤怒《ふんぬ》を周囲に撒き散らしていたんだ。大義なんて何もない。単なる八つ当たりだ。そう彼女に吐露したかった。

だが、タージはどこかへ行ってしまった。すでに胸の中は罪悪感でひしめいている。見過ごされたことをプラスに捉えられない。このラッキーを活《い》かして逃げきろう、とは思えない。むしろ、懺悔《ざんげ》の機を逸したことにがっかりしている。さて、どうしたものか？

教室に戻ってみんなの前で打ち明けたいところだが、徒《いたず》らに混乱を招きかねない。せっかく三送会に向けてクラスが一丸となりつつあるのに、「実は、私が元凶でした」と言い出したら、またぐちゃぐちゃになりそう。

ショックを受ける人、糾弾する人、擁護する人、辟易《へきえき》する人でしっちゃかめっちゃか。そうなったら、元担任の汚名をそそぐどころじゃない。内輪で揉《も》めているようでは、他のクラスに「穴井先生だけを悪者にしないで」と働きかけることなど到底できない。

　大事をとってカミングアウトは三送会が終わってからにしよう。今こそ調和を重んじる時だ。喉《のど》まで出かかった懺悔の言葉を呑み込み、クラスのために尽くすんだ。もちろん、簡単なことじゃない。胸にある罪悪感はいつ氾濫《はんらん》してもおかしくない。一瞬でも気を緩めたら決壊してしまう。

　これから教室に行って懺悔できたら、どれだけラクだろうか。でも必死に堪《こら》えるしかない。これは私に与えられた報いの一つ。どんなに辛《つら》くても一つずつ甘んじて受けていくんだ。

「ごめんなさーい」と遠くから聞こえてくる。「ミルクティー、返し忘れていました。ごめんなさーい」

　血相を変えたタージが猛然と向かってくる。私も手渡したことを忘れていた。

　私の目の前に来ても「本当にごめんなさい。こんな寒い日に温《ぬく》もり泥棒するなんて、とんだ恩知らずでした。すみません」と平謝りする。息切れした声で眼鏡がずり落ちたままペコペコしまくる彼女が愛《いと》おしく思えた。

「いいって。気にしてないよ」

「よかった」と安堵《あんど》してペットボトルを返す。「小野田さんは謝っても許してくれない人だと誤解していました。思い込みって怖いですね」

唐突に失礼なことを言われたけれど、腹は立たなかった。事実だからだ。タージは田嶋春月だった頃から私の非寛容さを見抜いていた。彼女の目はなんでも見通せるのだ。

「タージって物事を見誤ることあるの？」と私は好奇心から訊《たず》ねてみる。「迷ったり悩んだりした時に、どうやって答えを見つけるの？」

「もっと迷います。迷って迷って、迷っていることを楽しむんです。そうしていたら、気づかないうちに答えに到着します。迷路も全ての道を塗りつぶしていくうちにゴールするじゃないですか」

「奇抜な考え方ね。私も迷った時にやってみる」

「方向音痴じゃない小野田さんには百年早いかもしれませんが、頑張ってください。では、これにて」と言うと、また駆け足で去って行った。

校舎に入る手前で躓《つまず》いてつんのめったが、どうにか踏ん張って転ばずに済む。摑みどころのない子だ。礼儀正しいしっかり者のようで、無礼で抜けているところもある。あんな調子で大丈夫だろうか？

教室ではちょっとした失言が命取りになる。みんなの反感を買ったら、臨時の学級委員としてクラスを束ねることも、遺書捜しやカナボウ捜しの情報を募ることも難しくなる。

三送会は私や渋野くんがフォローすればなんとかなりそうだけれど、遺書とカナボウの件はうまくいくビジョンが見えない。遺書の方は性善説なんて当てにならないし、そもそも存在するかどうかもわからない。カナボウは神出鬼没で幽霊のように実体を摑めない。

実在する、という点だけを見ればカナボウを突き止めることの方が難しくない。だが、手掛かりはゼロに等しい。ネットのスキルと陰湿な本性を隠し持っている人をどうやって見つけ出す？　心を読める超能力者でもない限り不可能だ。

せめて、鬼頭さんが何か知っていたらよかったが、彼女はただのスケープゴートだった。本物のカナボウは安全なところで高笑いしていることだろう。全くもって腹立たしい。カナボウになりすまして相合傘の画像をリークした私が言えた義理ではな……。

不意に、思い当たった。ひょっとして私だけじゃないんじゃ？　カナボウは集合体なのかも？　一人じゃない。みんながカナボウだとしたら？　一番初めの『金木奉子』以外は全てカナボウのふりをした模倣犯？　その可能性は充分にある。人間なんて、みんな考えることは一緒だ。

私みたいに一回だけ便乗するのなら、高いネットスキルはさほど必要としない。誰だって親しい人の秘密を一つか二つは知っている。近い関係だからこそ摩擦も起きやすい。憂さ晴らしにリークしたんだ。

カナボウの名を使えば疑われずに済む。偽者《にせもの》だとわかるのは本物だけだし、本物が

「自分が元祖だ」と主張しても証明する術《すべ》がない。嘘《うそ》つき扱いされるだけなので放っておくしかない。

本物のカナボウも一回きりのリークだとしたら、ターゲットに近しい人の仕業になる。最初の犠牲者は菅沼くんだった。彼と同じ中学出身者の中にカナボウがいる。タージを除外すると、残りの人たちの中で怪しいのは……。

絞れない。どんな人にだって裏の顔がある。誰がカナボウでも不思議じゃない。けど、タージならすぐに「この人です！」とピンときそう。迷いを楽しめる彼女が羨《うらや》ましい。どうやって楽しむんだ？

迷ったら不安になる。こっちの道が正解か、と少しでも期待できる方へ進みたくなる。でももっと迷うには「絶対にこっちじゃない」と思う道を選ぶってこと？

期待とは反対の道……。真逆……。逆に考えればいいのか……。タージ的思考で『菅沼くんを陥れた犯人は誰だ？』を解くと……。犯人の逆……。犯人は加害者……。

ピーンときた！　嘘でしょ？　だけどありえる。いや、そうとしか考えられない。私は駆けだそうと立ち上がったが、思いとどまってスマホを手にする。渋野くんにＬＩＮＥを送った。

〈これが最後のお願い。そっと菅沼くんを中庭に呼び出して。チエちゃんには知られないように〉

三分ほどで菅沼くんはやってきた。警戒しているからか、表情が冴《さ》えない。

「もうランチは済んだ？」と私は普段通りの調子で訊ねる。

「うん」

「チエちゃんとはうまくいってる？」

「たぶん。僕はそう感じている。何か言ってた？」

菅沼くんは立ったまま。私の横に腰を下ろさない。根も葉もない噂《うわさ》が立たないよう配慮しているのだろう。

「ううん。チエちゃんは何も」

「そう」

「タージが別人みたいになっちゃったけど、お祖母ちゃんが亡《な》くなる前に戻ったって感じ？」

「もっと前。小学校の低学年くらいに戻った」

「じゃ、もっとたちが悪いね」と私は冗談めかして言う。

「全く」

「菅沼くんはタージのことをどう思ってるの？」

「ただの腐れ縁だよ。友達でもなんでもない」

「でも大切な人なんじゃないの？」

「なんの冗談？」と笑い飛ばした。「ああ、そっか。中学時代の罰ゲームのことを気にしているんだね。あれは本当に嫌々やらされただけで、付き合っても何もなかった。手を繋いでもいない。本当だよ」

　チエちゃんからも同じようなことを聞かされている。同調圧力でジャンケンに参加せざるを得なかった。後出しなんかしていないのに、負けたリーダー格に言いがかりをつけられた。タージにはちゃんと謝って和解している。

「若気の至りって言葉で片付けられる黒歴史よね」

「そう言ってもらえると助かる」

「ところで、菅沼くんの黒歴史だけあまり黒くないのってなんでかな？　他のカナボウの被害者たちはどぎつい過去を暴露されているのに、菅沼くんだけは逃げ道がある。おかしいと思わない？」

　恋バナが大好きな女子を中心に批判が集まったものの、一ヶ月ほどで菅沼くんへのバッシングはおさまった。今ではすっかり風化している。みんな心のどこかでは『強制参加の罰ゲームじゃしょうがない』『断ったらイジメに発展しかねない』『よくある若気の至り』などと一定の理解を示していたのだろう。

「そう言われると変だね。けど、カナボウのデビュー戦だったから、様子見でインパクトの弱いネタにしたのかも」

「タージに訊《き》いてみていい？　『罰ゲームとは知らずに菅沼くんと付き合ったことある？』って」

　田嶋春月だった時には『よくわからない』と答えていた。自由に喋《しゃべ》れるようになった今はなんて言うだろうか？　でも訊くまでもない。答えは菅沼くんの顔に出ている。彼は虚《うつ》ろな目を足元に落とした。

「どうして自作自演なんてしたの？　自分の評判を落としてまでタージを守りたかった理由は何？」

「暇だったから」とぼそっと言う。

「暇？　今、暇って言ったの？」

「そう。暇。時間を持て余していたから、役割みたいなものがほしかったんだ」

「よくわからないけど、タージを守ることが役割だったの？」

　一年の時、菅沼くんとタージは別々のクラスだった。同じクラスならイジメから庇《かば》ったり、それとなく無口になった原因を説明したりできる。だが、他所《よそ》のクラスでは手出しするのが難しい。

　だからツイッターで自作自演を行ったのだろう。嘘の黒歴史をでっちあげつつ、みんながタージに同情的になる事実を盛り込んだ。下手したら始まったばかりの高校生活が台無しになるのに、捨て身で彼女を守ろうとした。

同じ高校に進学したのも、特進クラスに入ったのもタージを守るためなのかもしれない。なんでそこまでするんだろう？　それほどまでに大切な存在なの？

「正確に言うと、見守ること。けど、僕にもよくわからない。最初はもっとちゃんとした理由があった気がする。純粋だったり、邪《よこしま》だったり、ちゃんとした気持ちがあったのに、段々と薄れていって、残ったのは『役割を全うしよう』っていう義務感だけ。でもタージを見守っている時はラクなんだ。命令に従っているロボットみたいで」

「ちょっとわかるような気がする」

私も『悪を成敗する』という役割に没頭している時は、無心になれた。何も考えないでいい。インプットされた命令に従っていると、何故《なぜ》か自由を感じられた。不思議だ。一つのことだけに集中しているから？　日常には余計なものが多すぎるせい？

「ちょうどよかった。タージを見守る役割は終わった。役立たずは用なし」と菅沼くんは吹っ切れたように言った。「暇ができたから、スズさんが望むなら『僕が元祖のカナボウで、金木奉子以外はみんな偽者だ。アカウント名は漫画のキャラから拝借しただけ』って言って回るよ」

「違うことをお願いしたいの」

「何？」

「チエちゃんを哀《かな》しませることはしないでほしい」

彼の話からタージを見守る役割を誰かに与えられ、その人を敬愛していることが察せられた。役割を全うするためなら自分を犠牲にすることも厭《いと》わない。保守的な菅沼くんが自分への非難を意に介さずに危ない橋を渡るんだから、彼にとって特別な人に間違いない。

どういう人なのか詰問したり、彼を責め立てたりする役割は私にはない。でも私はチエちゃんの友達だ。偽りの友情で繋がっている部分もあるけれど、それでも友達であることに変わりはない。彼女が傷つく姿なんて見たくない。

「うん。わかった」

「お願いね」と私は念を押す。

「うん。大丈夫」

「話はそれだけ」

菅沼くんは体の向きを変え、歩き出す。数歩だけ進むと振り返った。

「マリッペのことはどうするの？」

「どうって？」

堀さんの自宅を訪ねて相合傘の写真をリークしたことを謝るつもりだ。だけど菅沼くんが私の愚行を知っているはずがない。どういう意図で質問したんだろう？

「まだ気づいていないみたいだね」

「何を？」

「僕を元祖のカナボウだと見破ったスズさんならそのうち気づいたと思うけど、マリッペの彼シャツ写真も自作自演だよ」

「嘘でしょ？」

そう言った私の声は滑稽《こっけい》に上擦っていた。

「この学校に敏腕の特定班なんて存在しない。みんな友達の情報を垂れ流しただけ。ということは、マリッペのＳＮＳを乗っ取れる生徒なんていないってこと。僕と同じように自分でリークしたんだ」

「なんでそんなことを？」

「さあ？　本人に訊くしかない。でもマリッペ自身もわからないかも。他人が『なんで？』って思うことも、本人には『説明する必要がないほど当たり前』ってことがある。当たり前すぎてわからないんだ」

みんな各々の『当たり前』を抱えている。私も菅沼くんも堀さんも。『正義』や『正しさ』という言葉に置き換えてもいい。誰も間違っていないから他人が正すことはできない。尊重し合うしかないんだ。

「マリッペのこと、あまり責めないでほしい」と菅沼くんが言いにくそうに頼む。「悪気があったとしても、本人にとっては当たり前のことだったんだ。僕も『なんでそんなことを？』って思われる側だから、なんとなくマリッペの気持ちがわかる」

私も、と口に出しかけたが呑み込んで「うん」と頷《うなず》いた。私たちだけじゃない。誰もが『なんでそんなことを？』って思われるものを内に秘めている。それも個性の一つなんだ。

第五章

# 今平智恵の強欲

スズさんは教室に戻ってくると、「チエちゃん、ルイちゃん、ごめん。吹部《すいぶ》の後輩とＬＩＮＥしてたら遅くなっちゃった。練習がきつくて辞めたいんだって」と言ってくたびれた顔を作った。いつもと変わらない様子だが、一人になって気持ちを切り替えられただろうか？

　彼女が中西さんの犯行を指摘したのは、罪人が自分のしたことを棚に上げて説教を垂れているのを見過ごせなかったからだ。正義感に駆られて声を上げたのに、裏目に出てしまった。まさか、中西さんが無抵抗で降参するなんて。

　きっとスズさんはあたふたと取り乱す罪人の姿を予想していた。そうなれば、男子たちが『ふざけんな！』『偉そうなことを言いやがって！』『よくも騙《だま》したな！』などと中西さんに非難を浴びせたはず。ところが、清々《すがすが》しく「今から罪を償ってくる」と言って教室中を唖然《あぜん》とさせた。

　悪いことをしたら謝る。誰もが知っていることだけれど、中西さんが犯した罪は重い。

その重さに比例する罰のことを考えたら、少しくらいは自首を躊躇《ためら》うものだ。なんで全く怯《ひる》まなかった？

私には理解できないことだが、中西さんの潔さは大部分のクラスメイトに感銘を与えた。自らの発言を行動で示したことで、彼女が訴えていた言葉に真実味が増したのだ。

スズさんによる摘発が中西さんの主張を後押しする形となるなんて、ひどい皮肉だ。

みんながさっと掌《てのひら》を返して中西さんに靡《なび》いたので、スズさんは肩身の狭い思いをしないではいられない。大槻先生もまるっと絆《ほだ》されているし、ルイちゃんも涙目になって先生の話を聞いていた。そんな教室じゃ居づらくて逃げ出すのも無理はない。

私は辛うじて踏みとどまっている。穴井先生への罪悪感が芽生え、贖罪《しょくざい》に大きく傾いているが、まだ完全には中西さんの色に染まっていない。怖いからだ。罪の重さに慄《おのの》いて足が動かない。前に進めない。

スズさんが翻意しているなら勇気が湧《わ》いてくるんだけど、どうなんだろう？　戻ってきた彼女から気負っている感じは受けない。リフレッシュして割り切ることができたのか、上品に闘争心を隠しているのか？

彼女が一人でも闘うつもりだったら、どうしよう？　裏切りたくないけれど、この胸にある罪悪感を払拭《ふっしょく》することはできそうにない。一緒になって闘う気概は湧いてこない。

「スズさん、昼ごはんは？」とルイちゃんが心配する。「あと二、三分で授業が始まっちゃうけど」

「五時間目が終わってからにする」

そう言うと、渋野くんや稲見くんたちのグループのところへ行き、「私たちは堀さんにも謝らなくちゃならないと思うの」と言った。ボス軍団から反対の声が出ることはなく、「じゃ、個々に手紙を書いて明後日までにシブかスズさんに提出ってことで。クラスのＬＩＮＥに流すよ」ということになった。

さすが、スズさん！　起死回生の一手に感嘆の溜息《ためいき》が漏れた。クラスでの彼女の立ち位置はあやふやな状態だった。中西と敵対していたスズさんはどっち側だ？　みんなと一緒に感化されたのか、中西の意志を継いだタージとも争う気か？　すぐに教室を出て行ったから徹底抗戦かも？

中には、『中西はいいヤツだったのにスズさんのせいで自首することになった』『きっと中西にも何か事情があったんだ』『みんなの前で中西の犯行を暴《あば》かなくてもよかったんじゃ？』などとスズさんのことを快く思っていない人もいただろう。そんな逆風が吹き荒れる中で、彼女は見事な一手を打ったのだった。

みんながなおざりにしていた堀さんの救済案を出すことによって、立ち位置を明確にすると同時に求心力を取り戻すことに成功した。一瞬にして、スズさんの柔軟性や慈悲深さや発想力の豊かさに尊敬の念が集まった。

本当にカッコいい。いつだって凛々《りり》しく振る舞い、鮮やかに問題を解決していく。そんな彼女にずっと憧《あこが》れを抱いている。一年の春からずっと。

スズさんを初めて見たのは体育の授業だった。隣のクラスとの合同授業。彼女を一目見た時から、自分とは住む世界が違うことがわかった。纏《まと》っている空気がキラキラと輝いていた。近づくには彼女が発行するパスポートが必要なんだ。そう思わずにはいられないほど彼女は眩《まぶ》しかった。

当然、キラキラ女子の周りには『私たちって無敵だよね』と言わんばかりの自信に満ち溢《あふ》れた顔が群がっている。他所《よそ》のクラスの生徒でも一見するだけで、一軍グループであることがわかる。

片や、私は三軍だ。入学したばかりだけれど、自分がどの階層にカテゴライズされるのかは見当がつく。顔がイケてなくてノリも悪い根暗は三軍が定位置。下にはオタクっぽい人が数人いるものの、彼女らは別の意味で無敵なので実質の最底辺は三軍だ。

戦力外と見なされるオタクの代わりに三軍がせっせとクラスの雑用をこなす。二軍はカーストのトップグループの盛り立て役で、一軍はボス軍団として踏ん反り返る。その暗黙のルールは高校でも適用されていた。

体育の授業が終わると、私のクラスも隣のクラスも一軍グループは片付けをせずに帰っていく。二軍はバレーボールを籠《かご》に集めている。ネットと支柱の撤去は三軍の仕事だ。先生も黙認している。

覚悟していたことだから不満はない。私は進んでネットのアンダーロープを解き始める。結び目が固くて苦労していたら、「みんなでやろうよ」という声が体育館に響き渡る。隣のクラスのキラキラ女子だった。穏やかな調子で一軍に呼びかけていた。

だが、いい子ぶりっ子特有のあざとさや生真面目《きまじめ》な学級委員タイプの堅苦しさは感じられない。とても自然だ。不注意な友達に忘れ物を届けるような言い方だった。ちょっと、待って。これ、忘れてるよ。

普段からフェアなものの見方をしているからなんだろう。公正の精神が染《し》みついていれば、息を吐くようにすっと注意できる。ほとんど無意識。周囲へのアピールや自己満足は全くない。

親切心からの注意なので仲間に不快感を与えない。取り巻きたちは自然な流れに乗って『そうだった。うっかり忘れてた』という具合に踵《きびす》を返し、片付けを手伝いだす。

言い出しっぺのキラキラ女子は私の隣に来て「私、握力はある方だから」とロープの結び目を手にした。険しい表情で指先をプルプルさせ、清楚《せいそ》な顔に似つかわしくない掛け声で力を込めた。

ロープが解けると、私は畏《かしこ》まった声で「ありがとう」と言う。

「感謝することじゃないよ」

「あの、名前は？」

「小野田すず。あなたは？」

「今平智恵です」

「よろしくね」

「はい！」

　なんて清らかな人なんだろ。混じり気のない目で最底辺の私をまっすぐに見る。彼女の麗《うるわ》しい瞳《ひとみ》に蔑《さげす》みは映っていない。そんなイケてる女子は初めてだ。まるで聖母のよう。すっかり心を鷲摑《わしづか》みにされた私はスズさんの信者になった。親しくなりたい、とは思わない。おこがましい。崇《あが》める対象で充分。体育の授業や廊下で挨拶《あいさつ》してくれるだけで幸せな気分に浸れる。ほんの少しでも会話できた時は、天にも昇る気持ちだ。

　スズさんを真似《まね》て私もトミーヒルフィガーのソックスを履き始めた。吹奏楽部に入っていることを知ればユーフォニアムに興味を持ち、登校中に彼女を見つけるとそっと背後について後ろ姿を眺め続けた。用もないのに音楽室やスズさんのクラスの前を行ったり来たりもした。

　でも熱狂的なアイドルのファンとは違う。あの人たちは喋《しゃべ》ったこともない赤の他人の虚像を追っかけているだけ。私はスズさんの内面を知って、心に触れて好きになった。

全くの別物だ。もちろん、ストーカーでもない。彼女に迷惑がかかることは何もしていない。ただただ陰ながら慕っているんだ。

六月の半ば、百メートル走のタイム測定の順番待ちをしていると、後ろから「スズ、マジ？　理系クラスにすんの？」「うん。将来、研究職に就きたくて」という会話が聞こえてきた。仲間たちは口を揃《そろ》えて心配する。女子が数人しかいない理系クラスは悪名高い。いい噂《うわさ》を耳にしたことがない。

数の暴力が横行し、女子に人権はない。男子が我が物顔でクラスを牛耳る。男子校みたいにすぐにパンツ一丁になる。セクハラ用語が公用語。正論や理屈が通じない無法地帯と化す。

理系の大学や専門学校を目指す女子には地獄のような二年間となる。だけどスズさんと同じクラスになれるなら、悪くないかも。文系と違ってクラス替えがないので、卒業までずっと一緒の教室にいられる。

二年生に進級する時、理系を志望する生徒は成績を基準にして二つのクラスに分けられる。特進クラスと一般クラス。上から四十番目くらいまでが区切り。

おそらく研究職を志すスズさんは特進クラスを目標にしている。中間試験で平均点をとるのがやっとだった私じゃ、一般クラスですら定員オーバーで入れない可能性がある。猛勉強しなくちゃ。

それから私は必死になって机に向かった。学校でも家でも学ぶためだけに椅子《いす》に座った。一瞬たりともぼーっとしない。先生の言葉を一言一句聞き逃さないよう耳をそばだて、内容の理解に脳みそをフル回転させた。家に帰ってからも夜遅くまでその日の授業の復習に励んだ。

その甲斐《かい》あって成績はぐんぐん上がり、特進クラスに入ることができた。当然、スズさんも上位四十番目までにランクインしていた。これまでの人生でこんなに頑張ったことも、努力が期待通りに報われたこともなかった。やればできる。ちゃんとうまくいくんだ。成功体験が私を活気づけた。

私が思い描いた通りにスズさんは女子みんなで団結しようとした。理系クラスの女子は一軍も三軍もない。まとまらないと多数派の男子に蹂躙《じゅうりん》されてしまう。私ともＳＮＳのアカウントとＬＩＮＥのＩＤを交換してくれた。憧れのスズさんと繋《つな》がれるなんて、夢のよう。

話しかけてくれるだけでも途轍《とてつ》もなく畏《おそ》れ多いことなのに、鬼頭瀬令奈は「私のことはほっといて」と一匹狼《いっぴきおおかみ》を気取った。不躾《ぶしつけ》な態度に腹が立ったが、考えようによっては『ライバルが減った』と捉《とら》えられる。残りは、片山瑠依と田嶋春月と堀まりあ。

順当にいけば、親衛隊の二番手にはなれそう。愛らしい顔をした陽キャラの堀さんには逆立ちしても敵《かな》わないが、あとの二人ならどうにかなる。どっちも私よりも陰キャラ。

遅れをとることはないだろう。

スズさんは一匹狼以外の女子と積極的にコミュニケーションをとる。平等に話を振る。心待ちにしていたことなのに、私は会話を弾ませることができない。恐縮のあまりガチガチになってしまう。それに加えて、元から口下手だ。

このままじゃ『ノリの悪い子』『話してもつまらない』と思われ、二番手の座が危うくなる。場合によっては、『無口な田嶋さんの方がマシ』と最下位が確定することもありえる。どうにかしなくちゃ。クラス替えをした時は最初が肝心。早くしないと私のポジションが決まってしまう。

悶々《もんもん》と頭を悩ませた末に、スズさんのＳＮＳに活路を求めることにした。一年の時は『小野田すず』をネット検索しても、鍵《かぎ》がかかっていてＳＮＳを閲覧できなかった。だけどアカウントを交換した今は見放題。ネット上では『友達』と承認し合った仲だ。

目を皿にしてパソコンのモニターと向き合い、彼女のＳＮＳを隈《くま》なくチェックする。趣味や好みを把握し、関心があることや悩みをピックアップし、家族関係や交友関係の相関図を作った。スズさんのツイッターのフォロワーの中で閲覧可能な人のことを探り、彼女とのやりとりを参考にした。

そして学校でさり気なくスズさんの好きなバンドやコンビニスイーツのことを話題にして「それ、私も好き！」を引き出したり、彼女がお気に入りのインスタグラマーやユーチューバーの話をふってきた時に「私もフォローしてる！」と偶然を装《よそお》ったりした。でも無理に話を合わせてはいない。私も本心からいいと思っているので、偽りの共感ではない。不思議なことに、スズさんが好きなものはすんなり心に沁《し》み込むのだ。サビしか聴いたことがなかったけど、こんないい曲だったんだ。これって意外と美味《おい》しい。インフルエンサーってスゴいな。企画が斬新でおもしろいからフォローしよう。そんな具合に私も好きになっていった。スズさんと感性が近いのかもしれない。ただ、親近感を覚えたことに有頂天になっている暇はない。のんびりしていたら、すぐにネタ不足に陥って話題が尽きてしまう。もっとスズさんの情報を集めなくちゃ。どのＳＮＳも始めたのは高校に入ってから。中学時代は何にハマっていたんだろ？　彼氏はいたのかな？

　好奇心にも衝《つ》き動かされた私はスズさんの過去を調べ始める。彼女の出身中学の名称は知らないけれど、最寄り駅はわかっている。その駅周辺にある中学校を一つずつ検索にかければいい。

　ネット掲示板、生徒のＳＮＳやブログなどがヒットする。膨大な情報の中からスズさんが在学中の期間に絞り、その間に書き込まれたこと、更新されたことを片っ端から探っていく。

　しかし『小野田すず』の情報はどこにもない。なんで？　あんな天使みたいな子がトピックに上がらないわけがない。羨《うらや》んだり憧れたり恋心を抱いたり、人によっては妬《ねた》んだりするもの。

現に、クラスのマドンナ的な女子に関する書き込みはちらほらある。どうしてスズさんは取り上げられない？　ひょっとして高校デビュー？　根暗だった？　私みたいに？　オタクだった可能性も？　それで、学区外から通うことに？

これ以上は探らない方がいいかも。そう思いながらも指はリズミカルにキーボードを叩《たた》き、軽快にマウスを操る。範囲を三軍やオタクにまで広げて調べていった。

ふと、スクロールしていた人差し指がぴたっと止まる。

『比嘉美寿々』

時々、出てくる生徒の名だ。なんでも、その生徒の父親と担任の教師がダブル不倫したらしい。そんな低俗な情報は求めていない。「不倫って最悪だよね」「裁判官にもモラルがない人っているのかな？」と話題に出しても大して盛り上がらない。

そう思って流し読みしていたが、『美寿々』という名に引っかかった。スズさんと一字違い。気になって改名について調べてみると、簡単な手続きで変えられることがわかった。ひょっとしてひょっとすると？

これまでスズさんの口から父親の話を聞いたことがない。母親のエピソードだけ。両親が離婚して『比嘉』から母親の姓『小野田』になり、画数占いか何かの都合で下の名前も変更したんじゃ？

　私の推理を裏付けたのは、比嘉美寿々の父親のフェイスブックだった。『ノート』の機能を日記代わりにしているのだが、去年の六月十九日のタイトルが《今日は娘の十六歳の誕生日》だった。スズさんと同じだ。彼女のプロフィールはしっかり頭にメモリーしているので、瞬時に答え合わせが完了した。

　父親の日記は九割がた懺悔《ざんげ》の言葉で埋め尽くされている。目を通す前は、『担任の名前ともども掲示板に晒《さら》されているのに、よくアカウントを削除しないでいられる』『非公開にもしないんだから、図太い神経をしている』と呆《あき》れていた。でも父親は元妻と娘に謝罪をするために、和解できる日のことを夢見て公開しているのだ。

　直近の日記にも悔恨の念が綴《つづ》られているので、まだ雪解けには至っていないようだ。当然と言えば当然だ。謝って済む問題じゃない。家庭を壊したんだ。それも娘の担任とのダブル不倫で木《こ》っ端《ぱ》微塵《みじん》に粉砕した。そんな仕打ちをしておいて《許してほしい》なんて虫がよすぎる。

　自分のお父さんに同じことをされたら、私だって許さない。どんな謝罪の言葉も聞きたくない。二度と顔も見たくない。絶対に死ぬまで憎んでやる。そう憤慨したと同時に、あるアイデアが頭に浮かんだ。同じような経験をしたら、もっとスズさんと共感し合えるんじゃ？

　もちろん、自分のお父さんが不倫するように仕向けることなんてできない。嘘《うそ》でいい。落ち込んでいるふりをして、スズさんが「どうしたの？」と心配してきたら、「お父さんが浮気してるっぽい」という作り話をすればいいんだ。

　スズさんを救うためだ。彼女は「実は私の父も……」と打ち明けてくれないかもしれないが、同じ境遇の人が近くにいるだけで気持ちは安らぐと思う。一人で苦しまないでほしい。彼女の痛みを共有したい。痛みだけじゃなくあらゆることを分かち合いたい。一心同体になれるなら、悪魔に魂を売ることだって厭《いと》わない。

　一心同体。それが全ての行動指針となっていた。スズさんが好むものを私も好み、望むものを私も望み、疎《うと》むものを私も疎み、愛するものを私も愛し、憎むものを私も憎む。

　だから穴井先生と堀さんの熱愛が発覚した時は、私たちは誰よりも腸《はらわた》が煮え繰り返った。二度目だ。まだ傷口が塞《ふさ》がっていないのに、また担任が不適切なことをしでかした。なんてことをしてくれたんだ！　蘇《よみがえ》った忌《い》ま忌ましい記憶ごと叩き潰《つぶ》してやる！

　担任が自殺したあとも、嫌悪《けんお》感《かん》を募らせた。死んでチャラになると思ってるの？　甘いよ。大人ならもっとちゃんとした責任のとり方をして。死ぬなんて簡単じゃん。現世で重い罪悪感に苛《さいな》まれ続けるよりもずっと手軽。ラクな方に逃げただけ。卑怯者《ひきょうもの》！

　傍若無人な転校生が現れた時も、私たちは憎悪の炎を燃やした。なんてタイミングの悪さだ。ようやくクラスが平静を取り戻しつつあったのに、中西さんが好き勝手に引っ掻《か》き回す。このままじゃ元の木阿弥《もくあみ》になってしまう。秩序を重んじないヤツは敵だ！排除しなければ！

強い危機感から私はユータくんに情報収集を頼んだ。彼の母親から得た「離婚して苗《みよう》字《じ》が『アック』だか『アクツ』だかに変わったらしい」というネタを基に、『阿久津美紀』を特定することができた。

その過程で転校前の高校のネット掲示板や在校生のSNSから心中事件のことを知った。それを利用しない手はなかった。『金木奉輝』というアカウント名を作り、カナボウのふりをしてクラスに拡散した。一回こっきりならそうそうバレやしないだろう。

そんなふうにしていくつもの罪を重ねた。勘違いしていたのだ。スズさんだったらきっとこうする。私たちは心が結びついているんだから確かめるまでもない。彼女も『正義を貫くためなら多少の犠牲はしょうがない』と覚悟している。スズさんの代わりに手を汚しているんだ。彼女の気持ちに寄り添えるのは私しかいない。そう思っている時はスズさんと繋がっている気がした。

大槻先生の「人の心は誰にも見えない」という話を聞いて、やっと目が覚めた。私は一方的にスズさんと心を重ね合わせようとしただけで、繋がってなんかいなかった。勝手な思い込みで彼女のキャラクターを作り上げておきながら、『スズさんのため』を口実にして責任を擦《なす》りつけていたんだ。

なんでそんなことをしたんだろ？　遠くから眺めているだけで満足していたじゃないか。敬虔《けいけん》な信者らしく手を合わせて拝んでいればよかった。ううん、違う。敬虔でも信者でもない。私は最初からずっと指を咥《くわ》えて物欲しそうに見ていたんだ。あんなふうになりたいって。

空虚な高望みだ。いくら手を伸ばしても届かない存在であることはわかっていたはず。でもスズさんのそばで同じ空気を吸っていると、自分の人生が鮮やかに塗り替えられた心地になる。親戚《しんせき》の披露宴で着たレンタルドレスのように、私を一つ上の人間へと押し上げてくれる。

もっと距離を縮めたら、もう一段階上へ行けるんじゃないか？　更に近づくと、もっともっと上へ。高みを目指し続ければ、いつかは同じところに立てるかもしれない。彼女のそばにいると、そんなふうに思えたんだ。

スズさんみたいになりたくて、彼女の真似をした。同じ音楽を聴き、同じものを観《み》て、彼女が好きなブランドの服を買い集め、髪型やメイクをお手本にし、話し方や笑い方をコピーしたりした。だけどどんなに彼女の後を追っても、私は私のまま。そしてスズさんはスズさん。一つにはなれなかった。

今になって思えば、私は彼女のパーソナルな部分に触れて親近感を覚えたのだろう。普通の女子高生と変わらないところもある。そうホッとして親しみを感じればよかったのに、『私にはスズさんと近しいところがある。頑張れば追いつけるかも』と勘違いした。どうして普通に『友達になりたい』って思えなかったんだろ？

　電車の発車を知らせるメロディーが流れだしても、ユータくんの足は動かない。ホームの屋根を支える柱のように微動だにしない。なんで乗らないの？　話の切りは悪くなかったし、別れがたいほどいい雰囲気でもなかった。むしろ、今日はずっと空気が重い。

　中西さんの自首や穴井先生への罪滅ぼしのことが頭にあるから？　小学校の同級生だったユータくんはショックが大きいはず。贖罪の気持ちも多少はあるだろう。積極的に担任のバッシングに加わったり、自殺を笑い種《ぐさ》にしたりはしなかったが、見て見ぬふりをした責任は感じているに違いない。

　でも彼が浮かない顔をしている理由は他にもあるような気がしてならない。私に疑いの目を向けているのかも。下校中ずっと確認するタイミングを窺《うかが》っていた？

　上り電車がホームから出て行くと、ユータくんは覚悟を決めたように私の顔を見つめる。そしてゆっくりと口を開こうとする。

「そういえば」と私の口が意思に反して動く。「中西さんのお母さんの苗字、私以外に話した？」

　防衛機制が働いて予防線を張ってしまった。心が失うものの大きさに慄いているんだ。

どうしても潔くなれない。ユータくんにだけは軽蔑《けいべつ》されたくない。彼に『チエちゃんがリークしたせいで心中事件が知れ渡って、中西さんが自首することになった』と言われたら、私の心はこの場でへたり込んでしまう。

　機先を制された彼は戸惑うものの、気を取り直して「いや、誰にも」と言う。

「そうなると、私かユータくんのどっちかがカナボウだね」と冗談交じりに言う。

「僕じゃないよ」

「じゃ、私だ」

「タージも旧姓を知っている可能性があるよ。それに、敏腕の特定班なら『アック』や『アクツ』を知らなくても、ダークウェブとか使って心中事件まで辿《たど》り着けるんじゃないかな」

「それもそうね」

「誰がカナボウでもおかしくないよ。鬼頭さんの容疑が晴れたことで、どの生徒も等しく疑わしい」

　論理的に自分と私への疑惑を薄め、『不特定多数のうちの一人』と位置づけた。でもどことなく白々しい。全てを見通しているような。ただ、泳がされている気はしない。あえて、踏み込まないようにしているのかも。

　彼のそういうところ、嫌いじゃない。私に無関心だったり、億劫《おっくう》がったりしているのとは違う。自力で乗り越えろ、と奮起を促しているわけでもない。ユータくんは近くも遠くもない場所で待っているだけ。

　私が大きな目標を掲げても、弱音を吐いても、成功に浮かれても、失敗に凹《へこ》んでも、不完全燃焼に終わっても、ただただ待っている。どこかへ行くことも、待ちくたびれて不《ふ》貞《て》腐《くさ》れることもない。いつも、いつまでも私にちょうどいい距離感を保ってくれる。けど、この居心地のよさに甘えちゃいけない。ユータくんと一緒にいたら、ずっとずっと往生際《おうじょうぎわ》の悪いまま。前に進めない。

「もう別れよっか」と私は軽い調子で切り出す。「って言うか、別れたい」

「そっか。しょうがない。いつふられてもいい心の準備をしていた。僕はこれといったストロングポイントがない男だから」

　ドライな反応は予想通りだ。ユータくんは縋《すが》りつくような真似はしない。でも彼の目《め》尻《じり》から涙が流れ落ち、右頬を伝う。すぐに左頬にも透明な線が走った。

「なんでよ？」と虚を衝かれた私はまごつく。

「ごめん。覚悟はしていたんだ。けど、いざ別れ話をされたら『惜しいな』って思えて、ひどく寂しくなって堪《こら》えきれなかった」

　何よ、『惜しいな』って。失礼じゃない！　そんな文句で引き止められる女なんているると思ってんの！

「そういう、人を小バカにしてるところが嫌なの。いっつも斜に構えて余裕ぶっこいて、なんでもお見通しって態度もムカつく。無駄な背伸びばっかしてる私のこと、見下してるんでしょ。無意味な努力なんてしない自分は利口って顔に書いてある。怠け者のくせに。ぐうたら男は『怠惰の罪』がお似合いよ」と私は湧き上がってくる言葉を次々に吐き出していく。「元々、好きでもなんでもなかった。恋バナの流れで自分と同じくらいの顔面偏差値の男子を選んだだけ。二軍の男ならギリ妥協できるし、黒歴史の前科者だから他の子とかぶらないし。だから全然タイプじゃな……」

下り電車の到着を知らせるアナウンスが流れ、我に返る。私の喚《わめ》き声がたくさんの視線を集めていた。ユータくんは手の甲で涙の痕《あと》を消す。周囲の反応はまるで気に留めていない。落ち着き払っていて何事もなかったよう。またイラッとした。

「チエちゃんが望むなら、僕は大槻先生にワン切りしない」

その文句はずるい。さっきの『惜しいよ』がひどかった分、余計にずるいよ。

「急がないでいいと思うんだ」とゆったりと続ける。「人にはそれぞれのペースやメソッドがある。時間をかけて少しずつ償ってもいいし、罪を背負い続けることが贖罪になる人もいる。クラスみんなで足並を揃える必要はない。チエちゃんがまだ心の準備ができていないなら後回しにすればいい。一人で背負いきれないなら僕も手伝うよ」

ユータくんはどこまで気づいているんだろ？　私の真っ黒な心を何から何まで見透か

して？　それとも、『なんか抱えていそう』くらいの勘？

「今すぐ返事しないでいいよ。今夜、ワン切りのリミットの五分前までに連絡してくれれば」

心が揺れる。彼の優しさは私にちょうどいい。決して『何かあったの？』『いつもと様子が違うけど大丈夫？』『遠慮せずになんでも打ち明けてよ』とかは口にしないけれど、私はそういう温かさを求めていない。

ユータくんはちょうどいい時に止まり木になってくれるんだ。私が『もう飛べない。どこかで翼を休めたい』と思う時に、必ず止まりやすい小枝を用意している。丈夫な巣や立派な鳥小屋じゃなくていい。ちょっと一息つける小枝がいいんだ。

じわじわ『惜しいな』が胸に響いてくる。そう思われるのも悪くない。ううん、私にはもったいない文句だ。

「私も、惜しいなって思った」が口から零《こぼ》れる。

しかし電車の風切り音に掻き消されたようで、ユータくんは『なんて？』という顔をする。聞こえなくてよかった。本当に惜しんでいても、口にしちゃいけない言葉だった。

私の背後に電車が停止し、ドアが開く。

「連絡しない。だから、待たないで」と言うと、ホームから飛び立った。

彼に背中を向けて吊《つ》り革に掴まる。心の端っこでユータくんの手が肩に伸びてくることを期待している。そんな自分にうんざりする。彼を巻き添えにしたくないんじゃなかったの？

私は『強欲の罪』で裁かれる女。私なんかと付き合っていたら、彼にまで白い目が向けられてしまう。だから終わりにしたんじゃないか。

ドアが閉まると淡い期待は消える。でもユータくんの視線を感じる。きっとホームに留《とど》まって私のことを見ている。今までもそうだった。電車が動き出しても、目で追った。みるみる二人の距離が広がって視線が合わなくなっても、彼はじっと見送り続けた。

私はドアの窓ガラスにへばりついて小さくなっていくユータくんの姿を見るのが好きだった。最後の最後まで背中を向けない彼のことが好きだった。でも今は見られない。振り返れない。これは私が受けなければならない罰だから。

家に帰ってからもスマホが気になってしょうがない。どうしてもユータくんからのＬＩＮＥを期待してしまう。なんで《考え直してほしい》というメッセージが届いた時のことをあれこれ考えるんだ？　もう終わったことだ。

退路を断つために大槻先生にワン切りの電話をかけた。これで前に進むしかなくなった。後ろのことを気にかけないでいい。そう踏ん切りをつけたのに、一分もしないうちにスマホに未練がましい視線を送っていた。

どうしようもないので、電源を切ることにした。そして堀さんへの手紙に取りかかる。勉強机の引き出しからレターセットを取り出し、ボールペンで便箋《びんせん》の一行目に『堀さんへ』と書く。だが、二行目に進めない。手がぴたりと止まる。

わだかまりがあるからだ。何も知らないなら、中西さんに言われたままに『何か事情があったんだ』と考慮できる。だけど堀さんから恋愛相談を受けていた私は知っている。

彼女は、『嫉妬《しっと》の罪』にまみれた性悪な女なのだ。

男と女は目の造りが違うようで、男子には堀さんが天然っ子に見える。女子の瞳にはぶりっ子にしか映らない。露骨に媚《こ》びている姿に眉《まゆ》を顰《ひそ》めないではいられない。だけど男子のいないところで横暴に振る舞ったりはしないので、そんなに目くじらを立てることではなかった。

女子の前でも明るくて元気な子だ。ちょっと独り善がりなところがあるものの、理系クラスでは男子から人気が高い女子は緩衝材に打って付け。クラスのお姫様として祭り上げておけば、教室の秩序は保たれる。

スズさんに「下が平仮名だから『堀まりあ』って政治家の名前みたいだね。人を惹《ひ》きつけるカリスマ性もあるし、日本初の女性総理大臣になれるかも」と煽《おだ》てられると、彼女は調子づいて学級委員に立候補した。対抗馬は出なかったので、すんなり当選して愛《あい》嬌《きょう》のみで男子たちを束ね上げた。

男ウケのいい顔の子はやることなすことが可愛《かわい》く思われて得だ。私が言ったら暴言になる言葉も、堀さんの口から出れば男子の耳には心地よく聞こえる。どんな粗相をしでかしても、誤魔化し笑いで簡単に切り抜けられる。なんとも不公平な世の中だ。

クラスのお姫様に甘い顔をしない男は穴井先生だけだった。男子生徒も他の男性教諭もみんな贔屓《ひいき》する。男子たちのように『マリッペ』と愛称で呼ぶ先生もいる。だけど私たちの担任は手心を加えない。羽目を外しすぎた時にはきちっと叱《しか》る。

そういう扱いが新鮮だったのか、プライドに障《さわ》ったのか、彼女は「どうしたら穴井先生を虜《とりこ》にできるかな？」と私に訊《き》いてきた。私を相談相手に選んだのは、クラスの中で彼氏がいる女子が他にいないからだろう。

でも私には恋する乙女にアドバイスできるほどの経験値はない。たまたま運よくユータくんと交際できただけで、恋愛観はまだまだ薄っぺらい。その上、私はスズさんの信者だからモラルに反する恋愛は応援できない。堀さんは完全に相談する相手を間違えた。

彼女は「ここだけの話だよ」としつこく口止めした。そんなに言わなくても漏らす気なんてない。クラスのお姫様の機嫌を損なうのはリスキー。堀さんが男子たちに『チエちゃんが秘密をバラした』と泣きついたら、私は総スカンを食う。更には、男子と女子のパワーバランスが崩れるおそれもある。

一人で対処する他ない私はストッパー役に徹することにした。やんわりと「穴井先生に迷惑がかかるから、アプローチするのは卒業後にしたら？」というようなことを言い続ける。そのたびに快活な同意を得られるのだが、決まって堀さんは『言うことを聞くから私の要望に応《こた》えて』的な取引を行う。

穴井先生に彼女がいるか確かめて。私と先生のツーショット写真をさり気なく撮って。先にチエちゃんが先生に壁ドンをおねだりして、私はあとに続くから。今度は腕を組んだ写真がほしい。連係プレーで先生のスマホを奪って着信履歴をチェックしよう。

それを糧《かて》に恋心をセーブしてくれるなら、と思って私は取引に応じ続けた。十一月、十二月と二ヶ月間、なんとか宥《なだ》めすかしながら私にできる範囲で彼女の恋を応援した。

だが、要求は日に日にエスカレートしていき、ついには「先生のうちに押しかけよう。本当に一人暮らしなのか、女の影がないかチェックしなくちゃ。プライベート用にスマホを二台持ちしてる可能性もあるし」と言ってきた。

「それはマズくないかな」

「大丈夫。先生から年賀状が来たから、住所はわかってる。けど、引っ越しちゃうかもしれない。早い方がいいよ」

「住所のことじゃなくて、ご近所さんの目を心配したの。変な噂が立ったら、穴井先生がクビになっちゃう」

「だからチエちゃんを誘うんじゃん。二人なら怪しまれないよ。教師が女子生徒二人を自宅に連れ込んで淫《みだ》らなことをしてるって思う人なんて、ド変態しかいないって。チエちゃんは神経質になりす……」

　階段を上ってくる音が私たちの会話を中断させた。どんどん近づいてくる。でも堀さんが大きめの咳払《せきばら》いをすると、二人分の足音が下っていった。

　堀さんとの密談は主に登校時間のピークの三十分前、屋上に出るドアの前で行われる。一つ下の階から死角になっていて、施錠《せじょう》されているドアに用がある人はいない。だからここは内緒話の人気スポットになっている。

　トイレと同じで早い者勝ちが暗黙のルール。先客がいるとは知らずに上ってきたら、咳払いや実のない会話で『使用中』をアピールするのがマナー。そうすればすぐに引き返していく。順番待ちやノックのような催促はタブー。

「チエちゃんはド変態なの？」と堀さんが声を潜めて話を再開させる。「あっ、わかった。盛りがついちゃってるんだ。それで、エッチなことばっか想像しちゃうんだね」

「そうじゃない。万が一ってことが心配なの。本当に先生がクビになったら学校で会えなくなるんだよ。嫌でしょ？」

「そうなったら、世間の目を気にしないでデートできるメリットがあるじゃん。逆にラッキーなことかも」

さらりと言ったことにびっくりした。なんで少しも悪びれないの？　堀さんのせいでクビになるんだよ。仕事がなくなるって大変なことなのはわかってるよね。デート代は誰が払うの？

「そんなに心配ならチエちゃんが男の格好でもすればいいんじゃない？　男女の二人組だったら担任の家に上がっても問題ないよ。そうだ。髪の毛もバッサリ短くしたら？　前から思ってたんだけど、チエちゃんってショートヘアの方が似合いそうだよね」

「そうかな」と気持ちを堪えて受け流す。「堀さんも似合うと思うけど」

「私はダメだよ。ショートのヒロインなんて絵にならないじゃん」

「でも愛する人のために髪の毛を捧《ささ》げるって素敵じゃない？」

「やっぱり言い出した人がやるべきだよ。チエちゃんは先生がクビになるのが嫌なんだよね？　なら、ショートにできるじゃん」

「私にはそこまでする義理がない。ユータくんのためならベリーショートでもなんでもできるけど」

「私は気にしないんだけど、あんまりスガッチの惚気話《のろけばなし》はしない方がいいよ。人によっては、調子に乗っててキモいって思うから。あと、上から目線にも気をつけて。たまに『みんなには彼氏がいないじゃん』って感じが出ちゃってる」

惚気たわけじゃなかった。穴井先生のことが本気で好きなら髪の毛くらい短くできるよね、とそれとなく伝えようとしたんだ。それに、過去に仲間うちで惚気話のような恋バナをしたことがあるが、堀さんが興味深げに訊いてきたから話したまで。自分から進んで喋った覚えはない。

だけど浮かれていた可能性は否定できなかった。知らないうちに得意な顔になっていたのかも。だいぶ納得できないところもあるけれど、とりあえず「ごめん。気をつける」と言った。

「私に謝られても困るよ。なんとも思ってないんだから。スガッチくらいの彼氏じゃ自慢に感じないし」

「悪いけど、今回は協力できない。押しかけるなら一人で行って」

盛りがついたド変態。今の髪型は全然似合ってないよ。自分はヒロインであんたは脇《わき》役《やく》。惚気話がキモい。上から目線はやめろ。

自分のことなら何を言われても我慢できる。でもユータくんのことを悪く言うのは許せない。彼のことをよく知りもしないくせに、バカにするな！　見下してんのはそっちじゃん！　自慢して何が悪い！　自慢の彼氏なんだよ！

もう勝手にすればいい。どうなっても知らない。本当に大きなトラブルになったとしても、一人で責任持って解決して。熱愛騒動が起きてクラスが滅茶苦茶になっても構わない。どうにでもなれ。

「えー、チエちゃん、つれなーい」と言って口を尖《とが》らせる。「私たち『マリッチェ』じゃん。最強のコンビだったんじゃないの？」

「教室に行こう。みんなが登校してくる時間だから」

「もうちょっと大丈夫だって」

「先に行くね。トイレにも行きたくなったし」

「もう、意地悪しないでよ。ショートヘアの件はなかったことにするから。チエちゃんがボーイッシュになったら相対的に私の女子力が上がるって考えただけ。ホントにそれだけなの」

だけ？　なんで『悪気はなかったの』みたいな言い方ができるの？　私を踏み台にしようとしていたんでしょ。打算的なことを考えていたんだから、充分にあくどい。それなのに、『意地悪しないでよ』と口にした。どういう思考回路をしているの？

　本来なら、ショートヘアの件は勧めたことを謝り、言い訳に奔走するところだ。だけど、謝罪の言葉は一言も出てこないし、弁明は逆効果にしかなっていない。私の耳には、チエちゃんは引き立て役なんだから髪くらい切ってもいいじゃん、と聞こえた。

　きっと堀さんの根底には『私の恋を成就させるためなら、他人は喜んで犠牲になる』という考えがあるのだろう。だから私が怒っていることに全く気づいていない。踏み台や引き立て役はヒロインを盛り立てるために存在している。そう信じきっていれば、私の痛みや怒りなど蟻《あり》んこレベルだ。踏み潰しても感触はゼロ。

あまりの自分本位さに激情は掻き消された。経験したことのない恐怖に打ち震えていると、堀さんが「ケチ、ケチ、ドケチ」と吐き捨てるように言った。

「そう。心の狭い私じゃ力不足。別の人を当たった方がいいよ」

彼女のそばにいるのは危ない。二人きりになってはいけない女子だった。早く距離を置かなくちゃ。

「チエちゃんは駆け引きって知らないんだね。相手が近づいてきたら逃げる。逆に遠ざかったら追っかける。っていうのが人間関係の基本だよ。今、私が突き放したってことは、そっちのターンで歩み寄ってこなくちゃダメ」

「本当にごめん。穴井先生とのことは絶対に誰にも喋らないから」

「そうじゃないって」

イライラが声にも目にもありありと表れていた。

「実はね、ユータくんとうまくいっていなくて、人の恋愛を応援している場合じゃなくなったの」と私は嘘で切り抜けようとする。「自分勝手でごめんなさい」

「あー、なるほどなるほど。そういうことね。チエちゃんは私と先生をくっつけたくないんだ。そう考えると、全てが合点」

不意に核心を衝かれ、心臓が飛び跳ねた。

「そんなことない」

「言い訳、カッコ悪いよ」

「本当だって」

「焦《あせ》りまくった顔で言われても説得力なーい」

「これは誤解された焦りなの」

「もういいよ。安心して。私に大人の彼氏ができてもマウントなんてとらないから」

「えっ？」

「周りの目なんて気にしないでいいんだよ。そりゃ、穴井先生と比べたらママゴトみたいな恋愛になっちゃうけど、子供同士なんだからしょうがないじゃん。ないものねだりしちゃダメ。自分さえ『身の丈にあった恋愛をポジティブに楽しまなくちゃ』って思えれば、隣の芝生の青さなんてへっちゃらだよ」

　堀さんは何もわかっていなかったけれど、私はやっとわかった。単なるやっかみだ。私みたいなパッとしない女子に彼氏がいるのがおもしろくないんだ。見返したくて、マウントをとるために穴井先生に言い寄ろうとしている。

　私を相談相手に選んだ理由もわかった。至近距離で見せつけるのが狙《ねら》いだ。どう？悔しいでしょ？　私にかかれば大人の男を捕まえることなんて簡単なの。チエちゃんは小便臭い恋愛でもしてて。そうやって私とユータくんを見下したいんだ。

ただ、堀さんはほとんど自覚していない。本人はピュアな恋心から穴井先生を好きになった、と信じ込んでいる。私への嫉妬心にも気づいていない。時々、無意識に本心が口から出ているのに、彼女は何も疑問に思わない。

自分のことが可愛くて可愛くてたまらないのだろう。だから省みることができない。自分の中に邪悪なものなんて一撮《ひとつま》みもない。そう信じて疑わない人は最強だ。どんな正義も敵わない。逃げるしかない。

「私、まだ気持ちの整理がつかなくて、うまく割り切れないことが多くて、時間をくれないかな？　二、三日したら答えを出すから」

「いいよ。整理がつかなかった時は、先生んちには一人で行く。私の恋なんだから自分の力で切り開かなくちゃ」

やった。折れてくれた。静かに安堵《あんど》の溜息を吐き出す。

「私もトイレしたくなったから、もうお開きね」

「うん」と私は頷《うなず》き、並んで階段を下り始めた。

二人同時に踊り場に片足を着けた時、堀さんが「もし一人で行くことになっても、『チエちゃんのことで大事な相談がある』って言って上がり込む予定だけど、いいよね？」と何気なく訊く。

「私の相談事って？」

「ほら、一人でも二人でも、いきなり訪問してきた生徒をするするっと家に上げるとは限らないでしょ。だからそれなりの口実が必要なの。チエちゃんでもわかるよね？」

　不吉な予感が私の足を止めたが、彼女はそのまま下っていく。

「わかるけど、何を口実にするの？」

「チエちゃんちが離婚しそうってこと。浮気やらアル中やらで」

　私はドタバタと階段を駆け下り、堀さんの前に回り込んだ。

「どこで聞いたの？」

「ここで。時たまスズさんと二人でこそこそしてるでしょ。誰かの悪口とか言ってたら嫌だなって思って、注意しなくちゃって声を掛けようとしたら、たまたま離婚の話が耳に入ってきたの」

　たまたまなんかじゃない。足音を忍ばせて尾行し、盗み聞きしたんだ。

「誰かに喋った？」

「言葉に気をつけた方がいいよ。私じゃなかったら、『口が軽そうってこと？』ってキレちゃう」

「あっ、ごめん。つい心配で」

「聞かれたのが私でラッキーだったね。人んちのデリケートな問題を娯楽にするのは、芸能人だけでお腹いっぱい。クラスメイトの誰かが悪目立ちするなんて、チエちゃんだって我慢ならないでしょ」

自分以外の女子が注目を浴びるのが嫌なんだ。けど、穴井先生の自宅に上がり込む口実には喜んで利用する。どこがラッキーなんだ？　最悪な人に知られてしまった。

まだスズさんから『実は、うちのお父さんも不倫したことがあるの』と打ち明けられていないが、私の嘘によって親密度は上がった。嘘の相談をするごとに心の距離はぐんぐん縮まっていっている。あともう少しで過去を告白してくれそうなのに……。

かなりマズいことになった。堀さんを一人で行かせたら、私の嘘を更に膨らませて穴井先生に話しそう。真に受けて私の家庭に介入するかもしれない。私は両親と先生の前で『全部、嘘なんです』と白状するの？　そんなの、この世の終わりだ。

堀さんに『家庭のことを口実にしないで』と頼んでも無駄だ。私のことなんか捨て駒《ごま》としてしか見ていないんだから、私の親のことも平気で利用する。無残な死体をどんなに高く積み上げても、彼女の心には一粒の罪悪感も生じない。犠牲者へ感謝することもない。

結局のところ、堀さんと二人で穴井先生の自宅に押しかける以外に選択の余地はない。二日後、私は〈気持ちの整理がついた。一緒に行こう〉と堀さんにＬＩＮＥを送った。

突撃訪問の第一関門は、穴井先生が留守じゃないこと。だから事前に「今度の土日、家にいる日ってありますか？　お母さんの田舎から大量にミカンが送られてきたから、宅急便でお裾分《すそわ》けします」と言って、在宅している日時を押さえた。ついでに、その後に予定がないことも確認した。

第二関門は、家に上がること。私たちがインターホン越しに「ミカンの配送は嘘でした」「ごめんなさい」と言うと、先生は追い返そうとした。だが、「学校では相談できないことがあって、チエちゃんの家庭のことで」が決め手となり、オートロックの扉が開いた。

第三関門は、先生の動きを封じること。私が嘘の悩み相談で先生を引きつけ、その間に堀さんが部屋の中を物色する。私の働きぶりが突撃訪問の成否を左右していたが、ほぼほぼスズさんに話したことをなぞるだけなので容易な任務だった。

話し方のポイントは断言せずに『不倫してるっぽい』と濁すことだ。そうすれば、先生が面と向かって私の父親に説教するようなことは起きないし、いざとなったら『全部、私の思い違いだった』で済ませられる。

先生は「まだ確定したわけじゃないんだから、早まったことをしたらダメだぞ」「不安でたまらないと思うけど、お母さんを支えられるのは今平しかいないんだ」「頑張れ。先生はいつでも力になるから」などと励ます。私は適当な相槌《あいづち》を打ちつつ、慰められたふりをした。

堀さんは「ちょっと探検」と言って洗面所や浴室を調べに行き、先生に「勝手に触るな」「あちこち弄《いじ》るんじゃない」と注意されながらもリビングとキッチンをチェックした。それから「寝不足だからベッド貸してね」と甘い声を出し、長いこと寝室にこもった。ベッド周りが怪しい、と睨《にら》んだのだろう。片割れのピアスや長い髪の毛が出てくるといいけど。

悩み相談が一段落したところで、引き戸が開いて堀さんが出てきた。

「堀、ベッドの脇にある眼鏡のコレクションを弄ってないよな？」

「眼鏡くらい触ってもいいじゃないですか」

「わかってないな。眼鏡は顔の一部なんだ。他人に顔を触られるのは嫌だろ？」と言って腰を上げる。「ちょっとトイレに行ってくるから、もうおとなしくしているんだぞ」

「はーい」

先生がトイレに入った音がすると、私は小声で「どうだった？」と訊《たず》ねる。

「女の影がどこにもない。プライベート用のスマホも見つからない。クローゼットやベランダを調べても、女は隠れていなかったし」

堀さんの調査は空振りに終わったけれど、私は本棚が気になっていた。陸上競技の雑誌に交じって女性誌が数冊ある。三十代くらいのファッション誌。陸上競技の方は陸上部の顧問だから本棚に並んでいても不自然じゃない。けど、女性のファッション誌はなんのため？　誰が読むの？

堀さんは本棚には関心を示さずに、テレビ台に収まっているＤＶＤのラインナップをチェックし始める。一つずつ数えるようにして、右手の人差し指でジャケットの背表紙のタイトルに触れていく。

「観たいのがあったら貸すぞ」とトイレから戻ってきた先生が言う。「もちろん、レンタル料はタダで。今平も選んでいいぞ」

私もテレビ台の前へ移動する。右端から手に取って裏面のあらすじに目を通していく。大人の女性が好みそうな恋愛映画があれば、と期待したのだが当ては外れる。胸がキュンとしそうなＤＶＤは一本もなかった。

四十本ほどあった中で、私が耳にしたことのあるタイトルは数本だけ。マイナーな映画が好みのよう。やたらとＬＧＢＴを題材にしたものが多い。そういうことに関して意識が高いのかな？

「やっぱり教師って難しいテーマの作品に手が伸びるんですね。職業病みたいなものですか？」と私は訊いてみる。

「前に、『性の在り方』について悩みを抱える生徒を受け持ったことがあるんだ。初めてのことだったから、色々と考えさせられた。現代の教育では課題の一つと言っていい。ジェンダー系のＤＶＤは勉強になるかと思って、買い漁《あさ》ったものだ」

「そうなんですか」

「でも少しは恋愛の勉強もした方がいいんじゃないですか」と堀さんが割り込んできた。

「ちっとも女っ気がなくて、逆に心配になってきちゃいます」

「忙しくて彼女を作っている暇がないんだ」

「とかなんとか言って、ちゃっかり作ってたりして？」

「彼女がいたら滅多にない完全オフ日に、ミカンが届くのを楽しみに待っていないよ」

「それもそっか」

「本棚にある女性誌も何かの勉強のためですか？」と私は先生の顔を注視しながら質問する。

穴井先生に恋人がいれば、堀さんはあきらめがつくはずだ。表情に女の影が僅《わず》かでも浮かび上がったら、ぐいぐい追及していこう。

「若い頃に好きだったモデルが載っているんだ。つい惰性で買っちゃってさ」

顔色に変化は見られない。本心からの言葉なの？　それとも、嘘が上手？

「誰？」と堀さんが冷やりとしたトーンで訊ねる。

「内緒。学校でイジられたくない。腕毛だけで充分だ。『ウデツル先生』以外のあだ名はいらない」

「ここだけの話にしますって」

「子供の『ここだけの話』ほど信用できないものはない」

恋人が置いていったファッション誌なら、モデルさんの名前を隠したりはしなそう。伏せると益々《ますます》疑われる。嘘は塗り重ねるのが定石だ。私が恋人の存在を知られたくない教師だったら、雑誌を捲《めく》って適当に『この人』と指差す。そうするだけで簡単に追及を退けられる。

先生は何を言われても最後までひた隠しにした。「誰にも言いませんよ」「気になって勉強に身が入らなくなる」「ケチケチしないでよ」「一生のお願い」などの言葉が哀れに散っていった。堀さんはよっぽど知りたかったようで、あからさまに不満を顕《あら》わにした。先生の家を出てからもイライラしていた。

おかげで私は「よかったね。女の影がなくて」「女性誌の件はしょうがないよ。うちのクラスの男子はしつこくイジり倒すから」「堀さんのことを信用していないわけじゃなくて、慎重になっているんだよ」「私たちが家に行ったことがバレちゃうかもしれないし」とフォローしまくることになる。

でもお姫様のご機嫌は斜めのまま。別れ際になっても、まだすねた表情を浮かべている。さすがにげんなりしてきたので、彼女のクールダウンを時間に委《ゆだ》ねることにした。気分屋の堀さんは一晩寝たらケロッとしていることがよくある。

「じゃ、また学校で」と私は言って胸の前で小さく手を振る。

「なんかさ、先生といい感じだったよね」

「えっ？」

「チエちゃん、自分の役割わかってる？　どうしてキューピッドにならないかな？　まんま泥棒猫じゃん。私を出し抜いて先生に乗り換える気なら、彼氏にだけは話を通したら？　スガッチが見てたら泣いてたよ。あんな媚びた顔しちゃってさ」

私に対して怒っていたの？　背筋に悪寒が走った。

「そんな気なんてないよ。本気の相談じゃないから、先生に真剣味が伝わらないと作戦が失敗しちゃうから、困ってる演技をしていただけ。『いい感じ』なのも誤解。先生は私のことをかわいそうに思って、それで私への扱いが丁重になったんだよ」

「だったら、ぼさっとしないでよ。私たち『マリッチェ』なんだよ。コンビ名の下に『チエ』が入ってるんだから、上の『マリッペ』をしっかり支えないでどうすんの？」

「ごめん」

「相対的って言葉、教えたの忘れた？　先生の趣味をけなすとか、豪快にコップを引っ繰り返すとか、ゲップするとか、ニンニクを食べてくるとか、クソガキっぽく『いい歳《とし》して１ＬＤＫってみっちくない？』って言うとか、ちぢれ毛を見つけてはしゃぐとか、いくらでもできたじゃん」

「ごめん。先生を引きつけることで精一杯で、気が回らなかった」

「そういう問題かな？　チエちゃんってさ、ロケットの打ち上げ中継を観ている時に、『失敗しろ』って願う人でしょ。だから私の恋愛も心から応援できない。どっかでは『うまくいかなきゃいいのに』って思ってる」

　そんなことを願ったことは一度もない。でも堀さんが在学中に穴井先生と結ばれることは望んでいない。だから「応援してるよ。本当に」と言う声に力強さを込められなかった。

「ガチでそう思うなら、ちゃんと私をアシストして。服だってもっとボーイッシュにできたじゃん。髪をショートにしないんだったら、ユニクロでメンズものを買うくらいの熱意を見せてほしかった」

「ごめん。頑張りが足りなくて」

　スズさんとの密談を盗み聞きされていなければ、逆ギレして帰っているところだ。なんで私が自腹を切らなくちゃいけないんだ？　持っている服で最大限にボーイッシュなコーディネートにしたんだから、文句を言われる筋合いはない。

　それに、先生の留守を想定したのは誰？　私じゃん。ミカンの配送を口実にする提案をしたのも私だ。堀さん一人で押しかけていたら、待ちぼうけを食って終わったかもしれない。在宅していても一人じゃ門前払いされた可能性が高いのに、なんて図々しい子なんだ！

どんなに偉そうなことを言っても、私を妬《ねた》んでるんでしょ。悔しくてしょうがなくて、慌《あわ》てて穴井先生を好きになった。そんなのは恋なんかじゃない。堀さんの胸には一撮みの恋心もない。私への嫉妬心だけ。

「あとさ、スズさんに不倫の相談していたんだよね。なら、相談相手がどれくらい同情的になるかわかってるよね。すでに経験してることなんだから、『先生が優しくなるから堀さんの親が不倫してるってことにしよう』っていうアイデアくらい出してよ」

「ごめん。相手の反応を気にする余裕がなくて。親の不倫を人に話すのって精神的にしんどいの」

「あーあ、大失敗。親の不倫トークくらいで先生といい感じになれるなんて盲点だったわ」と彼女は平然と無神経なことを言ってのけた。「こんなことになるなら、チエちゃんの悩みを借りて私が先生を引きつける係になればよかった」

「けど、嘘で結びついたら、まやかしの愛にならないかな」

嫌味のつもりで言ったのだが、口に出した瞬間に自分に跳ね返ってきた。私とスズさんの関係はまやかし？　嘘の悩み相談で深まった親交はハリボテなのかも。

「まやかしの何が悪いの？　この世界に本当のことなんてないんだよ。知らない誰かが作った『本当』を押しつけられてるだけ。なら、嘘でも本当でも自分が楽しければいいじゃん」

堀さんの言う『本当』には『常識』や『ルール』の意味合いも含まれていそう。彼女の身勝手さには辟易《へきえき》しているけれど、自分の欲望に正直に生きているところは少し羨《うらや》ましい。堀さんのようにこの世に蔓延《まんえん》する『本当』を振り切ることができたら、どんなにラクだろうか？

次の金曜に堀さんは私に相談なしに単独でリベンジを行った。やっと矯正の器具が外れたんだから、これからは攻めまくらなくちゃ。私には理解しがたいことを根拠に穴井先生の自宅に押しかけた。

ところが、留守だった。「不意打ちで訪問する方がドキドキ感は増すじゃん」という狙いは外れ、自宅の前で健気に待ち続ける作戦に変えた。

でも冷たい雨に音を上げる。「二十分も耐えたんだから合格でしょ」を言い訳にして近くのファミレスに避難した。ホットティーで暖をとりながら穴井先生に〈大事な話があります。今、先生の家の前にいるんだけど、何時くらいに帰ってきますか？〉とＬＩＮＥを送った。

先生は〈すぐに向かう。一時間弱かかるから、コンビニとかで暖まってていいぞ〉と返したが、堀さんはファミレスにいることを伏せつつ、十五分置きに三回〈今、どこ？〉と現在地を訊ねた。そして先生が最寄り駅に到着する時間を把握すると、しっかり逆算してからファミレスを出る。

彼女の足は駅へ向かう。駅で待ち伏せた方がドキドキ感は増す、と閃《ひらめ》いたのだ。駅に着く直前には「雨に濡《ぬ》れた方が健気な感じが増すし、先生の傘に一緒に入れるじゃん」というアイデアが降ってきた。すぐにビニール傘を投げ捨てて雨に打たれる。

雨がコートの裏地にまで染《し》み込んだ頃に、穴井先生は現われた。びしょびしょの教え子に驚くと、堀さんは「ママと喧嘩《けんか》して家を飛び出してきちゃったから。不倫してるのはチエちゃんの親じゃないの」と言って嘘泣《うそな》きし、体をもたせかける。

待ち続けて冷えきった体、ずぶ濡れ、家出、親の不倫の悩み、傷心の涙。それらが先生の選択肢を狭める。残された手は、自宅に連れ帰るしかない。悪女の罠《わな》にまんまとハマったのだった。

「一人でも全然問題なかったよ」と堀さんが得意げに言う。「ちょっと機転を利《き》かせただけで、簡単に家に上がれた」

聞き手はあざとい手段の連続に食傷気味になっているのに、話し手は華麗な恋愛テクニックだと思って鼻高々で自慢している。全く『悪知恵』と捉《とら》えない。

自分の賢さを知らしめようと事細かく語るせいで、話の進行が非常に遅い。深夜一時過ぎの電話に出てから、かれこれ一時間。やっと話が大きく動き出した。

「そういえば、ガストから駅に行く時に、先生んちの近くを通ったんだけど、チエちゃんっぽい人がいた」

「私？」

「うん。いかにも『男装してます』って感じのマスク女子を見たの。チエちゃんじゃないよね？」

「違う。ユータくんと映画を観に行っていたし」

　変な疑いがかかると面倒だ。私は「ちょっと待って」と言ってから、アリバイになりそうな写真をＬＩＮＥで送った。映画デートの時に、いつも半券を二枚揃《そろ》えて記念撮影していてよかった。

　だが、堀さんは「この映画、評判よくないよね」と不機嫌な声になった。惚気に感じたようだ。

「それで、どうなったの？」と私は強引に話を元に戻す。「先生と、したの？」

「チエちゃんの頭の中ってエッチなことしかないの？」

「ちゃんと他のことも考えているけど、気になって」

　自宅に上げざるを得ない状況に陥《おとしい》れられても、着替えさせてから相談に乗ればいい。抱きつかれようがベッドに誘われようが、腕力の勝る大人の男が拒めないことはない。もし堀さんと淫らなことをしたのなら、それ相応の処罰を受けてもらう。淫行《いんこう》を働いた教師に教鞭《きょうべん》を執る資格はない。

　でもおおごとにするつもりはない。スズさんの耳に入ったら過去のトラウマに苛《さいな》まれることになる。徒《いたず》らに彼女を苦しめたくない。穴井先生に『学校には報告しないから退職届を出してください』と要求し、内々に処理しよう。

「気持ちはわかるよ。チエちゃんにとっては大事なことだもんね。けど、デリカシーがなさすぎ」

「ごめん」

「大体さ、一応チエちゃんだって彼氏がいるんだから、察してよ。男と女がああいうシチュエーションになったら、何も起きない方が不自然。訊くのは野暮よ。でしょ？」

「あ、うん」

　不自然なのは、堀さんのテンションがさほど上がっていないことだ。穴井先生と結ばれたのなら、ここぞとばかりにマウントをとる。嬉々《きき》として『あんなガキ臭い彼氏ができただけで、よく調子に乗れたね』と私のことをクソミソにけなすはず。

　拒まれたんじゃ？　先生に相手にされなかったのが恥ずかしくて見栄を張ってる？強がってるだけ？

「今後は気をつけた方がいいよ。女同士でもセクハラってあるんだから」

「うん。ごめん」と謝っている途中でＬＩＮＥの通知音が鳴った。

スマホを耳から離して確認してみると、堀さんからだった。通話しながら〈これで察して〉とメッセージを打ち、彼シャツ姿の写真を添付して送りつけるとは、小癪《こしゃく》なことをする。完全に翻弄《ほんろう》された。私は彼女の掌《てのひら》の上で転がされていただけだった。

それにしても、艶《なま》めかしい写真だ。嫌でも二人のベッドシーンを連想してしまう。一時間ほど前、電話の冒頭で『やっと矯正の器具が外れたんだから、これからは攻めまくらなくちゃ』と積極的なことを言っていたが、色仕掛けで先生をオトすなんて。

おそらく前々から計画していたのだろう。矯正中の歯だとキスしにくいからか、ラブシーンが絵にならないと思っていたのか、器具が外れるのを今か今かと待ち侘《わ》びていたのだ。

「恋が実ってよかったね」と私は上辺のみの祝福をする。

「よくないよ」

「えっ？」

「女がいたの。隠してたのよ」

「ホント？」

「こんなこと、嘘ついてどうするの？」と刺々《とげとげ》しい言葉が私の耳に突き刺さる。

堀さんの早とちりじゃないなら、なんてツラの皮が厚い男なんだ。生徒に手を出しただけじゃなく、二股《ふたまた》とは。とんでもない鬼畜だ。教育現場から追放するだけじゃナマぬるい。もっと厳しい社会的な制裁が必要だ。

「ごめん。けど、どうやって恋人がいることを知ったの？」

「やるべきことをやり終わったあと、先生がインスタント麺《めん》を作りにキッチンに行ったの。私はベッドでゴロゴロしながら余韻に浸ってたんだけど、物色しなくちゃって思い立った」

「この間、やり残したところがあったの？」

「前回は女の影。今回は黒歴史を見つけたかったの。ほら、男って主導権を握りたがるじゃん。年上でもあんまり偉ぶると百年の恋も冷めちゃうから、ウィークポイントを掴《つか》んで対等な関係に持ち込んだ方がいいでしょ。それに、今回は一緒に家に上がったから、先生にはヤバいものを隠す時間がなかった。どう考えたって、物色しない理由はないんじゃない？」

「そうだね」と無理やり同意して会話を先に進める。

「手始めに、クローゼットの奥の方を探してみたの。前回もちゃんとチェックしたんだよ。でもあの時は『恋人が隠れてないかな』が重点だった。なら、普通はざっくりとしか見ないじゃん。そのことに気づいて最初にクローゼットを調べるなんて、なかなかできないことでしょ」

「う、うん」

「で、探してみたら、奥に女モノの服がいっぱい掛かっていたの。ハイヒールの靴も出てきた。何足もよ！」とヒステリックに声を荒らげる。「私たち騙《だま》されたのよ！　恋人はいないって言ってたのに！　信じたのがバカだった！」

　二人で訪ねた時は、誰かと一緒に住んでいる様子はなかった。私たちがエントランスから先生の部屋まで移動する間に、急いで隠したのかもしれない。けど、今回は証拠を隠す時間はない。なのに、なんでクローゼットの奥にあったんだろ？

　もし半同棲《はんどうせい》していて、恋人の物はほとんど置いていなかったとしても、クローゼットの奥にしまうのは変だ。数ヶ月に一回の訪問なんてあるのかな？　それか、もう別れてる？　恋人はいらない服と靴を置いていったんじゃ？

「堀さん、まずは落ち着こう」と私は柔らかい言葉遣いを意識して宥めた。「先生に確かめたの？」

「問い詰めるまでもなかった。部屋に入ってきた先生は顔が真っ青になっていたから。口ももごもごしちゃってさ、滑稽《こっけい》だったよ。だから『今夜のことはなかったことにしましょう。お互いに忘れた方がいいですよ』って都合のいい女のふりして帰ったの」

「それでいいの？　動揺した先生をかわいそうに思うなんて人が好《よ》すぎるよ」

「違う、違う。動揺してる姿が滑稽だったから、じわじわいたぶることにしたの。心臓を一突きするだけじゃつまらない。指先からちょっとずつ刺していく方が色んな反応が見られるでしょ」

なんて女だ。弄《もてあそ》ばれたことがわかるなり報復に舵《かじ》を切った。寝首を掻《か》きやすくするために都合のいい女を演じたのだ。泣き寝入りする気など更々ない。どうやったら恨みを晴らせるか、何をすれば致命的な痛手を与えられるか、彼女の頭の中は復讐《ふくしゅう》しかない。

「チエちゃん、勝手な敵討ちはやめてね。気持ちはありがたいけど、ほとぼりが冷めるまではじっとしてること。仕返しは向こうが油断しまくってから。今やっても効果的じゃないの。だからグッドタイミングになるまでは、あの男を慕ってる演技をして」

「うん。わかった」

「けど、あいつの恋人の情報収集はしておかなくちゃいけない。服も靴もサイズが大きかったからデカ女だってことはわかってるんだけど、それだけじゃ全然足りない。マンションの前で張り込みしようと思うの。来週の土曜、空いてる？」

「うん。大丈夫」

ユータくんとデートの予定が入っているけれど、次の日にずらしてもらおう。堀さんにも色々と問題があった。褒められるような恋し方じゃなかった。でもだからといって教師が教え子を誑《たぶら》かしていい道理はない。それとこれとでは話が別だ。

猥褻《わいせつ》教師を野放しにはしておけない。犯した罪はきっちり清算してもらう。堀さんとは主義も思考もまるで違うが、『復讐しないと気が済まない』だけは一致している。だから喜んで協力する。助力を惜しまない。

しかし私たちに張り込みの土曜は訪れなかった。その週の月曜の夜に、穴井先生と堀さんが相合傘で寄り添って歩く画像が出回ったのだ。カナボウの仕業だ。今回は『金木奉華』だった。

スズさんが「バッシングが私たちにまで飛び火するおそれがあるから、しばらく堀さんと距離を置こう」と女子に働きかけた。反対する理由は一つもない。男子たちが暴動を起こしかねなかったので、コンビ『マリッチェ』は人知れず解散する他ない。

私は堀さんに連絡するのを控えていたが、彼女の方からもコンタクトをとってこない。私がカナボウに情報を漏らしたと誤解しているんじゃ？　復讐心から『今平智恵の父親は不倫してる！』とＳＮＳで拡散しないか心配だ。

おそらくカナボウは堀さんの恋心に勘付き、とくダネを得ようと穴井先生の自宅前で張り込んでいたのだろう。そうなると、カナボウの正体は堀さんと穴井先生を観察できる位置にいる人物だ。クラスメイトの可能性が高まる。やっぱり鬼頭さんか？　男装のマスク女子は鬼頭さんだったのかも。

同じ週の木曜には、堀さんがベッドで際《きわ》どい露出をしている写真と男モノのワイシャツを着た写真が出回った。彼シャツの方は《これで察して》のＬＩＮＥに添付されたものと同じだ。カナボウが彼女のＳＮＳを乗っ取って流出させたのだ。それ以外に考えられない。

その二枚の写真が動かぬ証拠となって、穴井先生は「体調不良で休職」という建前で学校から姿を消した。ずっと言い訳ばかりしてみっともない大人だった。心底見損なった。大人として教師として誠意のある対応を見せ、全面的に堀さんを庇《かば》ったのなら、少しはスズさんのトラウマの傷が癒《い》えたかもしれない。

それなのに、傷口に塩を塗り込むようなことしかしなかった。許しがたいなんてもんじゃない。反省の色が見えない不届き者には厳罰が必要だ。徹底的にやってやる。火に油を注いだのは向こうだ。燃やし尽くしてやるんだ。

肯定も否定もしない堀さんはふてぶてしく学校に通い続けたが、穴井先生が自殺した日から彼女の席は埋まらなくなった。自分が先生を好きになっていなければ、というような後悔が胸を過《よぎ》ったのだろうか？　あの堀さんにも罪の意識が芽生えるのか？　わからない。今、何を思っているんだろ？

三枚目の便箋《びんせん》もくしゃくしゃにしていたら、インターホンが鳴った。家にいるのは私だけ。一階まで駆け下り、リビングのモニターを確認する。田嶋さんが映っていた。

もう一度チャイムを鳴らすと、レンズに顔を近づける。彼女の口元がドアップになるや否やモニターが真っ暗になった。

私は泡を食って応答ボタンを押し、「何してんの！」と叫ぶ。すると、田嶋さんはレンズから離れた。

「私、田嶋春と言いますが、智恵さんはいらっしゃいますか？」

「私だけど、今インターホンに何してたの？」

「埃《ほこり》で汚れていたので、息を吹きかけてからティッシュで拭《ふ》き取っていたんです」

そう言って誇らしげに丸めたティッシュをレンズに向ける。

「なんの用なの？」

「内密の話があったんです。うっかり忘れていたので、すっ飛んできました」

「長い話？」

「お時間は取らせません」

「じゃ、ちょっと待ってて」

私は通話を終えて玄関に向かった。ドアを開け、門扉《もんぴ》のところにいる田嶋さんを「入ってきて」と呼ぶ。人に聞かれたくない話なら、家の中が安全だ。

「自転車が心配なので、ここを動けません」

彼女のそばに赤い自転車が停められている。このへんの治安はいい方なんだけどな、と思いながらも仕方なくこっちから近づく。

田嶋さんがうちに来るのは初めて。でも年賀状のやりとりをしたから住所は知られている。彼女はスマホを持っていないものの家にはパソコンがある。学校から帰宅してすぐに物忘れに気づき、パソコンで今平家への道順を調べ、自転車で激走したのだろう。

「ここまで来るの、大変だったでしょ？」

「はい。思いのほか遠くて、次から次へと夜空に星が瞬《またた》きだした時は、心細くてたまらなかったです」

　もう夜の八時前だ。

「その自転車、中西さんの？」

「よくわかりましたね！」と声を弾ませる。

「カワイイって評判になっていたから」

　私は見たことがなかったけれど、『転校生のチャリは赤くてごっつい』という話が耳に入っていた。

「ホントにカワイイですよね。後ろのナンバープレートにシリアルナンバーが入っているのも、オシャレで気に入っています。クローナンっていう名前なのは知ってますか？」

「ううん」

「スウェーデンの三人の学生がお小遣い稼ぎで始めたんです。陸軍から払い下げされた自転車を修理して販売したのが誕生のきっかけなんて、ロマンがありますよね。これはレプリカですが、クローナンは堅牢《けんろう》で安全性が高くてヨーロッパでは人気のメーカーなんです」

自転車のウンチクを語りに来たわけじゃないよね？　無駄話で油断させてから本題に入るつもりかも。見くびっちゃダメ。彼女は中西さんの意志を継いだ人。ただの天然ちゃんのはずはない。

本題はなんだろ？　もしかして中西さんは私がカナボウのふりをして『転校生は心中事件の生き残り』とリークしたことを察していた？　そのことを田嶋さんに伝えていたんじゃ？

まさか？　ネットに疎《うと》い中西さんじゃ証拠は押さえられない。ううん、鬼頭さんがカナボウじゃないことを見破ったんだから、並外れた鋭敏さを有している。とっくに私の尻尾《しっぽ》を掴んでいたのかもしれない。

直接的に中西さんを追放したのはスズさんだけれど、私がリークしたことを足掛かりにして自白まで持っていった。私のせいで中西さんが自首したようなもの。田嶋さんが恨んでいてもおかしくはない。敵討ちをしに来た可能性はある。

でなければ、お説教か？　元々は正義感の強い子だったらしい。生真面目《きまじめ》に『母親を失ったミキちゃんの気持ちを考えてください』『亡《な》くなった人の不名誉なことは広めちゃいけません』などと注意するつもり？

「そんな貴重な自転車なので、ミキちゃんに返却するまでは一瞬たりとも目を離せません。猫ちゃんたちは隙《すき》あらばサドルや籠《かご》に乗ったり、タイヤで爪《つめ》とぎを始めたりしますから」

「それで、用件は？」

田嶋さんはきょろきょろしてから声のボリュームを落とす。

「まだ誰にも打ち明けていませんか？」

「なんのこと？」

「もう隠さなくても大丈夫です。今平さんは心の揺れ動きが顔に出る正直者なので、私もすぐにわかりました。きっとミキちゃんもピーンと来ていたはずです。だから私をミキちゃんだと思って、ドーンと身を委ねてください」

顔に出る？　いつのことを言ってるの？

「言っていることがよくわからない」と私は表情を引き締めて慎重に相手の出かたを窺《うかが》う。

「ここでは誰かが小耳に挟んで伝言ゲームを始める可能性もあるので、明言を避けたい今平さんの心中はお察ししています。だから執行した者にしかわからない言い方でそれとなくお伝えしますね」と意図の摑めない前置きをした。「この世に残った人のことを考えたら、胸が張り裂けそうですよね。でも『ごめんなさい』するのはちょっとだけ待ってほしいんです」

何故《なぜ》か自分の母親の顔が頭に浮かんだ。すると、胸がずっしりと重くなる。肺いっぱいに砂利を詰められたよう。

「どういうこと？」と私は声を絞り出す。

「今は三送会のことでてんてこまいで、今平さんの相手をしている暇がありません。私、二つのことを同時にするのが苦手なんです。不甲斐《ふがい》ない臨時の学級委員で大変申し訳ありませんが、クラス合唱を成功させることに集中させてください」

「いや、そうじゃなくて、なんで私が執行した者だって思うの？」

「顔に大きな字で『私は関係ない！』と書いてあったからです。本当に無関係なら、あんなに大きく書く必要はありません。あの話題を上げた時、今平さんだけが無表情でした」

　ハッと息を呑《の》む。田嶋さんの言う『顔に出る』は表情が強張《こわば》ったり血の気が引いたりすることじゃなかった。反対だ。何も変わらないことを意味していた。

　執行者である私は疑念を持たれないよう表情を崩さないことに努めたが、却《かえ》って墓穴を掘っていただけだった。みんなみたいに『そんなわけないよ』『バカなこと言ってらぁ』『いい加減にしてよ』『本当かな』『どうでもいいよ』『アホくさ』『マジだったらヤバくねぇ』などと自然な反応をしなければならなかったのだ。

「今更になってしまいますが、今平さんはずっと様子がおかしかったです。会話も変でしたし」

「会話？」

「はい。えーと、迷い猫に置き換えますと、可愛《かわい》さのあまり猫ちゃんをこっそり保護した今平さんは通りすがりのオバサンに『うちの子、見かけなかった？』と訊《き》かれます。すると、心の中にいる罪悪感の塊ちゃんが『黒猫なんて知りません』と今平さんに言わせます。でも焦っていたせいで、オバサンが人間の子供を探している可能性や、飼い主が『なんで黒猫だって知ってるんだろ？』と疑問に思うことを罪悪感の塊ちゃんは考えられなかったんです」

　いつの会話のことを言っているのか定かではないが、私はとうの昔に口を滑らせていたのか。しょうがない。元から器量も度胸もない人間だ。スズさんとは違う。

「田嶋さんには悪いんだけど、もう白状して謝罪したい。三送会が終わるまで耐えられそうにないの」

「そこをどうにか堪《こら》えてください」と簡単に言う。

「ジコチューな都合を押しつけないでよ」

　彼女は私の懺悔《ざんげ》を先送りにしようと慌てて駆けつけたみたいだが、私はまだ意志ががっちり固まっていなかった。中西さんの潔さを目の当たりにして感銘を受けたものの、骨の髄まで浸透するにはもう少し時間が必要だった。私には私のペースがあるのに、急に田嶋さんがやってきて掻き乱したのだ。

　今平さんがやったことは全部お見通し、と締め上げるなら懺悔までをセットにするものだ。私に『犯人であることを突き止められては、もうジタバタしても仕方がない。おとなしく観念して洗い浚《ざら》い吐こう』と思わせたのだから、しっかり介錯《かいしゃく》してほしい。これじゃ生殺しじゃないか。

「私だって鬼じゃありません。今平さんの心が軽くなる救済策をちゃんと用意しています」

「救済策？」

　田嶋さんの眼鏡がキラッと光った気がした。何か途方もないことを企《たくら》んでいそうで、身の毛がよだつ。

「三送会の合唱の時に、スクリーンにプロジェクターでアニメーションを流すことにしました。人が知覚する情報の八割以上は視覚からなんですって。だから穴井先生のイメージアップ映像を作ってください」

「私が？　無理よ。アニメなんて作れない」

「パラパラ漫画も立派なアニメーションです。以前、教科書を使ってパラパラと披露してくれたじゃないですか。ああいう塩梅《あんばい》でお願いします。シンプルな絵の方が伝わりやすいので」

　授業に退屈してその教科の先生をモデルにした二頭身キャラを描いたことが一度だけある。教科書の隅になんの気なしに落書きしたら、授業後に堀さんに『さっき、なんか描いてたでしょ。クオリティが高くてオタクかと思った』と言われた。古傷が疼《うず》いた。

　中学時代に美術部員だったことを隠している。暗い子だと思われたくなかった。もうオタクに括《くく》られるのは懲《こ》り懲《ご》り。人間扱いされない屈辱は二度とご免だ。雑用係の三軍でいい。私は絵筆を捨ててパッとしない女子高生になったのだった。

　堀さんが騒ぎ立てる前に『パラパラ漫画にチャレンジ中なの。昨日、ユーチューブで観《み》て真似《まね》できるかなって』と先手を打った。一枚だけではキモい絵も何十枚も描いて動きのあるものにすれば、少しは見る目が変わるかも。その可能性にかけるしかなかった。

「あのパラパラ漫画、すごくおもしろかったです」と田嶋さんが手放しで絶賛する。

「キャラが親しみやすくてストーリーもクスッとほっこりとしました。皆さんの評判もよかったのに『手間がかかりすぎるから、もうチャレンジしない』という理由でやめてしまったのが残念でなりませんでした」

「根気さえあれば誰にでもできることよ」

「そんなことありません。まず、絵を描くのが好きじゃなければ、根気もやる気も湧《わ》いてこないはずです。そして、あんな個性的な絵を描ける人はそういません。だから自信を持ってチャレンジしてください」

「もし田嶋さんのお願いを断ったら？」

今平さんの犯行をクラスメイトに言い触らす、とでも脅すのだろう。どんな綺麗事《きれいごと》を並べても人の弱みに付け込んだら、悪党の仲間入りだ。所詮《しょせん》、いい子ぶっているだけで、彼女もこっち側の人間なんだ。

「断りません」

「えっ？　話が通じないの？　勝手に前提条件を外さないで」

「だって今平さんには断る理由がないんです」

「逆らえないと思っているなら、大間違いよ。もう腹を括ってる。今からＬＩＮＥでみんなに打ち明ける」

「どうしてそんなことをするんですか？」と田嶋さんはぽかんとした顔を斜めにする。

「今平さんがパラパラ漫画を描けば、よい罪滅ぼしになるのに。一枚一枚贖罪《しょくざい》の気持ちを込めて描くんですから、罪悪感の塊ちゃんも小さくなっていきます。心も軽くなって一石二鳥じゃないですか」

少し前も『罪悪感の塊ちゃん』と言っていたけれど、呼称自体には他意はなさそう。いい子ぶりっ子じゃなくて、本当にいい子なのかも。彼女の言葉から邪《よこしま》なものは少しも感じ取れない。本心から言っているよう。

「田嶋さんは私にチャンスをくれるの？」

「チャンスは自分で摑むものですよ」

「そうじゃなくて、私を憎く思わないの？」

「思いますよ。気が利いたり、しっかり者だったり、咳《せき》をした時にのど飴《あめ》をくれたり、髪の結い方が美しかったり、絵が上手だったり、ストーリーを紡《つむ》げたり、ユーモアのセンスがあったり、菅沼くんの笑顔を独り占めにしたり、憎らしいところはいっぱいあります」

「ううん、そういうことでもなくて」と正してもう一度言い直す。「私は悪いことをしたでしょ。軽蔑《けいべつ》したりはしないの？」

「しないです」

「どうして？」

「今、『悪いことをした』と言いました。自分でわかっている人はもう大丈夫なんです」

屈託のない顔が眩《まぶ》しくて見ていられなかった。私には無理だ。どうやっても田嶋さんには敵《かな》わない。彼女は糸の切れた凧《たこ》みたいな制御不能の子になってしまった。でも澄みきった青空を駆け回る凧は清々《すがすが》しい。手を伸ばす気なんて起きない。地上から眺めているだけでいい。

「田嶋さん、やる。パラパラ漫画は私が描く」

「ありがとうございます！　全面的に任せます。罪悪感の塊ちゃんの赴くままに描いてください」と言うと自転車に跨《またが》った。「それでは、これにて。お腹が空《す》いて泣きそうなので、帰ります」

「うん。気をつけてね」

「あと、気が向いたら『タージ』って呼んでくださーい」と言いながら漕《こ》ぎだす。

みるみる彼女の背中が小さくなっていく。十秒もしないうちに夜道の闇《やみ》の中に消えた。私は家の中に入り、二階の自室へ向かう。

不思議な子だ。何もかもお見通しのようで、ところどころ抜けている。あちらこちらでずれている。田嶋さんはどんなパラパラ漫画になるのか予測できているのだろうか？　できていても、いなくても、描くことはもう決まっている。彼女の前で『やる』と断言した瞬間にビジョンが見えたんだ。それが私の罪滅ぼしになる。

再び勉強机に着くと、ペンを握って便箋に『堀さんへ　三送会が終わったらまた手紙を送ります。』とだけ書いた。

## エピローグ　大槻朋子の罰

舞台上のスクリーンに『この合唱を穴井先生に捧《ささ》げます』という文字が映し出されるや否や、体育館のあちらこちらからざわめきが聞こえてきた。ピアノ担当の片山さんが『翼をください』を弾き始めた時には、仰天の声も上がる。大部分の生徒が穴井先生の自殺を連想していることだろう。

歌い出しと同時にスクリーンの文字はすうっと消え、教室の風景が浮かび上がってくる。教卓からの眺め、先生の目線で描かれる。二頭身キャラの生徒たちが席に着いている。黒のマジックペンのシンプルなタッチが無機質な寂寥感《じゃくりょうかん》を漂わせる。

後ろのドアが開き、女子生徒が入ってくる。彼女は大粒の汗を垂らしながら遅刻の言い訳をする。頭の上にもこもこした雲のような吹き出しが現れ、その中で今朝の起床シーンが展開される。パジャマ姿の彼女が慌《あわ》てふためいている。目覚めたら背中に翼が生えていたのだ。

でも男子たちは信じないでバカにする。遅刻した生徒がＰコートを脱いで翼を見せても、頭の上にクエスチョンマークが浮かぶだけ。他の生徒には翼が見えないので、みんなで笑い物にし続ける。

教室に「飛ーべ！」のコールが起こり、それに急《せ》き立てられるようにして翼の生えた生徒は窓からダイブする。そこでスクリーンは真っ白になる。合唱は一番のAメロを歌い終わるところだった。

サビに入ると同時に、十代の自殺者数を表した棒グラフが投影される。その右横に二十代の棒が現れ、上にぐんぐん伸びていく。更に三十代、四十代、五十代、六十代と並ぶ。

そして『大人の社会の厳しさは学校の比じゃない。歳《とし》を重ねれば重ねるほど辛《つら》いことが増えるから、自殺者も増加していく。先輩たちは覚悟して卒業してください』というメッセージが表示された。

二番のイントロが流れる中で『僕たち、私たちが穴井先生を追い詰めた』の一文が現れる。歌い出しに入ると、その一文は一字一字が人の形に変化していく。

中央に眼鏡をかけた男のキャラが一人。彼の周りを囲むブレザーを着たキャラたちはみんな手に黒い塊を持っていて、一斉に投げつけた。

体中が真っ黒になった眼鏡キャラは黒い塊と化し、スクリーンいっぱいに膨らんでいく。まん中に大きな穴があき、黒い長方形の枠となる。他のキャラたちは合体して一つの線となり、一筆書きの要領で巨大な左手に変化した。

　左手が長方形の黒枠を握ると、枠内に生徒からのＬＩＮＥが届く。

〈クズ教師は即刻クビ！〉

〈ちゃんと『色欲の罪』を償ってください〉

〈二度と学校に来んじゃねー！〉

〈聖職者がそんなことをしたら、誰を信じたらいいんですか？〉

〈淫行《いんこう》教師は地獄へ落ちろ！〉

〈サイテー！　信頼してたのに！〉

　次から次へと送られてくる。どんどん辛辣《しんらつ》になっていく。次第に、スマホの画面の端に罅《ひび》が入るようになる。罵詈《ばり》雑言《ぞうごん》を浴びせられるごとに、亀裂《きれつ》が大きくなっていった。

　合唱の方もクライマックスを迎えている。最後のサビに突入した。みんなよく頑張っている。涙が頬を伝おうとも、涙声が交じろうとも、顔を下げない。前をまっすぐに見据えて歌っている。片山さんも懸命に鍵盤《けんばん》を叩《たた》き、指揮者の田嶋さんはダイナミックな手振りでみんなを引っ張っている。

　合唱の練習は決まって誰かが泣きだして思うように捗《はかど》らなかった。一人が涙を流すと他の子がもらい泣きしてどんどん伝播《でんぱ》する。中断して初めからやり直すと、さっきは泣かなかった生徒たちが涙する。その繰り返しだった。

でも私はそれでいいと思った。泣かずに歌いきることが目標じゃない。上手に歌うことでもない。自分たちの気持ちを吐き出すためだ。一緒に涙が出ても構わない。

私が「無理に我慢することはない。合唱にならなくても聴き手に想《おも》いが届けばいいのよ」と助言すると、更に悪化して半分以上の生徒が泣くようになった。ピアノも音を外す回数が増えた。だけど合唱に一体感が生まれた。好きなだけ泣いて、思いの丈を歌詞に乗せて歌えばいいのだ。

本番でもラストの一節で感情の昂《たかぶ》りが最高潮に達して涙声の比率がぐんと上がったが、最後までみんなで心を一つにして歌いきった。堂々とした姿に心が震える。田嶋さんが指揮棒を下ろした時には、私の涙腺《るいせん》も緩んだ。涙がこみ上げてくる。

あとは、スクリーン上の巨大なスマホが砕け散り、その破片が『大人だって弱い。僕たち、私たちが寄って集《たか》って責めたら、死んでしまうくらい弱い。でもみんなそんな弱い大人になるんだ』という言葉を作って終わりとなる。有終の美を飾るまで残り数秒。

惜しむらくは、この場に中西さんと今平さんがいないことだ。中西さんは少年鑑別所に収容され、心身の状況などを検査されている。二度面会に行ったが、憑《つ》き物が落ちたようなほのぼのとした印象を受けた。穏やかな気持ちで家庭裁判所の審判が下されるのを待っている。

今平さんは風邪で寝込んでいる。今朝、彼女の母親から「起き上がれないほどの高熱が出て」と連絡があった。きっとパラパラ漫画の制作で相当な無理をしていたのだろう。一人で七百枚以上描いたのだから、体を壊しても不思議じゃ……。

あれ？　おかしい。スクリーンの映像が動かない。ピアノの演奏が終わっても、巨大な左手とスマホは静止したまま。プロジェクターの故障？　二年七組の生徒たちも振り返って不安げな目でスクリーンを見ている。

唐突に、罅だらけのスマホにメッセージが表示された。

〈堀さんの人生を台無しにした責任をとってください。彼女にも非があったとしても、先生は大人です。教師です。先生が毅然《きぜん》と対応していればおおごとにはならなかったはずです。

堀さんは一人で苦しんでいます。このままだと早まったことをしかねません。彼女を見殺しにしないでください。先生にしか救えないんです。その身を擲《なげう》ってでも守る責務があるはずです〉23:17

一文一文ゆっくりとスクロールしていくにつれ、二年七組の混乱は深まる。どうなってる？　なんで視聴覚室で試写会をした時とは展開が違うんだ？　これから何が起こる？　結末を知っているのは制作者の今平さんだけだ。

彼女はパラパラ漫画を一人で仕上げた。スマホのカメラで一枚一枚撮影し、ストップモーションのアプリで編集したそうだ。試写会後に今平さんから「先生が預かっていてください」とパラパラ漫画のデータが入ったＵＳＢメモリを渡されたが、本番用と差し替えていたのだ。

スクリーンに投影されていたスマホの黒枠が白抜きに変わる。と同時に巨大な手が少しだけ縮んでほっそりする。華奢《きゃしゃ》な女性の手になった。

〈僕は教師として人に言えないことはしていない。一人の人間としても後ろ指をさされるようなことは何もしていない。自分なりに真っ当に生きてきたつもりだ。だから胸を張って告白しようと思った。

でも生徒たちを前にしたら、声が出なかった。堀を守る気概もどこかへ消えた。みんなのことを信じられなくなって怖気《おじけ》づいたんだ。

僕は根っこが腐っていた。本質的なところに問題があった。弱くて狡《ずる》くて、誰のことも信用していない。生きている価値のない人間だ。

そんな僕に道を指し示してくれてありがとう。無駄なものも使い方次第で世の中の役に立てる。そう、それが僕の使命だ。文字通り、命を使って報いなければならない。

本当に感謝の気持ちしかない。昨夜もらったメッセージのおかげで、腐敗から抜け出

せる。だから自分を責めないでほしい。悪いのは僕だ。然《しか》るべき時に責務を果たさないで、保身に走った僕がいけない〉6:37

最後の一文までスクロールすると、スマホは封筒へと形を変える。液晶画面にあったメッセージは一塊になってから、『遺書』という二文字を作った。

そしてズームアウトする。段々と封筒と左手は小さくなっていき、封筒を握って立っている女の子の絵になる。背中には天使みたいな翼がついていた。

スクリーンの左側で佇《たたず》む女の子の顔は汗がびっしょり。両肩が激しく上下し、大きく開けた口から息の塊が出続ける。

背景に黒板と教卓が浮かび上がってくる。黒板の上にあるアナログ時計の針は七時四十分頃を指している。黒板の右端にある日付は穴井先生が亡《な》くなった日だ。

女の子のそばに窓が描かれ、風でカーテンが揺れる。足元には、揃《そろ》えられた靴が現れた。彼女の顔に細かい縦線が入る。汗も荒れた息遣いもおさまっていた。

教室の窓から飛び降りた担任を翼の生えた女の子が発見し、青ざめて立ち尽くしているのだ。穴井先生の『最期《さいご》に見た夢』では、女の子の方が身を投げ、担任は窓辺で見下ろしていた。正反対の構図になっていることに、因縁めいたものを感じずにはいられない。

女の子の顔から縦線が消えると、遺書をぐしゃっと握り締め、窓を閉めて靴を手にした。そして遺書と靴を抱えてスクリーンの右側に駆けて行く。

　そのままフレームアウトしたけれど、姿を消す直前に背中の翼がもげる。床に落ちた拍子に、大量の羽根が飛び散る。クッションを破いた時の羽毛のよう。

　教室の風景も羽根に変化する。黒板、教卓、時計、窓、カーテン。全てが一緒くたになり、生徒手帳の形を作っていく。写真のところに女子生徒のシルエットができる。

　氏名の欄に『今平智恵』の名前が描かれると、「今から罪を償ってくる」と言って教室を出て行く中西さんの後ろ姿が思い起こされた。あの時も、今平さんにＵＳＢメモリを渡された時も、私はなんて声を掛ければよかったのだろうか。

デザイン　川谷康久（川谷デザイン）

# 冬《ふゆ》の朝《あさ》、そっと担任《たんにん》を突《つ》き落《お》とす

新潮文庫　し－86－2

令和三年一月一日発行
令和三年七月三十日三刷

著者　白《しら》河《かわ》三《み》兎《と》
発行者　佐藤隆信
発行所　株式会社新潮社
郵便番号　一六二―八七一一
東京都新宿区矢来町七一
電話　編集部(〇三)三二六六―五四四〇
　　　読者係(〇三)三二六六―五一一一
https://www.shinchosha.co.jp
価格はカバーに表示してあります。

乱丁・落丁本は、ご面倒ですが小社読者係宛ご送付ください。送料小社負担にてお取替えいたします。

印刷・錦明印刷株式会社　製本・錦明印刷株式会社


ISBN978-4-10-180208-4 C0193